BLAISE CENDRARS

MORAVAGINE

Blaise Cendrars

BLAISE CENDRARS

MORAVAGINE

DER MOLOCH

ROMAN

IM VERLAG DER ARCHE IN ZÜRICH

Titel der französischen Originalausgabe
«Moravagine»
© 1926 by Bernard Grasset, Paris
Ins Deutsche übertragen von Lotte Frauendienst

Alle Rechte, auch die des auszugsweisen Nachdrucks
und der photomechanischen Wiedergabe, vorbehalten
Copyright © 1975 by Peter Schifferli
Verlags AG «Die Arche», Zürich
Printed in Switzerland
ISBN 3 7160 1536 9

» ... ich werde zeigen, wie dies leise Knistern innen, das nichts scheint, alles bedeutet; wie aus der bazillären Reaktion einer einzigen immer gleichen und von Anbeginn deformierten Empfindung ein Gehirn, isoliert von der Welt, eine eigene Welt erschafft ... «

Remy de Gourmont: Sixtine

Dieses Buch widme ich seinem Verleger
B. C.
La Pierre, August 1917

Einleitung

Wenn man sich weit herumgetrieben hat, durch alle Länder, Bücher und Menschen, hat man von Zeit zu Zeit einen Ruhetag nötig.

Zwölf Jahre lang habe ich in Paris im sechsten Arrondissement, Rue de Savoie 4, gewohnt. Daneben aber hatte und habe ich immer noch mehrere andere Wohnungen in Frankreich und im Ausland. Rue de Savoie Nummer 4 diente mir als Absteigequartier zwischen zwei Zügen oder zwei Schiffen. Ich packte meine Koffer aus, setzte irgend jemanden ab oder blätterte in einer alten Schwarte. Dann machte ich mich so schnell wie möglich wieder davon, den Kopf voll Gedanken, aber Herz und Hand waren frei...

In der Isle-de-France steht ein alter Kirchturm. Neben dem Kirchturm ein kleines Haus. In dem Haus, auf dem verriegelten Speicher, ein Koffer mit doppeltem Boden. In dem Geheimfach eine Pravaz-Spritze, im Koffer selbst Manuskripte. Spritze, Manuskripte und Koffer sind die Hinterlassenschaft eines Gefangenen, eines spanischen Gefangenen. Auf den berühmten Koffertrick bin ich nicht hereingefallen.

Die Spritze ist abgenutzt. Die Manuskripte sind in

kläglichem Zustand. Es sind die Werke Moravagines. Sie wurden mir anvertraut von... von... von eben dem spanischen Gefangenen, zum Teufel, muß ich denn seinen Namen nennen...

Ich will diese Einleitung kurz machen, denn der ganze vorliegende Band ist nur eine Einleitung, eine viel zu lange Einleitung zu den Gesammelten Werken von Moravagine, die ich eines Tages herausgeben werde. Vorher muß ich sie allerdings erst mal ordnen – und dazu bin ich bis jetzt noch nicht gekommen. Also bleiben die Manuskripte im Koffer und der Koffer auf dem Speicher, auf dem verriegelten Dachboden in dem kleinen Haus neben dem alten Kirchturm in einem kleinen Dorf der Isle-de-France, solange ich, Blaise Cendrars, durch die Welt irre, durch Länder, Bücher und Menschen.

Länder gibt es genug; Bücher – hier ist eins; Menschen soviel Sie wollen, und ich werde nicht müde, immer noch mehr kennenzulernen. Aber keiner, dem ich je begegnete, war ein so feiner Kerl, keiner stand mir so nah wie der arme Junge, der mir im vergangenen Frühjahr den folgenden Brief geschrieben hat. (Ich war in Brasilien, auf einer Fazenda in Santa Veridiana, und als ich diesen Brief gelesen hatte, verdüsterte sich alles ringsum, der blaue Himmel der Tropen, die rote Erde Südamerikas, und das Leben, das ich mit meinem Pferd Canari und meinem Hund Sandy in dieser freien Natur führte, schien mir auf einmal sinnlos und armselig. Ich fuhr sofort nach Europa zurück. Ein Mann war gestorben, im Morgengrauen, zwischen vier Mauern, im Halseisen, in der Garotte, mit heraushängender Zunge... wie auf einem Stich von Goya.)

Todeszelle, 2 Uhr früh
Monjuic, 11. Mai 1924
Zelle 7

Mein lieber Blaise Cendrars!
 Als ich mich an Sie wandte, wußte ich, Sie würden alles tun, um beim König von Spanien zu erwirken, daß ich begnadigt werde – begnadigt zu sofortiger Hinrichtung.
 Es ist soweit, Sie haben es durchgesetzt, ich werde am frühen Morgen hingerichtet – haben Sie Dank, vielen, herzlichen Dank.
 Ein spanischer Grande leistet mir, wie es hier Brauch ist, heute nacht in meiner Zelle Gesellschaft. Er zittert und betet und zittert und betet. Ein netter Junge, der Typ, den man beim Golf in England und auch anderswo trifft. Er ist ganz überrascht, daß ich ihn nicht anekle, physisch abstoße, meine ich, denn er mußte ja damit rechnen, eine Art Ungeheuer in meiner Zelle vorzufinden (bedenken Sie, ein Königsmörder!), und er ist erstaunt, daß ich weder ein anarchistischer Krüppel noch einer von den finsteren Vorstadtstrolchen bin, wie man uns im Kino darzustellen pflegt. Als ich sah, wie er beim Anblick meines amputierten Beins zusammenzuckte, erzählte ich ihm, daß dies eine Kriegsverletzung sei. Daraufhin sprachen wir dann vom Krieg, korrekt und freundlich, wie im Klub, und eine gute Viertelstunde lang vergaß er, wozu er überhaupt da war...
 Die Stunde naht. Mein junger spanischer Grande in Gala kniet auf seinem Betschemel. Er zittert nicht mehr. Er betet... er betet. Ich bin ihm sehr dankbar, daß er da ist... korrekt, aufgeregt, gläubig, sauber (sein blondes Haar stark pomadisiert und mit einem tadellosen Scheitel). Wie dankbar bin ich ihm, daß er sich eine Stunde

lang schöngemacht, bevor er herkam. Er duftet von dem Parfüm, das jetzt Mode ist... Aber so ist es immerhin angenehmer, als mit dem Geistlichen oder dem Gefängnisdirektor oder gar einem alten Wärter herumzusitzen... Ich werde das Gesicht des Henkers nicht sehen, ich werde gar nichts sehen unter meiner Kutte...

Ich danke Ihnen. Ich drücke Ihnen die Hand. Ich umarme Sie. Mit den bewußten Papieren können Sie machen, was Sie wollen.

Leben Sie wohl

R.

Und nun, da ja doch ein Name herhalten muß, damit das Buch einen guten Eindruck macht, sagen wir einfach, »R.« heißt... sagen wir, es heißt Raymond la Science.

Blaise Cendrars
La Mimoseraie,
April – November 1925

Der Geist einer Epoche

SANATORIUM WALDENSEE

Neunzehnhundert beendete ich das Studium der Medizin. Im August verließ ich Paris und ging in die Schweiz, in das Sanatorium Waldensee in der Nähe von Bern. Mein Freund und Lehrer, der berühmte Syphiligraph d'Entraigues, hatte mich dem Leiter der Anstalt, Dr. Stein, bei dem ich als erster Assistent anfangen sollte, wärmstens empfohlen.

Stein und sein Haus waren damals berühmt.

Ich kam zwar frisch von der Universität, aber ich war den Fachleuten kein Unbekannter mehr, da ich mir mit meiner Dissertation über den Chemismus der Krankheiten des Unterbewußtseins einen Namen gemacht hatte, und nun brannte ich darauf, das Joch der Hochschule abzuschütteln und dem offiziellen Lehrbetrieb einen empfindlichen Schlag zu versetzen.

Jeder junge Mediziner hat so etwas mal durchgemacht.

Ich hatte mich also auf das Studium der sogenannten »Krankheiten« des Gehirns spezialisiert, und zwar vor allem auf die Erforschung der nervösen Störungen, der ausgesprochenen Ticks, der jedem einzelnen Lebewesen eigenen Verhaltensweisen, die durch die Phänomene jener kongenitalen Halluzination verursacht werden, als welche sich in meinen Augen die überstrahlende, unausgesetzte Bewußtseinstätigkeit darstellt. Dieses Studium mit seinen verschiedenartigen Aspekten, die alle an die brennendsten Fragen der Medizin, der Naturwissenschaften und der Metaphysik rühren, mit all dem, was es an genauer Beobachtung, geduldiger Lektüre, an Allgemeinbildung, Scharfblick und Fingerspitzengefühl, Beharrlichkeit und logischem Denken, an Vorstellungsvermögen, an Gespür für Zusammenhänge verlangt und in Anbetracht des weiten Betätigungsfeldes der glanzvollen Karriere, die es einem lebhaften, hellen Kopf versprach, mußte einen so ehrgeizigen und aufgeschlossenen Menschen wie mich reizen, da es ihm die Möglichkeit gab, sich mit Vehemenz durchzusetzen. Ich baute übrigens auf meine dialektische Begabung – und auf die Hysterie.

Die Hysterie, die große Hysterie, war damals in Ärztekreisen sehr in Mode. Nach den Vorarbeiten der Schulen von Montpellier und der Salpêtrière, die gewissermaßen nur ihr Studienobjekt festlegten und abgrenzten, hatten mehrere ausländische Gelehrte, namentlich der Österreicher Freud, die Frage aufgegriffen, sie erweitert, vertieft und aus dem rein experimentellen, klinischen Bereich herausgehoben, um daraus eine Art Paraphysik der sozialen, religiösen und künstlerischen Pathologie zu machen, bei der es weniger darum ging, die Entwicklung dieser oder jener spontan in der entferntesten Bewußtseinsregion entstandenen Zwangsvorstellung zu erforschen und die Gleichzeitigkeit des »Autovibrismus« der beim Patienten beobachteten Empfindungen festzustellen, als vielmehr darum, eine gefühlsmäßige, angeblich rationale Symbolik der erworbenen oder angeborenen

Fehlleistungen des Unterbewußtseins aufzustellen, eine Art Traumbuch zum Gebrauch der Psychiater zu entwickeln, wie es Freud in seinen Werken über die Psychoanalyse kodifiziert hatte und Dr. Stein in seinem stark frequentierten Sanatorium Waldensee soeben erstmalig in praxi anwandte.

Die Pathogenie als Spezialgebiet einer allgemeinen Philosophie anzusehen – das hatte noch niemand gewagt. Nach meiner Meinung war man niemals streng wissenschaftlich, das heißt objektiv, rein verstandesmäßig und frei von moralischen Bedenken an sie herangegangen.

Alle Autoren, die diese Frage behandelt haben, sind beladen mit Vorurteilen. Anstatt den geheimen Mechanismus der Ursachen einer Krankheit zu untersuchen, betrachten sie »die Krankheit an sich«, verurteilen sie als einen schädlichen Ausnahmezustand und empfehlen vorweg tausend Mittelchen, sie zu unterdrücken, zu beseitigen, und definieren zu diesem Zweck die Gesundheit als einen absoluten, feststehenden »Normal«-Zustand.

Aber die Krankheiten sind da. Wir können sie weder nach Belieben schaffen noch abschaffen. Wir sind ihrer nicht Herr. Sie bilden uns, sie formen uns. Vielleicht haben sie uns gezeugt. Sie gehören zum Tatbestand »Leben«; sie sind vielleicht sein stärkstes Argument. Sie sind eine der zahllosen Offenbarungen der Urmaterie. Sie sind vielleicht die ursprünglichste Offenbarung dieser Materie, die wir ja nur an den Phänomenen der Relation und der Analogie untersuchen können. Sie sind intermediäres Zwischenglied, Übergangsstadium, der Gesundheits-Status von morgen. Sie sind vielleicht die Gesundheit selbst.

Eine Diagnose stellen, heißt sozusagen das physiologische Horoskop stellen.

Was allgemein Gesundheit genannt wird, ist im Grunde nichts anderes als der augenblickliche, so und so beschaffene, in die Abstraktion transponierte Aspekt eines Krankheitszustands: ein bereits überwundener, erkannter, definierter, abgeschlossener, für den Allerweltsgebrauch eliminierter und verallgemeinerter Spezialfall. So wie ein Wort erst in den Diktionär der Académie Française aufgenommen wird, wenn es längst abgenutzt und der Frische seines volkstümlichen Ursprungs, der Anmut seiner poetischen Bedeutung beraubt ist, oft mehr als fünfzig Jahre nachdem es geprägt wurde (die letzte Ausgabe des hochgelehrten Diktionärs stammt aus dem Jahre 1878), und wie die Definition, die man ihm dann unterlegt, das altersschwache Wort in einer vornehmen, falschen, willkürlichen Erstarrung aufbewahrt, einbalsamiert, in einer Pose, die es zu seiner Zeit, als es aktuell, lebendig und unmittelbar war, nie gekannt hat, genauso ist ein Gesundheitszustand, wenn er erst als öffentliche Angelegenheit anerkannt in den Besitz der Allgemeinheit übergegangen ist, nur noch das traurige Schattenbild einer altmodischen, lächerlichen, erstarrten Krankheit, ein herausgeputztes altes Weib, das sich in den Armen seiner Liebhaber gerade noch aufrecht hält und sie anlächelt mit falschen Zähnen. Ein Gemeinplatz, ein physiologisches Klischee, eine Sache des Todes. Vielleicht sogar der Tod selbst.

Die Epidemien und mehr noch die Krankheiten des Gehirns, die kollektiven Neurosen, kennzeichnen – wie die Erdkataklysmen die Geschichte unseres Planeten – die verschiedenen Epochen der menschlichen Entwicklung. Hier ist ein elementarer und komplizierter Chemismus am Werk, der bis heute nicht erforscht worden ist.

Bei all ihrer Gelehrtheit sind die heutigen Ärzte keine »physicians«, wie die Engländer sagen. Sie entfernen sich immer mehr vom Studium und der Beobachtung der Natur. Sie haben vergessen, daß die Wissenschaft eine Art Erbauung bleiben soll, der Reichweite unserer geistigen Antennen unterworfen und angepaßt.

Prophylaxe! Prophylaxe! schreien sie – und um die Rasse zu retten, zerstören sie die Zukunft der Art.

Im Namen welches Gesetzes, welcher Moral und welcher Gesellschaftsordnung erlauben sie sich, so zu wüten? Sie internieren, sequestrieren, sperren die markantesten Individuen ein. Sie verstümmeln die physiologischen Genies, die Träger und Verkünder der Gesundheit von morgen. Sie nennen sich stolz Fürsten der Wissenschaft und stellen sich, da sie an Verfolgungswahn leiden, zugleich als deren Opfer hin. Geheimnistuerisch überladen diese Dunkelmänner ihre Sprache mit griechischem Plunder und schleichen sich in dieser Vermummung im Namen eines rationalen Krämerliberalismus überall ein. Dabei sind ihre Theorien der letzte Dreck. Sie haben sich zu Knechten einer bürgerlichen Tugend gemacht, die früher den scheinheiligen Frömmlern vorbehalten war. Sie haben ihr Wissen in den Dienst einer Staatspolizei gestellt und die systematische Vernichtung alles dessen in die Wege geleitet, was von Grund auf idealistisch, das heißt unabhängig ist. Sie kastrieren Gewaltverbrecher und machen sich sogar an die Gehirnlappen heran. Senil, impotent und eugenisch wie sie sind, glauben sie, das Böse aus der Welt schaffen zu können. Ihr Größenwahn wird nur noch von ihrer Gaunerei überboten, und nur die Heuchelei bremst ihre Nivellierwut, die Heuchelei und die Lüsternheit.

Sehen Sie sich die Irrenärzte an. Sie haben sich in den Dienst des Verbrechens der Reichen gestellt, haben nach dem Muster von Sodom und Gomorrha verkehrte Paradiese eingerichtet, Freudenhäuser, deren Schwelle einer nur für schweres Geld überschreitet und deren »Sesam« das Scheckbuch ist. Hier dient alles der Pflege und Entfaltung der ausgefallensten Laster. Hier fördert die raffinierteste Wissenschaft die Ausschweifungen Schwachsinniger und Verrückter, angesichts deren entsetzlich moderner Vielfalt die Launen eines Ludwig II. von Bayern oder eines Marquis de Sade Spielereien sind. Hier ist das Verbrechen die Norm. Hier ist nichts monströs, nichts widernatürlich. Hier ist alles Menschliche fremd. Die Prothese funktioniert in einem gummigepolsterten Schweigen. Man setzt Mastdärme aus Silber und Schamlippen aus Chromleder ein. Die letzten gleichmacherischen Nachläufer der Kommune, die Herren Doktoren Guillotin, operieren zynisch aristokratische Nieren und Lenden. Sie haben sich zu geistigen Lenkern des Rückenmarks eingesetzt und praktizieren kaltblütig die Laparotomie des Bewußtseins. Sie erpressen, betrügen und sequestrieren, sie begehen die ungeheuerlichsten Verbrechen. Mit Entziehungen und geschickter Dosierung zwingen sie ihre Opfer zu Äther, Opium, Morphium und Kokain. Alles basiert auf einem nach unfehlbaren Statistiken aufgestellten Schema. Man kombiniert Duschen und Gifte, man spekuliert mit nervöser Erschöpfung und krankhafter Erregbarkeit. Nie zuvor in der Geschichte hat es eine solche Räuberbande gegeben. Was immer von der Inquisition und den Jesuiten erzählt wird, reicht nicht an eine solche Virtuosität in der Kunst, die Makel adeliger Familien auszubeuten. Und den Händen dieser Gauner ist die Gesellschaft von heute anvertraut! Unter ihren Händen formt sich das Leben von morgen!

Ich aber hatte mir folgendes vorgenommen: Ich wollte eine furchtbare Anklageschrift gegen die Psychiater verfassen, ihre Psychologie determinieren, ihr durch den Beruf verbildetes Gewissen definieren, ihre Macht zerstören und sie der öffentlichen Verfolgung ausliefern.

In dieser Hinsicht konnte ich es nirgends besser treffen als in dem berühmten Haus Waldensee.

Ein internationales Sanatorium

Dr. Stein befand sich auf dem Gipfel seines Ruhms.
Er war ein großer, schwerer Mann, immer tadellos angezogen. Ein Schönredner, ein unermüdlicher Schwätzer. Er trug einen gepflegten, riesigen Bart, der seine ausladenden Schultern noch breiter erscheinen ließ. Er ernährte sich ausschließlich von saurer Milch, gedünstetem Reis und Bananenschnitten, die mit Butter bestrichen waren. Für weibliche Reize war er sehr anfällig; seine salbungsvolle Art verbarg ein brutales Temperament – das verrieten seine Plattfüße, die spatelförmigen Nägel, sein stierer Blick, sein erstarrtes Lächeln. Seine Fingerrücken waren dicht behaart.
Als Gelehrter, als Welt- und Sportsmann reiste er zu allen internationalen Kongressen, auf denen die gezähmte Wissenschaft breitgetreten wird, eskortiert von einer Elite- und Leibgarde seiner Krankenpfleger, die ihm nicht von der Seite wichen und unter seiner persönlichen Leitung bei den verschiedenen turnerischen Wettbewerben sämtliche ersten Preise einheimsten, perfekte Athleten, eine wandelnde Musterkollektion, Stolz und Spezialität seines Hauses, Inkarnation seiner Theorien und Gratisprobe der Unschlagbarkeit seiner Methode. Von

demagogischem Eifer besessen, schrieb er ein Buch nach dem anderen. Jedes Jahr veröffentlichte er einen schwülstigen Wälzer, der sofort in alle Sprachen übersetzt wurde. Unzählige Zeitungsartikel hatten seinen Namen bekannt gemacht. Er setzte als erster jene populärwissenschaftliche Darstellung sexueller Fragen in Umlauf, die ein paar Jahre später die Welt mit einer schmutzigen Flut überschwemmen sollte. Er propagierte das Reformkleid und die hygienische Unterwäsche aus Kamelhaar; er war auch der Urheber jenes modernen Küchenlateins, jener Heilslehre, die »alles gedämpft« predigt.

Stein liebte das Geld. Seine Habsucht war sprichwörtlich. Er hatte seine Frau, eine häßliche, bucklige, reiche rumänische Jüdin, die eine Mitgift von mehreren Millionen in die Ehe gebracht hatte, kaltblütig einsperren lassen. Man erzählte sich, daß er zusammen mit dem deutschen Kaiser die Aktien des Großen Berliner Schauspielhauses besaß und den Trust der levantinischen Bordelle im Mittelmeer organisierte, der sich von Konstantinopel bis Alexandrien erstreckt.

Stein war mit mehreren Staatschefs persönlich befreundet. Er fand seine Schlepper in der Gaunerwelt der hohen Diplomatie; Spione, Gegenspione, Gesandtschaftsdetektive. Seine Kundschaft setzte sich aus jener besonderen, verluderten, arbeitsscheuen, arroganten und sehr fidelen Gesellschaft zusammen, wie sie in den anrüchigen Salons von Rom verkehrt, sich in den Badeorten, an den Spieltischen und in den internationalen Hotelpalästen im Zentrum von Paris trifft und deren ganzes Erbgut aus einer Reihe von Handkoffern, einem Schlafwagenabonnement, einem vielfarbigen Bündel von Pfandscheinen, unbezahlten Rechnungen und einem eventuellen Engagement in einem Variété besteht. Extravagante russische Fürstinnen, zähe Amerikanerinnen, die auf der Suche nach dem idealen Pianisten durch die ganze Welt reisen, Adelige aus der Donaumonarchie, verschrobene, anmaßende Millionärssöhne aus Deutschland, irgendein echter Markgraf und eine ebenso echte, rasend sentimentale schottische Adelheid undefinierbaren Alters. All diese Leute gaben sich bei ihm ein Stelldichein, die einen, um sich auszuruhen, die andern, um sich auszutoben, alle, um den Alltagssorgen zu entfliehen, indem sie sich ganz der Obhut des Meisters überließen. Und Stein stolzierte vor ihnen auf und ab, schwätzte, verteilte Ratschläge, gab Befehle und vertrieb seinen Patienten unermüdlich die Zeit und das Geld.

Auf halber Höhe eines kleinen Hügels über dem See von M. öffneten sich im vollen Sonnenlicht die sechshundert Fenster des Kurhauses. Hier war alles auf die Annehmlichkeiten eines üppigen Komforts abgestimmt. Alles war funkelnagelneu, nicht gerade geschmackvoll, aber gefällig. Die Kurgäste genossen uneingeschränkte Bewegungsfreiheit, sie konnten Ausflüge in die Umgebung machen, sogar bis Bern und Interlaken fahren. Wunderliche und sehr distinguierte Paare bewegten sich auf den Straßen, in einigem Abstand von finsteren Gestalten verfolgt, klobigen Gesellen, deren herkulische Formen sich unter der dünnen Wolljacke abzeichneten.

Das Sanatorium war von einem mehrere Hektar großen Park umgeben, in dem kleine Luxusvillen verstreut lagen, wo sich gelegentlich finstere Szenen abspielten und wo oft genug unter dem unerschütterlichen Auge der Wärter maßlose Orgien gefeiert wurden. Eine ausgeklügelte, verchromte, hochempfindliche Maschinerie war am Werk in dieser Arche des Lasters. Gezähmt, sanft, gefügig und stumm ging sie gehorsam von einem zum andern, paßte sich der geringsten Laune an, schmeichelte den höchsten Ansprüchen der Sinne. Sie machte das Leben und seine Verrichtungen so leicht, so bequem, und alles funktionierte derart bestrickend, daß viele der »Kranken« gar nicht mehr weg wollten, so entzückt waren sie, so angeregt und so gut unterhalten zu werden.

Aber hinter der funkelnden Fassade, hinter den Milchglasscheiben dieses Treibhauses, in dem die Überbeerbten des Lebens feucht vor Wohlbehagen aufblühten, hinter dieser gekünstelten, gepflegten Aufmachung spürte man den eisernen Besen, den strengen Stundenplan, der den Tagesablauf der Verrückten und Irren mit mathematischer Genauigkeit regelte. Überall trat diese tragische Disziplin hervor, in der übersichtlichen Anlage der Gärten, in der systematischen Anordnung der Zimmer, in der besonderen Zusammenstellung der Mahlzeiten, in den tausenderlei Ablenkungen, die dem Auge dargeboten wurden, und sie erfüllte gleichsam die Luft mit einem gefährlich betäubenden Duft: es roch nach Spionage. Nichts konnte dieser Atmosphäre widerstehen, man verfiel ihr, ohne es zu merken, sie schwängerte das Leben, Seele, Hirn und Herz und zersetzte sehr bald den stärksten Willen.

Im abgelegensten Teil des Parks standen die roten Ziegelbauten des Englischen Pachthofs, der aussah wie ein Rennstall. Hier siechten, streng in Einzelzimmer gesperrt, sorglichst gehegt und gepflegt, die Unheilbaren dahin: Millionäre.

Dank seiner außergewöhnlichen Stellung in der internationalen Gesellschaft kannte Dr. Stein manches Staatsgeheimnis, und wenn er sich nur für eine Stunde dazu hätte hergeben wollen, hätte er über die tragischen Ereignisse am österreichischen Hof, die das Kaiserhaus mit Blut befleckt hatten, einiges zu erzählen gehabt. Aber sein unversiegbarer Wortschwall gab nie etwas preis, und auch die Glyzinien, die an der Fassade des Englischen Pachthofs rankten, verrieten nicht, daß dies ländliche Gebäude zugleich ein Staatsgefängnis war.

Stein hatte keine Ahnung, welche Laus er sich in den Pelz gesetzt hatte, und merkte nicht, was ich im Schilde führte.

Unsere Beziehungen waren von Anfang an genau festgelegt.

Ich hatte ihm täglich um vier Uhr morgens Meldung zu machen, während er nackt auf dem Parkettboden seines Zimmers hockte und eine Viertelstunde schwedische Gymnastik trieb. Dann sah ich ihn den ganzen Tag nicht mehr. Ich begann sofort meinen Dienst und überwachte die ersten Arbeiten im Heizraum und in der Maschinenanlage. Um sieben Uhr begann die Visite, die bis dreizehn Uhr dauerte. Dann wurde mir auf meinem Zimmer ein kleines Mittagessen serviert. Von fünfzehn bis siebzehn Uhr hatte ich freien Zutritt zur Bibliothek, die in einem der Pavillons untergebracht war. Mein Sonderdienst berechtigte mich, den Schlüssel zur Kartothek bei mir zu tragen – ich muß noch hinzufügen, daß mir die Nebengebäude des Englischen Pachthofs unterstanden. Abends stellte ich nach einem letzten Rundgang eigenhändig die Arzneien und Beruhigungsmittel zusammen.

»Nach drei Monaten bei den Unheilbaren werde ich Sie vor allem zu meinen privaten Sprechstunden heranziehen«, hatte Stein mir beim Verabschieden gesagt. »Das ist ein Dienst, der ungeheuer viel Taktgefühl erfordert. Sie können dabei viel lernen. In sechs Monaten ernenne ich Sie dann zum Beichtvater einer meiner teuersten Patientinnen. Sie leidet sehr unter Gewissensangst und unter ihrer krankhaften Kontaktarmut; für Sie ist das eine wunderbare Gelegenheit, sich mit der Materie vertraut zu machen.«

So war ich also mein eigener Herr. Mehr wollte ich gar nicht. Ich konnte meine Arbeiten fortsetzen, an Ort und Stelle Material zusammentragen und in Ruhe das Pamphlet vorbereiten, das ich der Gesellschaft und den Kollegen vom Fach zugedacht hatte.

Eine innere Glut beseelte mich und half mir durchhalten, trotz meiner geschwächten körperlichen Verfassung – ich hatte zehn Pariser Jahre voller Entbehrungen und geistiger Überanstrengung hinter mir.

Ich sagte es schon: die Tätigkeit des Bewußtseins ist eine angeborene Halluzination. Wie wir unseren Ursprung im Wasser haben, ist das Leben der ewige Rhythmus des Wassers. Wir haben Wasser im Bauch und in den Ohren. Wir nehmen den Rhythmus des Universums mit dem Bauchfell wahr, das eine Art allgemeiner Tastsinn ist, unser kosmisches Trommelfell. Unser wichtigster individueller Sinn ist das Ohr, das die Rhythmen des eigenen, individuellen Lebens wahrnimmt. Daher beginnen alle Krankheiten mit Gehörstörungen, die, wie das Aufsprießen des submarinen Lebens, der Schlüssel zur Vergangenheit und die ersten Anzeichen eines unerschöpflichen Werdens sind. Es stand also mir als Arzt nicht zu, eine solche Entfaltung zu hemmen. Ich dachte eher an die Möglichkeit, diese tonischen Erscheinungen zu beschleunigen und zu vermehren und durch eine gewaltige Umwertung eine vollkommene, neue Harmonie zu erzielen. Die Zukunft.

Am liebsten hätte ich alle Käfige, alle Menagerien, alle Gefängnisse, die Tore der Irrenanstalten geöffnet, um die großen Bestien in Freiheit zu sehen und die Entwicklung eines ungeahnten menschlichen Lebens zu studieren. Und wenn ich späterhin meine Pläne fallenließ, auf Streit und Karriere verzichtete, meine Laufbahn aufgab, die großen Buchpläne auf später verschob, wenn ich kurzerhand auf den Ruhm verzichtete, den mir meine ersten Arbeiten bereits versprachen, so nur deshalb, weil ich bei meinem Dienst im Englischen Pachthof jenem prachtvollen Menschen begegnete, der mich in der Tat ein solches Schauspiel der Revolution und der Transformation erleben ließ, die Umwälzung aller sozialen Werte, des Lebens selbst.

Ich habe einem Unheilbaren zur Flucht verholfen.

Aber das ist eine lange Geschichte; es ist die Geschichte einer Freundschaft.

Karteikarten und Akten

Ich war am Vormittag angekommen und verbrachte einen Teil des Nachmittags damit, mich in meiner Wohnung im ersten Stock, im Mittelteil des Englischen Pachthofes, einzurichten. Mein Abendessen wurde mir pünktlich um achtzehn Uhr serviert, wie ich es bestellt hatte; dann ging ich zu Bett, weil ich am nächsten Tag in Form sein wollte.

Vor dem Einschlafen warf ich noch einen Blick in die Dienstvorschriften und Akten, die man mir zu diesem Zweck auf den Nachttisch gelegt hatte. Ich hatte siebzehn Patienten. Lauter Unheilbare. Dem Krankheitsbericht nach durchaus klassische, unbedeutende Irre. Das Normalste, was man sich vorstellen kann. Enttäuscht schlief ich ein. Am nächsten Morgen trat ich meinen Dienst an.

Ich teilte Stein mit, daß ich die Vorschriften und Berichte zur Kenntnis genommen hätte. Dann sah ich mich zunächst in den Behandlungsräumen um. Die technische Einrichtung war wirklich mustergültig. Hydro- und Elektroapparate, mechano-therapeutisches Gerät, Kugeln und Flaschen, Eprouvetten und Winkelröhrchen, aus Glas, aus Gummi, aus Kupfer, Stahlfedern, emaillierte Pedale, schneeweiße Hebel, Wasserhähne, alles spiegelblank geputzt und poliert, alles peinlich, unbarmherzig sauber. Die an den Wänden gleich Panflöten aufgereihten Lanzetten schimmerten wie ein Gewehrständer voll drohender Waffen, und auf den kleinen und großen Glastischen lagen wohlgeordnet kleinere, noch geheimnisvollere Waffen, krumm und ellipsenförmig, die Hölzer, Platten, Kugeln, Schlüssel der anästhesierenden Massage. Auf dem weißen Steinboden der Säle standen Badewannen, Ergometer und Pergolatoren wie auf einer Filmleinwand, genauso wild und erschreckend groß wie die Gegenstände im Film erscheinen, mit jener Intensität, die auch für die Negerkunst, die Indianermasken und die primitiven Fetische charakteristisch ist und eine latente Aktivität ausdrückt, das Ei, die kolossale Summe von permanenter Energie, die jeder leblose Gegenstand hat.

Das Personal war entsprechend abgerichtet. Der Laborant streifte mit Andacht seine Handschuhe über, der Elektriker in seiner Gummikabine setzte den Motor in Gang, die Urinuntersuchung verlief nach einem ganz bestimmten Ritus, die geschüttelten Thermometer fielen auf Null. Im ganzen Haus wurden die Leute vom Nachtdienst abgelöst, die Tagesarbeit begann. Tücher wurden ausgebreitet, Behälter entleert. Man steckte den Schlüssel an den Giftschrank. Ein Stuhl wurde vorgeschoben. Ein Schaukelstuhl. Ein Musikapparat, der sich langsam öffnete. Alles geschah lautlos, nach einem erprobten Rhythmus, nach einer strengen Disziplin, einem militärischen Drill, der bis in die kleinsten Details herrschte und nichts dem Zufall überließ.

Eine Hauspolizei, ein gutdressiertes Wärterkorps, das Stein persönlich unterstellt war, sorgte drakonisch für das klaglose Abrollen des Tageslaufs.

Pünktlich um sieben begann ich meinen Rundgang, begleitet von zwei Krankenwärtern und einem Trupp uniformierter Aufseher, die auch mich zu überwachen schienen. So und nicht anders war das hier üblich. Der Oberaufseher verwahrte den Schlüsselbund und schloß die Türen der einzelnen Zimmer auf. Ich lernte meine siebzehn Patienten kennen, indem ich rasch von einem zum andern ging. Es war nichts Besonderes darunter. Wie gesagt: »die« interessierten mich nicht. Ich wollte mich schon in mein Zimmer zurückziehen, ziemlich verärgert, weil dieser Dienst sich als eine lästige, langweilige Fron anließ, da wies der Oberaufseher mich respektvoll drauf hin, daß ich noch eine Visite zu machen hätte.

»Wieso?« fragte ich erstaunt. »Ich habe siebzehn Patienten, und die habe ich alle gesehen.«

»In der Dependance ist noch Nummer 1731.«

»1731? Der steht nicht auf meiner Liste.«

»Aber er gehört zu Ihrem Dienst.«

Und zur Bekräftigung hielt er mir seinen Aktendeckel unter die Nase und wies auf Paragraph 2 der Dienstvorschrift:

»...außerdem ist der Arzt des Englischen Pachthofes für 1731 in der Dependance zuständig.«

Der Oberaufseher ging mit mir über den Hof und führte mich zu einem Pavillon, den ich noch nicht bemerkt hatte. Ein hübsches kleines Landhaus in einem umfriedeten Garten; ein Hauptgebäude und eine große verglaste Vorhalle, die als Atelier benutzt werden konnte. Hier wohnte 1731.

Ich trete ein.

Ein elend aussehendes Männchen steht in einem Winkel. Seine Hose heruntergelassen. Delectatio morosa.

Etwas Weißes spritzt zwischen seinen Fingern hervor und rinnt in ein zwischen seine Schenkel geklemmtes Glasgefäß, in dem ein Goldfisch schwimmt. Nachdem er sein kleines Geschäft erledigt hat, reckt er sich auf, knöpft die Hose zu und sieht mich dabei ernst an. Er benimmt sich wie ein Clown, pflanzt sich breitbeinig vor mir auf und wippt leise hin und her, vor und zurück, als sei ihm schwindlig. Er ist klein und dunkelhaarig, rachitisch, spindeldürr; er scheint wie von einer Flamme verzehrt, die in seinen weitaufgerissenen Augen glüht. Seine Stirn ist niedrig. Die Augenhöhlen sind tief. Die Ringe unter den Augen gehen bis an die Mundfalten heran. Das rechte Bein ist schief; er hat ein steifes Knie und hinkt fürchterlich. Außerdem ist er etwas verwachsen. Seine Hände baumeln an langen Affenarmen.

Und plötzlich fängt er an zu sprechen, ohne jede Hast, langsam, bedächtig. Seine warme, tiefe Altstimme verblüfft mich. Noch nie hatte ich ein so schwingendes Organ gehört, eine Stimme von solcher Dehnung, solcher Resonanz und soviel schwermütiger Sexualität, mit leidenschaftlichen Zuckungen und tiefen Registern voll Glück. Diese Stimme schien Farbe auszustrahlen, so wollüstig und schwellend war sie. Sie packte mich.

Ich empfand sofort eine unwiderstehliche Sympathie für diesen wunderlichen, tragischen Wicht, der sich in seiner schillernden Stimme daherschleppte wie eine Raupe in ihrer Haut.

Mein erster Weg, nachdem ich ihn verlassen hatte, war in die Kartothek.

»Lfd. Nr. 1731. Moravagine. Tennislehrer. Eingeliefert am 12. Juni 1894. Ließ auf eigene Kosten das Nebengebäude des Englischen Pachthofs errichten. Personenbeschreibung: Haarfarbe: schwarz; Farbe der Augen: schwarz; Stirn: niedrig; Nase: gerade; Gesichtsform: länglich; Größe: 1,48 m. Besondere Kennzeichen: Ankylose des rechten Knies, rechtes Bein 8 cm verkürzt. Nähere Einzelheiten und Diagnose siehe Geheimakte 110 unter G...y.«

Die Geheimakte 110 war keine Akte. Ein simpler blauer Zettel trug den handschriftlichen Vermerk: »1731. G...y. Bei Ableben telegraphisch Österreichische Botschaft verständigen.«

Von der Diagnose fand ich keine Spur. Wahrscheinlich war sie nie gestellt worden.

Ich trug das Stein vor.

Stein hörte mich an, gab aber keinerlei Erklärung.

Damit gab ich mich nicht zufrieden. Meine Neugier war erwacht. Alles, was ich an Unrecht ahnte, das im Fall Moravagine begangen worden war, erhöhte nur meine Sympathie für den armen Teufel. Von nun an widmete ich ihm meine ganze Zeit, vernachlässigte die übrigen Patienten, um mich stundenlang mit ihm zu unterhalten. Er war ein stiller Mensch, sehr ruhig, kalt, enttäuscht, müde. Er wußte überhaupt nichts vom Leben und grollte niemandem, weder denen, die ihn hatten einsperren lassen, noch denen, die ihn heute bewachten. Er war allein. Er war immer allein gewesen, zwischen vier Wänden, hinter Gittern und mit seinem Stolz, seiner Verachtung, seiner Größe. Er wußte, daß er groß war. Er wußte, daß er Macht hatte.

Dem Oberaufseher wurden unsere Gespräche verdächtig. Er machte Meldung. Stein lud mich mehrmals vor und wollte unseren Beziehungen ein Ende machen. Er forderte mich auf, mich nicht mehr mit Moravagine zu beschäftigen. Ich kümmerte mich nicht darum. Wir hatten Freundschaft geschlossen. Moravagine und ich waren unzertrennlich.

Ich mußte ihm zur Flucht verhelfen. Ich fühlte mich dazu verpflichtet.

Das Leben des Moravagine

Idiot

Herkunft und Kindheit

Das nun Folgende hat Moravagine mir in den langen Unterhaltungen, die seiner Flucht vorausgingen, erzählt:
 Ich bin der letzte Nachkomme der mächtigen Familie G...y, der einzige authentische Nachkomme des letzten Königs von Ungarn. Am 16. August 1866 fand man meinen Vater ermordet in seiner Badewanne. Meine Mutter wurde von Krämpfen befallen, kam vorzeitig nieder und starb. Und ich, ich kam, nach der Schloßuhr, die gerade zwölf schlug, drei Monate zu früh auf die Welt.
 Die ersten hundert Tage meines Lebens habe ich in einem überheizten Brutkasten verbracht, schon damals von dieser unerträglichen Fürsorge umgeben, die mich auf allen meinen Wegen begleiten sollte und mir Frauen und Gefühle verhaßt gemacht hat. Später, im Schloß von Fejervar, im Gefängnis von Preßburg, hier in meinem Haus in Waldensee waren es dann Diener und Soldaten, Gefängniswärter und Krankenpfleger, lauter Söldlinge, die mir die gleiche Fürsorge im Übermaß zukommen ließen, ohne daß es ihnen gelungen ist, mich fertigzumachen. Das alles geschah im Namen des Kaisers, der Gerechtigkeit, der Gesellschaft. Können sie mich denn

nicht in Ruhe lassen und mich leben lassen, wie es mir paßt? Wenn meine Freiheit irgendwen oder meinetwegen alle Welt stört, dann sollen sie mich doch abknallen, das ist mir immer noch lieber. Übrigens ist mir das alles ganz egal, das oder das oder das, ob ich hier oder anderswo bin, frei oder gefangen. Wichtig ist nur, man fühlt sich glücklich. Man lebt einfach nach innen statt nach außen, die Intensität des Lebens bleibt dieselbe, und ich kann Ihnen sagen, es ist erstaunlich, wo die Lust am Leben sich manchmal einnistet.

Wie gesagt, ich habe keine Ahnung, wer sich in meiner ersten Kindheit um mich gekümmert hat. Bezahlte Leute jedenfalls. Ich war immer bezahlten Leuten ausgeliefert. Ich habe nicht die geringste Erinnerung an eine Amme oder eine Lieblingsmagd. So viele Leute haben mich gehalten, so viele Hände haben mich befummelt. Aber nie hat sich ein menschliches Gesicht über meine Wiege gebeugt; ein Hintern vielleicht! Ja, das ist so. Ich sehe mich noch, als wär es gestern: Ich war drei Jahre alt. Ich trug ein rosa Kleidchen. Ich war immer allein. Ich war übrigens sehr gern allein. Ich spielte am liebsten in den dunklen, duftenden Winkeln, unter dem Tisch, in den Schränken, unter den Betten. Als ich vier war, steckte ich den Teppich in Brand. Der ranzige Gestank der verkohlten Wolle versetzte mich in Krämpfe, in Raserei. Ich fraß Zitronen mit der Schale, ich lutschte an Lederfetzen. Der Staubgeruch von alten Büchern verdrehte mir den Kopf, berauschte mich. Ich hatte einen Hund. Nein, warten Sie – der Hund wurde erst viel später mein Freund. Ich erinnere mich, daß ich lange krank war, und ich habe nie diesen ekelhaft faden Orangenblütengeschmack der Milch vergessen, die man mir zu trinken gab.

Das Schloß von Fejervar, früher die königliche Residenz, diente meiner entthronten Familie schon seit mehreren Generationen als Exil. Die riesigen Säle waren genauso verlassen wie die endlosen Zimmerfluchten. Nur ein Heer von Dienern lief da noch herum, in Kniehosen, weißen Strümpfen und Röcken, mit Doppeladlern bestickt und mit breiten goldenen Tressen. Im übrigen waren alle Parkausgänge von Infanterie besetzt. Husaren und weiße Kürassiere hatten abwechselnd die Schloßwache.

Ich habe die großen weißen Kürassiere immer sehr bewundert. Wenn ich durch die Gänge lief, machten die unter Gewehr stehenden Posten automatisch kehrt, sporenklirrend und mit einem scharfen Knall des linken Hacken. Das war Vorschrift am österreichischen Hof. Die Gardisten hatten in den Privatgemächern eines Fürsten das Gesicht der Wand zuzuwenden, wenn Ihre Hoheit vorbeischritt. Ich blieb oft über eine halbe Stunde bei einem dieser umgedrehten Klötze stehen und lauschte, wie das silberhelle Geklirr der Sporen und das Rasseln der Säbelkette erstarb; dann ging ich zum nächsten, um das gleiche Schauspiel noch einmal zu erleben. Um nichts in der Welt hätte ich einem dieser unbeweglichen Riesen einen Streich gespielt. Mich erschreckte die abgezirkelte Mechanik ihrer knappen, abgehackten Bewegungen, und ich suchte die Feder, die sie antrieb, wie plumpe, funkelnde Automaten. Aus dieser Zeit stammt wahrscheinlich meine Liebe zur Maschine. Eines Tages war ich auf die Wiese geflüchtet, die sich am Ende des Parks ausbreitete, eine unübersehbar große Wiese, voll Sonne und zirpender Grillen, eine Wiese, über der der Himmel größer und blauer war als anderswo, wo ich immer hätte leben wollen, wo ich davon träumte, in Freiheit einzuschlafen und nie mehr aufzuwachen, mich aufzulösen. Als dann gegen Abend einer der Soldaten, die nach mir suchten, mich entdeckte und mich triumphierend in seinen Armen zurücktrug, da glaubte ich vor Ergriffenheit und Glück fast zu sterben. Seitdem verbindet sich für mich jedes Motorengeräusch, jeder Maschinenlärm mit der Vorstellung von Weite und Licht, Himmel und Raum, Größe und Freiheit, und das erhebt mich und wiegt mich mit wundervoller Kraft.

Eines Tages ging im Palais alles drunter und drüber. Laute Befehle durchs ganze Haus, die Dienerschaft lief treppauf, treppab. Die Fenster wurden aufgerissen, die großen Säle gelüftet, die Schonbezüge fielen und enthüllten die vergoldeten Möbel. Ich wurde sehr früh geweckt. Ich war sechs Jahre alt. Den ganzen Tag fuhren prächtige Karossen vor. In den äußeren Höfen hörte man scharfe Kommandos, dann Pfeifen und Trommeln, die schnurgerade ausgerichteten Kompanien präsentierten das Gewehr. Schließlich holte man mich und führte mich hinunter. Das Vestibül war voller Menschen; Damen in großer Toilette, Offiziere in goldstarrenden Uniformen. Und plötzlich die silbernen Trompeten der Garde. Ein Wagen hielt vor der Freitreppe. Heraus stiegen ein ehrwürdiger General und ein mit Bändern geschmücktes kleines Mädchen. Man schob mich vor die beiden hin. Ich verbeugte mich vor der Kleinen. Sie verbarg ihr Gesicht hinter einem Blumenstrauß, und ich sah nur ihre tränennassen Augen. Ich nahm sie bei der Hand. Der alte General führte uns und redete mit mekkernder Stimme unverständliches Zeug. Hinter ihm formierte sich ein Zug, wir schritten auf die Schloßkapelle zu. Die Zeremonie lief ab, ohne daß ich ihr große Aufmerksamkeit schenkte. Auf demselben Kissen kniend, eingehüllt in denselben Schleier, verbunden durch dieselben Bänder, deren Enden die Brautjungfern hielten, schworen wir uns ewige Treue. Beim Trausegen lächelte das Mädchen unter Tränen.

Wir waren vereint. Die kleine Prinzessin Rita war meine Frau.

Dann standen wir unter einem Himmel aus weißen Rosen. Die Trauzeugen und die geladenen Gäste zogen an uns vorbei und erwiesen uns ihre Reverenz. Ein wenig später saßen wir allein bei Tisch, vor Bergen von Süßigkeiten. Dann kam der General herein, um die Kleine wieder mitzunehmen. Rasch umarmte ich Rita, und als der Wagen anfuhr, flüchtete ich schluchzend in den riesengroßen Hochzeitssaal, der taghell erleuchtet und leer war. Zusammengekauert auf dem Thron meiner Ahnen verbrachte ich meine erste schlaflose Nacht, unter dem Blick zweier duftender Augen, die aus einem Strauß tränender Blüten tauchten.

Diese Feier hatte mich tief beeindruckt. Vom Einzelgänger wurde ich zum Träumer. Ich lief jetzt durch das Haus, ging durch die stillen Gemächer, streifte durch alle Stockwerke. Immer trug ich weiße Blumen in der Hand. Manchmal drehte ich mich jäh um, weil ich glaubte, es beobachte mich jemand. Zwei Augen folgten mir überall. Ich stand in ihrem Bann. Hinter jeder Tür glaubte ich die kleine Prinzessin zu finden. Auf Zehenspitzen schlich ich durch die Säle, die Galerien. Die Stille ringsum begann zu beben. Die Parkettböden waren mit kleinen klopfenden Herzen bedeckt, ich wagte kaum weiterzugehen. Das Herz, die Augen der Prinzessin Rita tanzten an allen Wänden entlang, um am andern Ende des Saals in der Unendlichkeit der Spiegel wieder aufzuleuchten. Auf einem Blick schritt ich vor wie auf einer ausgespannten, zarten, zerbrechlichen Filigranbrücke. Nur die schweren Möbel nahmen Anteil an meiner Melancholie, und wenn sie leise krachten, erschrak ich. Und wenn am Ende eines dunklen Korridors oder einer Treppe ein postenstehender Kürassier plötzlich sporenklirrend seine Kehrtwendung machte, versetzte mich das in den großen Festtag zurück. Ich hörte die Fanfaren, den Trommelwirbel. Die Artilleriesalven. Die Glocken. Die Orgel. Die Kalesche der Prinzessin Rita zog über meinen Himmel wie eine Rakete und ging mit einem Riesenkrach jenseits der Wiese nieder. Der alte General fiel kopfüber heraus, schlug Räder wie ein Clown, fuchtelte mit den Armen und zappelte mit den Beinen, winkte mir zu. Ich solle kommen, rief er, die Prinzessin warte auf mich, sie sei da, hier auf der Wiese. Die Luft war erfüllt von rosarotem Kleegeruch... Ich wollte auf die Wiese hinaus. Die Schildwachen hielten mich zurück. Ein Feuermeer stürzte auf mein Leben herunter. Alles drehte sich. Ein schwindelerregender Wirbel hob mich in die Luft. Getigerte Sonnen steckten die Wolken in Brand, durch die ich mit großer Geschwindigkeit daherjagte.

Es ist Nacht. Eine metallene Fliege belästigt mich. Ich schreie, von kaltem Schweiß überströmt. Weiter nichts. Ich dehne mich wie Gummi.

Bald ärgerte ich mich über alles, was mir bisher gleichgültig gewesen war. Der Verwalter, der Erzieher, der Fechtmeister, der Sprachlehrer, die Reitknechte – keiner von ihnen hatte Ritas Augen. Ich hätte sie erschlagen mögen, ihnen die Augen ausstechen, wenn sie mich ansahen; besonders die blutunterlaufenen Eunuchenaugen des Haushofmeisters und die teilnahmslosen Augen der Dienerschaft, in denen eine Spur Bosheit flackerte. Ich hatte oft Wutanfälle, mein Jähzorn jagte meiner Umgebung Angst ein. Ich teilte mir die Tage ein, wie es mir paßte. Am liebsten hätte ich mich selber umgebracht. Ich stach mir mit einem Messer in die Waden.

Endlich kam der Tag, an dem ich Rita wiedersah. Es war unser Hochzeitstag. Diesmal läuteten keine Glocken, die Trommeln wirbelten nicht, als Rita aus dem Wagen stieg. Sie hielt einen großen Strauß blauer Blumen in der Hand, und ich bemerkte zum erstenmal ihr lockiges Haar. Der General begleitete sie. Wir verbrachten diesen Tag in meinem Zimmer, Hand in Hand, Auge in Auge. Wir sprachen nicht ein Wort. Abends, als sie aufbrach, küßte ich sie in Gegenwart des Generals lange auf den Mund. Ihre Lippen schmeckten nach Farnkraut.

Am nächsten Tag, nachdem Rita mich zum zweiten Mal verlassen hatte, stach ich mit einer Schere allen meinen Vorfahren, deren Porträts in der Ahnengalerie hingen, die Augen aus. Mir grauste vor diesen gemalten Augen. Ich hatte sie lange studiert. Ich hatte mich über sie gebeugt. Keines hatte die feuchte Tiefe, die glasklare Färbung, die bei Erregung verschwimmt, dieses sich weitende Pupillenkorn, das ein Funke Leben aufhellt oder trübt und in allen Farben schillern läßt. Diese Augen bewegten sich nicht wie an der Spitze langer Blütengriffel, sie hatten keine Finger, einen anzurühren, sie hatten keinen Duft. Ich kratzte sie aus, ohne Bedenken.

So wurde ich zehn Jahre alt. Rita sah ich einmal im Jahr, an unserem Hochzeitstag. Da entdeckte auf einmal der unheimliche fremde Greis, der meine Erziehung leitete, sein Interesse an mir. Ich bekam einen Brief, der mir gebot, ihn in Wien aufzusuchen. Ich sollte in das Pagenkorps eintreten. Am Vorabend von Ritas viertem Besuch sollte ich Fejervar verlassen. Ich beschloß zu fliehen. Am Morgen ging ich zu den Stallungen hinunter. Da standen die Pferde der diensthabenden Schwadron. Eben hatte man Tagwache geblasen. Es war Zeit zur Wachablösung. Die Männer waren entweder in der Wachstube, hatten Stubendienst oder wuschen sich am Brunnen. Ich öffnete die Stalltüren ganz weit. Ich löste allen Pferden die Halfter. Dann klammerte ich mich an den Bauch meiner schwarzen Stute und steckte das Schüttstroh und das Heu in den Raufen in Brand. Das knisterte, prasselte, und im Nu brannte es lichterloh. Die Pferde scheuten und sprengten geblendet hinaus. Mit drei Sprüngen hatte meine Stute die andern eingeholt. So preschte ich den Wachposten an der Nase vorbei. Aber ich hatte Pech. Ein Soldat schoß in die Richtung der flüchtenden Tiere. Meine Stute brach zusammen, und ich rollte in den Staub, wurde unter ihr eingequetscht. Als man mich aufhob, war ich blutbeschmiert. Man brachte mich ins Palais. Ich hatte einen Schädelbruch, Rippenquetschungen, ein gebrochenes Bein. Und doch war ich glücklich: ich mußte nicht nach Wien, und Rita würde kommen.

Aber Rita kam nicht.

Den ganzen Tag wartete ich auf sie, voll Ungeduld. Ich fieberte. Ich rief nach ihr. Abends hatte ich eine Gehirnblutung. Über drei Wochen lag ich im Delirium. Dann siegte meine Jugend. Ich erholte mich. Es ging mir besser. Nach zwei Monaten war ich fast wieder gesund. Ich durfte schon aufstehen. Aber mein rechtes Bein hing leblos herunter. Da der Bruch kompliziert war, kann ich nicht sagen, ob es wirklich unmöglich war, das Knie auszuheilen, oder ob die Ärzte auf höheren Befehl nicht rechtzeitig eingreifen durften. Ich glaube eher das letztere. Jedenfalls: mein Knie wurde steif. Daß ich heute als Krüppel vor Ihnen stehe, verdanke ich der Rache des unheimlichen Alten in Wien. Das war die Strafe, weil ich seinem Befehl nicht gehorcht hatte.

Dieses Erlebnis brachte mich dazu, über mein Dasein nachzudenken, über meine soziale Stellung, die Freunde und Feinde, die ich haben mochte, über meine Familie, meine Verwandtschaft, vor allem über meine Beziehungen zum Wiener Hof. Ich hatte mir diese Fragen noch nie gestellt. Jetzt erst fiel mir auf, was für ein Geheimnis mich umgab und wie merkwürdig und unnatürlich meine klösterliche Erziehung war. Ich war sozusagen ein Gefangener. Aber in wessen Händen und in wessen Macht? Sobald ich mich meiner Krücken halbwegs bedienen konnte, humpelte ich in die Bibliothek, um meine Familienchronik zu studieren. Darüber verbrachte ich die drei folgenden Jahre, in denen ich Rita nicht wiedersehen sollte; lesend, alte Handschriften, Urkunden und Dokumente entziffernd, unterstützt von unserem Schloßkaplan, einem edlen und meiner Familie treuergebenen achtzigjährigen Mann, der mir bei der Lektüre der lateinischen Texte half. So lernte ich die Geschichte meines Hauses kennen, die Bedeutung seiner einstigen Größe und seines jetzigen Verfalls, und ich konnte den unbezwingbaren Haß, mit dem die in Wien uns verfolgten, in seiner ganzen Tragweite ermessen. Ich beschloß, ihnen zu beweisen, daß sie sich in mir getäuscht hatten, ihre Pläne zu durchkreuzen, mich ihren Befehlen zu widersetzen und der Macht des gekrönten Alten zu entfliehen.

Ich wollte auf und davon, das Königreich und das Kaiserreich hinter mir lassen, weitab von der Politik der Doppelmonarchie leben, namenlos, unters Volk gemischt, allein in einem unbekannten Land, in der Fremde.

Und hierher gehört die Geschichte mit dem Hund, die ich Ihnen vorhin erzählen wollte. Ein Hund war mein einziger Gefährte während dieser langen Studienjahre, ein ganz gewöhnlicher Köter, ein struppiger Schäferhund. Er war eines Tages in die Bibliothek gekommen und hatte sich mir zu Füßen gelegt. Als ich aufstand, war er mir gefolgt. Und später, als ich mein Bein wieder gebrauchen lernte, mich langsam an das schreckliche Hinken gewöhnte und versuchte, nur noch einen Stock zu benutzen, begleitete er mich überall, kläffte beim kleinsten Fortschritt vor Freude und bot mir oft seinen kraftvollen Rücken als Stütze. Darum gewann ich ihn lieb.

Und dann kam Rita wieder. Eines Tages stand sie ganz überraschend da. Sie war allein. In den drei Jahren der Trennung war sie größer geworden. Das war nicht mehr das kleine Mädchen, das ich kannte, sondern ein schlankes junges Ding, kräftig und gut gewachsen. Sie tat, als bemerkte sie mein Gebrechen nicht, und wirbelte durch das Labyrinth der Gänge. Ich folgte ihr hinkend. Als sie in dem Zimmer anlangte, das meiner Mutter als Boudoir gedient hatte, ließ sie sich aufschluchzend in einen Sessel fallen. Unsere Tränen flossen ineinander. Wir verbrachten ein paar Stunden in inniger Umarmung, den Hals uns mit Küssen bedeckend. Dann machte sich Rita aus meiner Umklammerung los und jagte, wie sie gekommen war, in ihrem Wagen davon.

Dieser kurze Besuch Ritas hatte mich in eine merkwürdige Unruhe versetzt. Verglich ich mich mit ihr, so stellte ich fest, daß sich in mir etwas verändert hatte. Einmal war meine Stimme gebrochen, sie hatte jetzt tiefe, rauhe Klänge und dann plötzlich Flötentöne; sie wechselte Lage und Modulation, ich mochte mich noch so anstrengen, es gelang mir nicht, sie zu beherrschen. Ich hatte Ritas Stimme. Diese Entdeckung war bestürzend. Ich machte bald eine zweite, die sich als tragisch erweisen sollte. Ich ging nicht mehr in die Bibliothek. Ich saß tagelang am höchsten Fenster auf einem Hocker und starrte in die Richtung der untergehenden Sonne, dahin, wo Rita entflohen war. Es war genau die Richtung, in der die Wiese lag. So bestätigten sich meine nervösen Kinderträume, sie trafen zu und hatten ihren guten Grund gehabt. Ich widmete meinem Innenleben nun eine übertriebene Aufmerksamkeit. Zum ersten Mal bemerkte ich, in welcher Stille ich immer vergraben gewesen war. Seit meiner vereitelten Eskapade hatte man mir die Ehrengarde entzogen und sie durch eine slowakische Infanteriekompanie ersetzt. Es war also aus mit den regelmäßig ertönenden Trompetensignalen, mit den Trommelwirbeln, dem unnachahmlichen Sporengeklirr, das mich immer entzückt hatte; nur die rauhen Stimmen der Soldaten, die manchmal zu mir heraufklangen, der dumpfe Schlag eines Gewehrkolbens in einem Korridor, hinter einer Tür, oder irgendein anderes vertrautes Geräusch ritzten wie mit einem Diamant meine gläserne Apathie. Bei einem solchen Schlag oder Stoß setzte sich alles in mir in Bewegung. Alles wurde Stimme und Laut, anschwellende Beschwörung. Ich sah, wie die Baumwipfel sich wiegten, die Laubwände des Parks sich mit wollüstigen Bewegungen öffneten und schlossen. Der Himmel war straff gespannt, gewölbt, wie ein Rücken.

Ich wurde wahnsinnig empfindsam. Alles war Musik. Eine farbstrotzende Orgie. Kraftfülle. Gesundheit. Ich war glücklich. Glückselig. Ich tauchte auf den Grund des Lebens, bis zur zitternden Wurzel der Sinne. Meine Brust dehnte sich. Ich fühlte mich stark, allmächtig. Ich war eifersüchtig auf die ganze Natur. Alles sollte sich meiner Lust hingeben, meiner Laune sich anschmiegen, unter meinem Hauch sich beugen. Ich befahl den Bäumen aufzufliegen, den Blumen, in die Lüfte zu flattern, den Wiesen und dem Erdreich, zu kreisen, sich umzustülpen, den Flüssen, ihren Lauf zu ändern. Alles sollte nach Westen strömen, die Glut des Himmels nähren, vor der Rita aufstieg wie eine duftende Säule.

Ich war fünfzehn Jahre alt.

In solchen Augenblicken der Verzückung brachte mich alles in Wut, was mich in die Wirklichkeit zurückrief. Und ich ließ meine Laune an dem armen Hundevieh aus, das mir immer zwischen die Beine lief. Seine Augen, die treuen Hundeaugen, die mich fragend anstarrten, machten mich rasend. Ich fand sie dumm, hohl, rührselig, blöd. Trostlos und demütig, ohne Lust, ohne Trunkenheit. Und dieses Japsen, dieses Schnaufen des Tieres, das stoßweise, kurze Atmen, das die Rippen wie eine Ziehharmonika auseinanderzieht und den Bauch lächerlich aufbläht, das auf- und absteigt, aufreizend wie eine Fingerübung auf dem Klavier, bei der nie eine Note übersprungen, nie danebengegriffen, nie ein Ton ausgelassen wird! Des Nachts erfüllte es mein Zimmer. Zuerst nur schwach, dann steigerte es sich gewaltig, wurde riesenhaft, grotesk. Es beschämte mich. Es beleidigte mich. Manchmal machte es mir Angst. Es war, als sei ich es, der so atmete, so niedrig und erbärmlich, so gedemütigt und bedürftig. Eines Tages hielt ich es nicht mehr aus. Ich rief das garstige Vieh zu mir her und stach ihm die Augen aus, langsam, bedächtig, geradezu fachmännisch. Dann packte ich, von Wahnsinn erfaßt, einen schweren Stuhl und schlug ihn ihm übers Kreuz. So habe ich mich meines einzigen Freundes entledigt. Verstehen Sie mich recht. Ich mußte es tun. Mir tat alles weh. Die Ohren. Die Augen. Die Wirbelsäule. Ich war überspannt. Ich hatte Angst, überzuschnappen. Ich habe ihn erschlagen wie einen gemeinen Verbrecher. Und im Grunde weiß ich nicht, warum. Aber ich habe es getan, verflucht nochmal, und ich würde es wieder tun, und wäre es nur, um noch einmal die Traurigkeit auszukosten, in die meine Tat mich stürzte. Traurigkeit, nervöse Erschütterung, Entladung aller Empfindungen. Und jetzt nennen Sie mich Mörder, Würgeengel oder Wüstling, was Sie wollen, mir ist das egal, denn das Leben ist wahrhaftig eine idiotische Angelegenheit.

Und nun hören Sie mir gut zu. Ich habe das wiederholt, diese Sache, das Verbrechen, den genialen Unfug, die Wahnsinnstat, aber diesmal auf so eklatante Weise, daß Sie vielleicht verstehen werden, warum.

Die Tage, die Wochen, die Monate vergingen. Ich war achtzehn Jahre alt, da bezog Rita eins der Schlösser in der Umgebung. Ein Jahr lang sah ich sie fast jede Woche. Sie kam immer freitags. Wir verbrachten den Tag im Fechtsaal, den ich besonders liebte, weil er so hell war und weil keine Möbel darin herumstanden. Wir lagen auf einer Turnmatte, auf die Ellbogen gestützt, und sahen einander in die Augen. Manchmal gingen wir in den ersten Stock hinauf, wo Rita in dem kleinen, quadratischen Salon musizierte. Manchmal, aber das nur selten, zog Rita altmodische Kleider an, hüllte sich in verschlissene Toiletten, die sie irgendwo in den Schränken aufgestöbert hatte, und tanzte im Sonnenschein auf dem Rasen. Ich sah ihre Füße, ihre Beine, ihre Hände, ihre Arme. Ihr Gesicht rötete sich. Ihr Hals, ihr Mieder spannten sich. Und wenn sie fortgegangen war, hielt mich noch lange der Zauber des Abschieds gefangen, da ich sie biegsam, glühend und bebend in meinen Armen gehalten hatte. Aber nichts liebte ich so sehr wie die langen, schweigsamen Stunden im Fechtsaal. Ein Duft wie von Nuß und Kresse ging von ihr aus, und ich nahm ihn stumm in mich auf. Sie existierte eigentlich gar nicht, sie war gleichsam aufgelöst, und ich atmete sie ein durch alle Poren, ich trank ihren Blick wie einen schweren Wein. Und von Zeit zu Zeit strich ich mit der Hand über ihr Haar.

Ich war der Kamm, der ihre Locken magnetisch machte. Das Mieder, das sich um ihren Leib schmiegte. Der durchsichtige Tüll ihrer Ärmel. Das Kleid, das ihre Beine umschmeichelte. Ich war der kleine Seidenstrumpf. Der Absatz, der sie trug. Der kostbare Schal. Die unschuldig weiße Puderquaste. Ich war herb wie das Riechsalz ihrer Achselhöhlen. Ich war der Schwamm, der ihre feuchten Schamteile kühlte. Ich machte mich dreieckig, jodhaltig. Naß und zärtlich. Dann war ich die Hand, die ihren Gürtel löste. Ich war ihr Spiegel, ihr Stuhl, ihr Bad. Ich umgab sie ganz und überall wie eine Woge. Ich war ihr Bett.

Ich weiß nicht, wie mein Blick ihr das alles sagte, aber oft habe ich sie hypnotisiert, ohne es zu wollen, ohne es zu wissen.

Ich hatte das Verlangen, sie nackt zu sehen. Eines Tages

sagte ich es ihr. Um keinen Preis wollte sie einwilligen. Ihre Besuche wurden seltener.

Ohne sie, ohne ihr wöchentliches Kommen, das ich nicht mehr entbehren konnte, wurde ich nervös, reizbar, schwermütig. Ich schlief nicht mehr. Nachts bedrängten mich erotische Traumbilder. Frauen umringten mich, Frauen in allen Farben, in allen Größen, in jedem Alter, aus allen Zeiten. Sie stellten sich vor mir auf, steif wie die Orgelpfeifen. Sie lagerten sich im Kreis um mich, hingestreckt, den Leib aufgebogen, geil wie Saiteninstrumente. Ich beherrschte sie alle, ich stachelte die einen mit dem Blick auf, die anderen mit einer Gebärde. Stehend, aufgerichtet wie ein Kapellmeister dirigierte ich ihre Orgien, ich schlug den Takt zu ihrem Taumel, ad libitum sie antreibend oder dämpfend oder plötzlich unterbrechend, um sie tausend- und aber tausendmal da capo beginnen zu lassen, ihnen zu gebieten, ihre Gesten, ihre Stellungen, ihren Tanz zu wiederholen, wieder und immer wieder. Oder ich ließ sie alle zugleich einsetzen – tutti – und stürzte sie in einen schwindelerregenden Taumel. Diese Raserei brachte mich um. Ich war ausgebrannt, abgezehrt. Tiefe Ringe gruben sich ein unter meinen Augen. Über mein Gesicht zogen sich die Spuren der Schlaflosigkeit wie die Linien auf einem Notenblatt. Die Akne tüpfelte meine Haut mit Triolen, Generalbaß einer unvollendeten Partitur.

Ich litt unter Schüttelfrösten.

Ich wurde schüchtern, menschenscheu, furchtsam. Ich wollte niemanden mehr sehen. Ich verschanzte mich im Fechtsaal und ging keinen Schritt mehr vor die Tür. Ich vernachlässigte mich. Ich wusch mich nicht mehr. Ich wechselte die Kleider nicht mehr. Ich empfand Lust an dem Schweißgeruch meines eigenen Körpers. Ich urinierte mit Vorliebe an den Beinen herunter.

Dann packte mich eine geradezu wütende Leidenschaft für Gegenstände, für leblose Dinge. Ich rede nicht von Kunstgegenständen, von dem wertvollen Hausrat oder den kostbaren Möbeln, mit denen das ganze Schloß vollgestopft war, also von Dingen, die durch eine Überreizung der Sinne oder der Nerven eine alte Kultur heraufbeschwören, die Erinnerung an eine vergangene Zeit, eine vergilbte Familienchronik oder ein Stück Geschichte wachrufen und uns mit ihren verschnörkelten Formen, ihren geschwungenen Linien, ihrer ganzen altmodischen Feinheit entzücken und verzaubern und deren Reiz darin besteht, daß sie sich nach Ort und Zeit festlegen lassen und auf so kuriose Art den Stempel ihrer Epoche tragen und den Zeitgeschmack verraten, dem sie entsprachen. Das war es nicht, was mich interessierte, nein, ich vernarrte mich in unästhetische, kunstlose Gegenstände, die kaum geformt waren, unbearbeitet, oft einfach in das Material selbst. Ich umgab mich mit den wunderlichsten Dingen. Einer Keksdose aus Blech, einem Straußenei, einer Nähmaschine, einem Stück Quarz, einem Klumpen Blei, einem Ofenrohr. Stundenlang beschäftigte ich mich damit, betastete und beschnupperte das alles. Ich stellte alles hundertmal am Tag an einen anderen Platz, es sollte mich amüsieren, zerstreuen, ich wollte darüber die Herzensnöte vergessen, von denen ich nun endgültig genug hatte.

Ich machte erstaunliche Erfahrungen.

Bald versetzten mich Ei und Ofenrohr in sexuelle Erregung. Der Bleiklumpen fühlte sich glatt und weich an, fein genarbt wie Wildleder. Die Nähmaschine war wie der Querschnitt durch den Mechanismus einer Kokotte, die abstrahierte Demonstration der Energieleistung einer Tänzerin der Music-Hall. Ich hätte den duftenden Quarz aufbrechen wollen wie einen Mund, um den letzten Tropfen Urhonig daraus zu trinken, den die Vorwelt in seinen glasigen Molekülen hinterlassen hat, diesen Tropfen, der hin und her rollt wie ein Auge, wie das Luftkügelchen in der Wasserwaage. Die Blechdose war die summarische Zusammenfassung der Frau.

Die einfachsten Figuren, ein Kreis, ein Quadrat, und ihre Projektion im Raum, ein Würfel, eine Kugel, alles erregte mich, sprach zu meinen Sinnen wie die roten und blauen Zeichen des Lingamkultes, die primitiven Symbole gewalttätiger, barbarischer Riten.

Alles wurde Rhythmus, unerforschtes Leben. Ich geriet in Trance wie ein Neger. Ich wußte nicht mehr, was ich tat. Ich schrie, ich sang, ich heulte. Ich wälzte mich auf dem Boden. Ich führte Zulutänze auf. Ich warf mich vor einem Granitblock, den ich bei mir hatte aufstellen lassen, in religiösem Entsetzen auf die Knie. Der Block war lebendig wie ein gespenstischer Jahrmarkt, von Schätzen überquellend wie ein Füllhorn. Er summte wie ein Bienenstock und war hohl wie eine glühheiße Muschel. Ich grub meine Hände hinein wie in einen unerschöpflichen Schoß. Ich rannte gegen die Mauern, um die Visionen, die mich von allen Seiten bedrohten, zu durchbohren, aufzuspießen. Ich verbog die Degen, Florette und Rapiere, ich zertrümmerte die Möbel mit Stockschlägen. Und wenn Rita nach mir fragte – sie kam von Zeit zu Zeit noch herübergeritten, stieg aber gar nicht erst vom Pferd –, dann hatte ich Lust, ihr die Röcke zu zerreißen.

Einmal aber, es war im Spätsommer, stieg Rita ab, in ihrem langfallenden Reitkostüm. Sie sträubte sich nicht, als ich sie in den Fechtsaal führte, und sie streckte sich wie einst mir gegenüber auf dem Boden aus. Sie war besonders lieb an diesem Tag, sanft und ernst. Sie ging auf alle meine Launen ein.

»Dreh den Kopf ein wenig«, sagte ich zu ihr. »Ja, so. Danke. Bleib so, bitte. Du bist schön wie das Ofenrohr, glatt, gerundet, vollkommen, gebogen wie ein Knie. Dein Körper ist wie das Ei auf dem Strand, du bist dicht wie Steinsalz, durchsichtig wie Bergkristall. Du bist eine wunderbare Blüte, du bist ein unbeweglicher Wirbelsturm. Ein Abgrund des Lichts. Du bist wie ein Senkblei, das in unberechenbare Tiefen hinabsinkt. Du bist wie ein mikroskopisch vergrößerter Grashalm.«

Ich erschrak. Ich hatte Angst. Am liebsten wäre ich mit dem Säbel auf sie losgegangen. Und da erhebt sie sich. Sie streift gelassen ihre Handschuhe über. Sie kündigt mir ihre Abreise an. Sie sagt, sie sei zum letztenmal gekommen. Sie erzählt, sie sei nach Wien gerufen und gedenke den Winter am Hof zu verbringen, sie sei bereits zu Bällen und Festlichkeiten eingeladen und die Saison verspreche glanzvoll zu werden... Ich höre ihr nicht zu. Ich höre nichts mehr. Ich springe sie an. Ich werfe sie zu Boden. Ich würge sie. Sie schlägt um sich, zieht mir ihre Reitgerte durchs Gesicht. Aber ich liege über ihr. Sie kann nicht schreien. Ich habe ihr meine linke Faust in den Mund gepreßt. Mit der andern Hand steche ich zu. Ein schrecklicher Messerstich. Ich schlitze ihr den Bauch auf. Blut quillt mir entgegen. Ich zerreiße ihr die Gedärme.

Wie das weiterging? Sie sperrten mich ein. Sie steckten

mich ins Gefängnis. Ich war achtzehn Jahre alt. Das war 1884. Ich wurde in der Festung Preßburg gefangengehalten. Zehn Jahre später bringt man mich heimlich zu den Irren nach Waldensee. Hat man mich ein für allemal abgeschrieben? Kümmert sich niemand mehr um mich? Ich bin also ein Verrückter. Seit sechs Jahren.

Die Flucht

Die Flucht ist beschlossene Sache.
Ich kündigte, ich war fest entschlossen, Moravagine überallhin zu begleiten. Endlich hatte ich den Typ gefunden, der mich schon immer interessiert hatte. Was bedeutete mir ein Mord mehr oder weniger auf dieser Welt, die Entdeckung der kleinen Leiche eines unschuldigen jungen Mädchens?
Endlich sollte ich mit einer menschlichen Bestie zusammen sein, ihr Leben teilen, sie begleiten, beobachten. Mich in sie versenken. Mitleben. Pervers, aus dem Gleichgewicht geraten – gut, aber nach welchem Maßstab? Moravagine, der Amoralische. Vogelfrei. Nervös, impulsiv, gereizt – oder zu starke Gehirntätigkeit? Ich sollte die wechselnden Phänomene des Unbewußten unmittelbar studieren können und sehen, in welchem minuziösen Prozeß die Tätigkeit des Instinkts sich wandelt, erweitert und so aus der Bahn kommt, daß sie entartet.
Alles regt sich, lebt, alles ist in Bewegung. Alles greift ineinander, alles berührt sich. Die Abstraktionen selbst verwirrt und in Schweiß. Nichts steht still. Man kann sich nicht isolieren. Alles ist Aktivität, konzentrierte Aktivität, Form. Alle Formen des Universums sind ge-

nau abgeglichen, sie gehen alle durch dieselbe Matrize. Einleuchtend, daß der Knochen sich auskehlen mußte, der Sehnerv sich deltaförmig verzweigen, wie ein Baum sich spannen, und daß der Mensch aufrecht geht. Der Salzgeschmack, der aus unseren Eingeweiden heraufsickert, stammt von unseren fernsten Fischahnen, vom Meeresgrund, und das epileptische Zittern der Haut ist so alt wie die Sonne.

Am 30. September 1901 erwartete ich Moravagine auf einem Seitenweg im Wald, zweihundert Meter von der Parkmauer entfernt. Einige Tage zuvor war ich nach Kolmar gefahren und hatte einen Tourenwagen gemietet. Ich hatte Moravagine alles besorgt, was er zur Flucht brauchte. Pünktlich um zwölf Uhr mittags sollte er über die Mauer springen. Er kam nicht. Ich wurde schon unruhig. Da höre ich einen gräßlichen Schrei. Ich sehe meine Bestie heranlaufen, mit einem blutigen Messer in der Faust. Ich stoße ihn in den Wagen, wir fahren ab. Er schreit mir ins Ohr: »Ich habe sie besessen!« – »Was? Wen?« – »Das kleine Mädchen, das hinter der Mauer Reisig sammelte.«

Das war der Beginn einer langen Kreuzfahrt durch alle Länder der Erde, die über zehn Jahre gedauert hat. Moravagine ließ überall Frauenleichen zurück. Aus purer Laune oft.

Maskeraden

Es war noch nicht drei Uhr, als wir in Basel ankamen. Ich nahm die Straße durch den Spalenrain und überquerte den Rhein auf der St.-Johannbrücke. Im Auto saßen zwei Engländer. So fielen wir nicht auf. Wir kamen in den Wald von Langen-Erlen und passierten auf dem Feldweg, der an der Birsig entlangführt, unbehelligt die deutsche Grenze. In Weil, dem ersten badischen Dorf, einem beliebten sonntäglichen Ausflugsziel der braven Baseler Bürger, machten wir Rast. Ich hob Moravagine auf meine Arme und trug ihn in die Laube eines Gasthofes. Ein Plaid verdeckte seine Beine. Er hatte sich einen weißen Backenbart angeklebt. Er war nun ein alter Rentier, der steif in seinem Korbsessel saß. Während wir Tee tranken, unterhielten wir uns laut auf Schwyzerdütsch.

Bei Einbruch der Dunkelheit fahren wir weiter. Wir lassen den Wagen in einem Gebüsch stehen. Der D-Zug um 2 Uhr 15 verlangsamt bei Leopoldshöh in der Kurve sein Tempo. Wir springen auf den fahrenden Zug. In Freiburg im Breisgau steigen wir aus, und zwei lärmende Italiener besteigen den Auswandererzug, ein Abteil vierter Klasse. Am Morgen des nächsten Tages bringt uns der Expreß von Köln nach Wiesbaden zurück, wo wir in einer abgelegenen und ruhigen Pension absteigen.

Moravagine ist ein gelähmter peruanischer Diplomat, der zur Kur hier weilt. Ich bin sein Sekretär. Wir bleiben zwei Monate und rühren uns nicht von der Stelle, um allen Nachforschungen zu entgehen. Die Zeitungen schweigen sich aus. Die Sache soll offenbar vertuscht werden. Dann fahren wir nach Frankfurt und suchen M...n auf, den Geheimbankier der Familie G...y. Moravagine hebt eine größere Summe ab[1]. Dann machen wir uns auf den Weg nach Berlin.

---

[1] Über das Vermögen Moravagines vgl. *Axel* von Villiers de l'Isle-Adam.   B. C.

Ankunft in Berlin

Es war unerträglich heiß im Zug. Wir waren beide in Hemdsärmeln. Moravagine gebärdete sich wie ein Rasender. Es war sein erster Tag in Freiheit. Der Anblick des industriellen Deutschlands entzückte ihn. Wir jagten durch Sachsen. Der Zug hüpfte über die Weichen, ließ die Drehscheiben aufklingen, verlor sich unter Betonbrücken, in Tunnels, ratterte über stählerne Viadukte, fuhr durch riesige, menschenleere Bahnhöfe, zerriß den Fächer der Schienenstränge, ging bergauf, bergab, daß die Marktflecken und Dörfer vor unseren Augen auf und nieder tanzten. Überall Fabriken, Zechen, Gruben, Hüttenwerke, Baugerüste, Stahlpfeiler, Glasdächer, Kräne, Dampfbagger, wuchtige Kessel, Rauchfahnen, Kohlenstaub und Drähte, endlose Telegraphendrähte von einem Horizont zum andern. Die Erde schrumpelte, schrumpfte zusammen, ausgedörrt von den tausend Feuern, die in den Hochöfen brannten und den strahlenden Spätherbsttag noch sengender machten. Moravagine brüllte vor Wonne. Er beugte sich aus dem Fenster, streckte den Stationsvorstehern, die in ihrer roten Mütze und mit zusammengeschlagenen Hacken vor ihrem Dienstraum standen, die Zunge heraus und drehte den Weichenstellern lange Nasen. Er wollte sich ausziehen und sich nackt in den belebenden Luftzug stellen. Ich konnte ihn nur mit Mühe daran hindern. Zum Glück waren wir allein in unserem Abteil. Ich raufte eine Weile mit ihm, dann gelang es mir, ihn auf die Bank zu legen. Er schlief ein. Wir verließen eben Magdeburg, dessen dicke Türme sich drohend hinter dem öden, dämmrigen Heideland erhoben.

Um 11 Uhr 07 kamen wir in Berlin Friedrichstraße an.

Im Hotel fanden wir unsere Koffer mit vielen bunten Zetteln beklebt; kleinen Zettelchen, die Gepäckträger und Kutscher unterwegs aufgeklebt hatten. Auf jedem stand die Adresse einer Frau. Moravagine sammelte sie sorgfältig ein.

Kosmogonie seines Geistes

Moravagine hatte sich an der Berliner Universität inskribiert. Man hatte ihm eine Hörerkarte auf den Namen Hans Fleischer ausgestellt. Er besuchte eifrig die Vorlesungen über Musik, die Dr. Hugo Riemann hielt. Wir lebten zurückgezogen im Arbeiterviertel Moabit, wo wir ein modernes Häuschen gemietet hatten, und verbrachten dort drei harte Jahre, in denen wir viel lasen und lernten. Ich mußte oft an mein einsames Studentendasein in Paris denken. Nachts spazierten wir über Land. Kümmerliche Grasbüschel und ein paar spärliche Baumgruppen wuchsen auf dem gelblichen Sand. Der Mond, rund wie eine Kanonenkugel, schien aus einem jäh aufragenden Fabrikschornstein herauszufliegen wie aus einem Geschützrohr. Hasen hoppelten über den Weg. Moravagine wurde gesprächig. Er war beeindruckt von der nächtlichen Stille, der spukhaften Form der Dinge und den Pärchen – Soldaten, Dirnen mit aufgelöstem Haar –, die wir entlang der wackligen Lattenzäune aufscheuchten. Er erzählte mir von seinem Leben im Gefängnis.

Meine Zelle in Preßburg war sehr eng. Sie war sechs Meter lang und zwei Meter breit. Aber das störte mich nicht; ich war an die Abgeschlossenheit und die sitzende Lebensweise gewöhnt, ich war seit langem zur Untätigkeit verurteilt. Das machte mich also nicht unglücklich. Worunter ich aber von Anfang an fürchterlich gelitten habe und woran ich mich auch später nicht gewöhnen konnte, das war die ständige Dunkelheit und der Mangel an frischer Luft. Wie soll ein Mensch im Schatten leben, fern von dem Licht, das die Poren öffnet und dehnt und ihn umspielt wie eine Liebkosung?

Ein winziger Lichtschacht öffnete sich in der Decke, zwischen die Steine eingekeilt, und ließ nur einen fahlen Schein heruntersickern, einen kalten, matten, bleichsüchtigen, bläulichen Schimmer des großen Lichts draußen. Er hing herunter wie ein Eiszapfen, an dessen Spitze ein trüber Wassertropfen zittert. In diesem Wassertropfen habe ich zehn Jahre lang gelebt, wie ein Kaltblütler, wie ein blinder Olm.

Nur die Nächte brachten mir ein bißchen Erleichterung. Das Nachtlicht an der Decke brannte bis zum frühen Morgen. Wenn ich es lange anstarrte, wurde es immer intensiver, leuchtend, blendend. Dieses flackernde Licht machte mich blind. Irgendwann schlief ich dann ein.

Ich will Ihnen von den Dingen erzählen, die mir am Anfang ein bißchen Erleichterung verschafften. Dazu gehörte die Wasserspülung der Klosetts, die in Abständen in der Rohrleitung stöhnte. Ihr Rauschen schien mir gewaltig. Es erfüllte meine ganze Zelle. Es toste in meinem Kopf wie ein Wasserfall. Ich sah Berge. Ich atmete Tannenduft. Ich sah einen abgebrochenen Ast, der in der Strömung eines Wildbachs, eingeklemmt zwischen zwei Steinen, hin und her schaukelte, hin und her, immer hin und her. Aber mit der Zeit gewöhnte ich mich an das unberechenbare Gurgeln in den Rohren. Stundenlang hörte ich es nicht mehr. Dann fragte ich mich plötzlich, ob es schon vorbei sei oder ob es bald kommen werde. Ich strengte mich unsinnig an, um mich zu erinnern, wie oft am Tag es bereits gerauscht hatte. Ich zählte es an den Fingern ab. Ich streckte die Finger, daß die Glieder knackten. Es wurde zur Manie. Und gerade dann, wenn ich es am wenigsten erwartete, rauschte es auf und warf mein ganzes Gerüst von Zahlen und Berechnungen über den Haufen. Ich lief zum Waschbecken, um die Sache zu kontrollieren. Das ekelhafte Loch am Grunde stand unbeweglich, glatt wie ein Spiegel. Wenn ich mich darüberbeugte, verfinsterte es sich ganz. Ich hatte mich getäuscht. Die Spülung hatte in meinem Kopf stattgefunden, nicht in der Wirklichkeit. Ich verlor jeden Zeitbegriff. Alles fing wieder von vorn an. Eine grenzenlose Verzweiflung überkam mich.

Ich wollte nichts mehr hören. Ich machte mich taub. Ich stopfte mir die Ohren zu. Ich lag den ganzen Tag auf meiner Pritsche, zusammengekrümmt, die Beine angezogen, die Arme vor dem Gesicht verschränkt, die Augen geschlossen, die Ohren voll Wachs, ich rollte mich zusammen, verkroch mich in mich selbst, machte mich klein, unbeweglich wie im Mutterleib. Dann stieg mir der scharfe Ausgußgeruch in die Nase, kribbelte mit salzigen Stacheln auf meiner Haut. Meine Nase glänzte wie lackiert. Ich stand verzweifelt von meiner Pritsche auf. Ich wollte sterben. Ich onanierte bis aufs Blut, ich dachte, ich könnte mich damit zu Tode quälen. Dann wurde das zur Gewohnheit, eine Manie, ein Sport, eine Art Hygiene, eine Erleichterung. Ich machte das ein paarmal am Tag, mechanisch, gedankenlos, gleichgültig, kalt. Und das gab mir Widerstandskraft. Ich wurde kräftiger, frischer. Ich bekam wieder Appetit. Ich setzte Fett an.

So vergingen die ersten achtzehn Monate der Gefangenschaft. An Rita dachte ich überhaupt nicht. Weder an ihr Leben noch an ihren Tod. Nie hatte ich ihr gegenüber ein schlechtes Gewissen. Sie ließ mich vollkommen kalt.

In diesem Zustand der Ausgeglichenheit und der physischen Kraft fing ich an, mir Bewegung zu machen. Ich lief in meiner Zelle auf und ab. Ich wollte sie kennenlernen. Ich setzte meine Füße auf jede Steinplatte, jede Ritze, peinlich genau. Ich ging von einer Wand zur anderen. Ich machte zwei Schritte vorwärts, einen zurück. Ich paßte auf, daß ich die Füße nicht auf die Fugen der Steinfliesen setzte. Ich übersprang abwechselnd einen Stein, dann zwei. Einmal ja, einmal nein, einmal gut, einmal schlecht, einmal weich, einmal hart. Ich ging geradeaus, schräg, im Zickzack, im Kreis. Ich ging mit krummen Beinen, mit überkreuzten Füßen. Ich machte mit meinen Beinen Grimassen. Ich versuchte einen Spagat. Ich bemühte mich, nicht mehr zu hinken. Ich kannte die geringste Unebenheit des Bodens, die kleinste Neigung oder Abflachung. Ich erkannte sie mit geschlossenen Augen, denn es gab nicht einen Quadratzentimeter Boden, den ich nicht tausend- und aber tausendmal in Schuhen, Strümpfen oder barfuß betreten oder sogar mit den Händen untersucht hätte.

Schließlich wurde mir der Zirkus zuwider. Mein Schritt hallte unter dem Gewölbe wie eine Totenglocke. Müde und verdrossen verbrachte ich abermals meine Zeit auf dem Strohsack und starrte auf die Wand. Die Bausteine waren schlecht behauen, nicht übergipst und hatten

Zementflecken in den Fugen. Sie griffen paarweise übereinander, eckig, ungleichförmig, zahllos. Sie waren sehr feinkörnig und fühlten sich glatt an. Ich preßte oft meine Zunge daran. Sie schmeckten säuerlich. Sie rochen gut, nach Stein, nach Feuerstein und Schiefer, Kiesel, Tonerde, Wasser und Feuer. Ich betrachtete sie so lange, bis ich ihre breiten, harmlos gutmütigen Gesichter erkannte. Aber nach und nach sah ich schärfer. Ich unterschied gewölbte Stirnen, hohle Wangen, unheimliche Schädel, drohende Kinnladen. Ich erforschte jeden einzelnen Stein, angstvoll, mit Entsetzen. Eine Lichtspiegelung, ein Schatten ließ sie auf seltsame Art lebendig werden. Die Zementstreifen zeichneten bizarre Formen. Ich richtete meine Aufmerksamkeit auf diese kaum näher bestimmbaren Körper, versuchte, sie abzuheben, ihre Umrisse abzustecken, und meine Einbildung war geradezu krankhaft darauf erpicht, mir Angst einzujagen.

Mit meiner Ruhe war es zu Ende.

Jeder Stein begann sich zu drehen und zu wackeln, rutschte weg. Grinsende Köpfe streckten sich mir entgegen, offene Mäuler, spitze Hörner. Ströme von Maden quollen aus jedem Spalt, aus jedem Loch, scheußliche Insekten, bewaffnet mit Sägen und riesigen Zangen. Die ganze Wand hob und senkte sich, vibrierte, wisperte. Große Schatten wiegten sich davor. Fresken und Reliefs zogen an meinen Augen vorbei, leidvolle Bilder von Qual und Elend, Folter, Kreuzigung. Und davor schlenkerten Schatten wie die Leiber von Gehenkten. Mein Bett schien zu kentern. Ich schloß die Augen. Da hörte ich das Schnaufen des Wassers; dann Sporengeklirr. Ein weißer Kürassier betritt meine Zelle. Er schleudert mich in die Luft wie einen Ball, fängt mich auf, schwingt mich hin und her, jongliert mit mir. Und Rita sieht uns zu. Ich bin selig. Ich stöhne. Ich weine. Ich höre mich. Ich höre die Stimme meiner Qual. Ich erkenne meine Stimme. Ich klage. Ich jammere.

Warum nur, warum?

Die Decke wird hohl wie ein Trichter, ein wilder Strudel verschlingt gierig die aus dem Feld geschlagene Natur. Das Weltall dröhnt wie ein Gong. Dann erstickt alles in der furchtbaren Stimme des Schweigens. Alles verschwindet. Ich komme wieder zu mir. Die Zelle erweitert sich langsam. Die Wände weichen zurück. Die Mauer dehnt sich. Nur noch ein lächerliches Häuflein Menschenfleisch ist übrig, das leise atmet. Mir ist, als wäre ich in einem Kopf, wo alles lautlos spricht. Meine Mitgefangenen schildern mir ihr Leben, ihre Bedrängnis und ihre Schuld. Ich höre sie in ihren Zellen. Sie beten. Sie zittern. Sie wandern hin und her. Sie gehen in ihrem tiefsten Innern auf leisen Sohlen auf und ab. Ich bin der Schalltrichter des Universums, das sich in meiner Zelle zusammenballt. Mein Kerker erzittert von der Macht des Guten und des Bösen, und das namenlose Leid, diese immerwährende Bewegung außerhalb jeder Konvention, rüttelt an seinen Stäben. Ich bin benommen von dem Posaunenton dieser Sprache, die in meinen Ohren klingt, mich stumpf macht und mich freispricht.

Systole. Diastole.

Alles zuckt und wallt. Mein Gefängnis zerfällt. Die Mauern stürzen zusammen, schlagen mit den Flügeln. Das Leben entführt mich in die Lüfte, ein gigantischer Geier. Von dieser Höhe aus wölbt sich die Erde wie ein Busen. Man sieht durch ihre transparente Rinde, wie in den Venen ihres Innern das rote Blut pulsiert. Auf der

anderen Seite steigen die Flüsse herauf, blau wie das
Blut der Arterien, darin wimmelt es von Milliarden und
aber Milliarden winziger Lebewesen. Darüber wogen
wie schwärzliche Lungen die Ozeane auf und ab. Zwei
Gletscheraugen kommen ganz nah auf mich zu und rollen langsam ihre Pupillen. Da ist die Doppelkugel einer
Stirn, der steile Grat einer Nase, steinerne Hänge, senkrechte Felswände. Ich fliege über den Götterberg, der
weißer ist als das schneeweiße Haar Karls des Großen,
und ich lande am Rande des Ohres, das sich auftut wie
ein Mondkrater.

Hier ist mein Horst.

Meine Jagdgründe.

Der Zugang wird von einem großen Höcker versperrt,
einem Tumulus, dem Grabmal des Urvaters, neben dem
ich mich verstecke. Dahinter ist ein Loch, in das jeder
Außenlärm hineinfällt wie ein Dickhäuter in eine Falle.
Nur die Musik dringt bis in den engen Gang vor und
verfängt sich an den Wänden des felsigen Schallrohrs.
Hier, in der tiefen Dunkelheit der Höhle, habe ich die
schönsten Formen des Schweigens erfahren. Ich habe sie
festgehalten, sie sind durch meine Finger geglitten, ich
habe sie erfühlt.

Zuerst die fünf Vokale, gelenkig, scheu, flüchtig wie
Lamas; dann, als ich die Spirale des immer enger und
niedriger werdenden Ganges hinunterstieg, die zahnlosen Konsonanten, zusammengerollt in einem Schildpattpanzer, in dem sie einen monatelangen Winterschlaf
halten; noch weiter unten die aalglatten Zischlaute, die
an meinen Fingern knabberten; dann, weich und blind,
manche schleimig wie Engerlinge, die stumpfen Laute,
die ich mit den Nägeln zwackte, als ich die Wurzelfasern

eines prähistorischen Torfs herauskratzte; schließlich die tiefen, kühlen, spröden, rauhen Konsonanten, die ich im Sand auflas, um sie einzusammeln wie Muscheln. Ganz unten aber, platt auf dem Bauch, als ich mich durch einen Spalt zwischen das Wurzelwerk zwängte, peitschte mir ein Gifthauch ins Gesicht, prickelte und stach, und winzige Tierchen liefen über meine Haut, über die kitzligsten Stellen; sie waren spiralförmig, pelzig wie Schmetterlingsrüssel und stießen heiser stöhnende, krächzende Laute aus.

Es ist Mittag. Die Sonne gießt siedendes Öl in das Ohr des entschlummerten Demiurg. Die Welt bricht auf wie ein Ei. Eine schlängelnde, blutrote Zunge quillt heraus.

Nein, es ist Mitternacht. Das Nachtlicht zermürbt mich wie eine Bogenlampe. Meine Ohren klingen. Meine Zunge häutet sich. Ich bemühe mich zu sprechen. Ich spucke einen Zahn aus. Einen Drachenzahn.

Ich bin nicht von eurer Rasse. Ich stamme aus dem mongolischen Clan, ich bringe euch eine furchtbare Wahrheit: die Wirklichkeit des Lebens, das Wissen um den Rhythmus. Ihr glaubt, Zeit und Raum in kleine Hütten sperren zu können, wir aber werden eure statischen Häuser der Zeit und des Raums zerstören. Mein Hengst hat mehr Wildheit im Leib als euer asthmatisches Räderwerk, sein Huf ist gefährlicher als eure Maschinen. Umstellt mich mit hunderttausend Bajonetten der abendländischen Erleuchtung, denn wehe euch, wenn ich aus der Finsternis meiner Höhle trete, wenn ich mich daran mache, euer Geschrei zu ersticken. Seht euch vor, daß nie eure Brückenbauer auf meinen Uferböschungen mein empfindliches Trommelfell aus dem Schlafe wecken: ich ließe meinen Sturmwind über euch hinwegfegen, gekrümmt wie ein Türkensäbel. Ich bin ein kalter Tyrann. Meine Augen sind Trommeln. Zittert, wenn ich aus euren Mauern trete wie aus Attilas Zelt, fürchterlich gewachsen, vermummt, im Sträflingsgewand, wie meine Mitgefangenen zur Stunde des Spaziergangs, um mit meinen frostgeröteten Würgerhänden dem säuerlichen Bauch eurer Zivilisation Gewalt anzutun.

Über dem Gefängnishof steckt der nächtliche Himmel meine Tätowierungen auf. Eine Feuersbrunst wütet in der öden Steppe der Nacht, die einförmig ist wie der Grund des Baikalsees, einförmig wie der Rücken einer Schildkröte.

Ich spiegle mich darin.

Uranismus. Musik.

Ich bin der große Gleichgültige.

Nichts konnte mehr meine Ruhe und mein Gleichgewicht stören. Die Jahre vergingen. Ich war so weit, daß ich an nichts mehr dachte. Ich war unbeweglich. Man brachte mir zu essen, zu trinken. Man führte mich in den Hof. Man brachte mich wieder in meine Zelle. Ich war abwesend. Ich war starr und spürte nur in den Fingerspitzen, im Knie, am Ende der Wirbelsäule oder im Kopf noch einen Rest von Empfindung. Ich genoß das Leben, aber ich dachte nicht. Meine Finger waren weit weg bei den Saxifragen im Steinbruch. Mein Knie strahlte Licht aus, brach die Strahlen, ließ Sonnenspäne aufwirbeln wie eine Gemme. In meiner Wirbelsäule arbeitete es wie in einem Baum im Frühling, der ein Blättchen und an der Spitze eine Knospe, einen Palmenkohl, treibt. Mein Kopf hatte, wie ein Seestern, nur eine einzige Öffnung, die als Mund und Anus zugleich diente. Wie ein Zoophyt, den man anrührt, zog ich das Leben in meine

Tiefen zurück. Ich verdaute mich selbst, in meinem eigenen Magen. Physisch hat mich das völlig ausgedörrt.

Ein Nagel war in die Wand meiner Zelle geschlagen, ganz oben. Zehn Jahre hatte ich ihn angestarrt, ohne ihn zu bemerken. Dann sah ich ihn endlich. Ein Nagel. Was ist schon ein Nagel? Ich bin es, krumm und verrostet, eingerammt zwischen die Steine. Ich habe keine Wurzeln. Darum konnten sie mich so leicht und schmerzlos herausziehen, als sie mich abholten, um mich nach Waldensee zu schaffen. Ich ließ nichts zurück als ein bißchen weißlichen Staub, zehn winzige Jahre, ein paar Spinnweben, ein verschwindend kleines, unmerkliches Zeichen an der Wand, unsichtbar für meinen Nachfolger.

Jack, der Bauchaufschlitzer

Moravagine war verzweifelt. Nach drei Jahren mußte er feststellen, daß seine Studien ihn zu nichts führten. Er hatte Musik studieren wollen, weil er hoffte, damit dem Urrhythmus näherzukommen und den Schlüssel zu seinem Wesen, eine Rechtfertigung für sein Dasein zu finden.

Die Musik ist, so wie sie ausgeübt und vor allem, wie sie gelehrt wird, letzten Endes ein chemisches Experiment, die angewandte Theorie dessen, was die moderne Technik und die Mechanik in viel größerem Maßstab in die Tat umsetzen. Die kompliziertesten Maschinen und Beethovens Symphonien bewegen sich nach den gleichen Gesetzen, in geometrischer Progression, sie sind geleitet von einem Bedürfnis nach Symmetrie, das ihre Bewegungen in eine Reihe unendlich kleiner, einander gleichwertiger Einheiten auflöst. Der Generalbaß entspricht einem immer wieder aufgezogenen Räderwerk, das mit einem Minimum an Anstrengung (Abnutzung) ein Maximum an Ästhetik (verwertbare Kraft) erzielt. Das Resultat ist die Konstruktion einer paradoxen, künstlichen, konventionellen Welt, die der Verstand nach Belieben zerlegen und wieder zusammensetzen kann.

(Dynamischer Parallelismus: da hat sich ein Wiener Physiker die Mühe gemacht, sämtliche geometrischen Figuren aufzuzeichnen, die die Fünfte Symphonie projiziert, und kürzlich ging ein neunmalgescheiter Engländer so weit, die Tonschwingungen dieser Symphonie in Farbschwingungen zu übertragen. Dieser Parallelismus läßt sich auf alle »Künste« und daher auch auf jede Ästhetik anwenden. Die Trigonometrie lehrt uns, daß man zum Beispiel die Venus von Milo auf eine Reihe mathematischer Formeln zurückführen kann, um sie, wenn die Marmorstatue im Louvre zerstört werden sollte, mit ein bißchen Geduld und mit Hilfe dieser Formeln zu rekonstruieren, sie nicht nur wiederherzustellen, sondern sie unzählige Male nachzumachen, genau so, wie sie war, Formen, Linien, Maße, Korn, Abnutzung, Gewicht – den ästhetischen Effekt mit einbegriffen.) Der Urrhythmus wäre erst dann realisiert, wenn eine Maschine, kaum konstruiert, sich ohne jede Energiezufuhr sofort in Bewegung setzte und ewig verwertbare Kraft erzeugte (Perpetuum mobile). Daher wird uns das gedrängte Studium einer musikalischen Partitur nie jene ursprüngliche Erregung vermitteln, die der selbstschöpferische Kern des Werkes ist und in ihrer Entwicklung vom Allgemeinzustand des Schöpfers abhängt, von seiner Erbmasse, seiner Physiologie, der Struktur seines Gehirns, seiner mehr oder weniger großen Reflexgeschwindigkeit, seiner Erotik usw. Es gibt keine Wissenschaft vom Menschen, da der Mensch seinem Wesen nach Rhythmus ist. Aber Rhythmus läßt sich nicht anschaulich machen. Nur ganz wenige Individuen, die »großen Besessenen«, erfahren ihn als jene gewaltige Offenbarung, die sich in ihrer sexuellen Verwirrung schon anmeldet. Daher war es ganz nutzlos, daß Moravagine sich den Kopf zerbrach, um einen äußeren Grund für sein Unbehagen am Leben zu finden, einen objektiven Beweis, der ihm das Recht gab, zu sein, was er war. Die Musik ist, wie jede andere Wissenschaft, verstümmelt. Professor Hugo Riemann war zum Philologen jeder Note geworden. Mit Hilfe des vergleichenden Studiums der Musikinstrumente rekonstituierte er, jeweils bis zu seinem Schwingungsursprung zurückgehend, die Etymologie jedes Tons. Schallfülle, Lautbildung und Klangfarbe waren immer Modalitäten, physische Akzente der Bewegung, und enthüllten nie etwas von der inneren Struktur, der eingeborenen Artikulation, dem Geist und dem belebenden Hauch, die dem leeren Ton erst Sinn und Bedeutung verleihen. Im Anfang war der Rhythmus, und der Rhythmus ist Fleisch geworden. Nur die größten, die dunkelsten, nämlich die ältesten, unverfälschten Symbole der Religion hätten Moravagine Antwort geben können, nicht aber die kommentierten Entdeckungen eines Musikgrammatikers. Moravagine war aber nicht im mindesten religiös. Atavismus oder Stolz, ich weiß es nicht; jedenfalls habe ich ihn nie von Gott sprechen hören. Ein einziges Mal sprach er diesen Namen aus, den er nicht zu kennen schien. Es war auf der Straße, vor einem Pissoir. Moravagine trat in eine Pfütze. Er wurde blaß, krallte sich an meinen Arm. »Scheiße«, sagte er, »ich habe Gott ins Gesicht getreten.« Und er scharrte mit dem Fuß, um nicht ein Partikelchen davon mitzunehmen.

Moravagine war verzweifelt. Er konnte kein Buch mehr lesen. Die Wissenschaft ist eine ängstlich dem Zeitgeschmack angepaßte Geschichte. Die wissenschaftliche Terminologie ist geistlos und schal. Alle die dicken Wälzer haben keine Seele und sind voller Hilflosigkeit und Angst.

Moravagine brennt mir durch. Er läßt sich tagelang nicht blicken. Ein dunkles Gerücht verbreitet sich in den dichtbesiedelten Wohnvierteln im Stadtzentrum. Ein Wahnsinniger liegt in den finsteren Passagen auf der Lauer, in den Häusern mit zwei Ausgängen. Er überfällt Mädchen und Frauen, zerfleischt ihnen den Leib und flieht. Vor allem auf junge Mädchen hat er es abgesehen, aber auch vor Kindern macht er nicht halt. Jeden Abend fordert er neue Opfer. Er taucht sogar in den äußeren Vororten auf. Berlin ist in heller Aufregung. Die Bevölkerung zittert. Die Gerüchte bestätigen sich. Die Zeitungen widmen der Aufzählung der Opfer des Mannes, den sie »Jack, den Bauchaufschlitzer« nennen, ganze Spalten. Sie veröffentlichen seinen Steckbrief. Auf seinen Kopf wird eine Belohnung ausgesetzt. Ich erkenne die Gestalt, die sich in den Berichten abzeichnet. Es ist Moravagine. Eines Abends nehme ich ihn mir vor. Er gesteht alles. Es ist höchste Zeit, daß wir verschwinden und er sich auf andere Weise austobt. Ich verfrachte ihn in einen Zug.

Drei Tage später sind wir in Moskau.

Ankunft in Russland

Ende September 1904

Moskau, schön wie eine neapolitanische Heilige. In einem strahlend blauen Himmel spiegeln und brechen sich die tausend und aber tausend Kirchturmspitzen, die Glockentürme, die stolz aufragen, sich strecken, sich bäumen, sich schwer herabsinkend bauchen und zwiebelförmig weiten, gleich bunten Stalagmiten in einem blitzenden Knäuel, einem Gebrodel von Licht. Hunderttausend Fiaker rollen Tag und Nacht über das Kopfsteinpflaster der Straßen. Geradeaus oder gekrümmt zwängen sich die Gäßchen zwischen die roten, blauen, safrangelben und ockerfarbenen Hauswände, um sich plötzlich vor einer goldenen Kuppel zu erweitern, die wie ein Kreisel von Schwärmen krächzender Krähen gepeitscht wird. Alles rattert, alles schreit, der zottige Wasserträger, der hünenhafte tatarische Trödler. Aus den Läden, den Kirchen quellen die Menschen auf die Straße. Verhutzelte alte Weiber verkaufen Krimäpfel, die glatt wie Galläpfel sind. Ein bärtiger Gendarm stützt sich auf seinen großen Säbel. Überall tritt man auf stachelige Kastanienschalen und die knusprigen Näpfchen der kleinen schwarzen Früchte der Esche. Pferdemist zerstäubt in der Luft wie die flimmernden Blättchen im Danziger Goldwasser.

Auf den Plätzen kurven die Straßenbahnen mit schreienden Rädern um leuchtende Pyramiden von »Sandbeeren«; das sind aber nicht die Früchte vom Sandbeerbaum, sondern Pasteken, Wassermelonen. Ein beißender Gestank von verdorbenem Fisch hebt sich scharf von dem süßlichen Geruch braunen Leders ab. Zwei Tage später schneit es. Alle Konturen verwischen, alles erlischt. Alles ist taub. Die Schlitten gleiten lautlos vorüber. Es schneit. Flaum fällt vom Himmel, und die Dächer dampfen. Die Häuser vermummen sich, Türme und Kirchen machen sich unsichtbar. Die Glocken läuten unter der Erde, klingen hölzern. Die Menge bewegt sich ganz anders als sonst, geduckt, hastig. Jeder Passant ist ein mechanisches Spielzeug. Die Kälte ist wie ein harziger Belag. Sie ist ölig, füllt den Mund mit Terpentin. Die Lungen sind fettig, und man bekommt einen enormen Hunger. In jedem Haus biegen sich die Tische unter der Last der Mahlzeiten: duftende, goldgelbe Krautrouladen, Suppen mit Zitrone und saurem Rahm, Vorspeisen aller Art, für jeden Geschmack, geräucherte Fische, gebratenes Fleisch, Masthühner in süßsaurem Gelee, Wild, Obst, Wodka, Schwarzbrot, Kommißbrot und Kalatsch, das feine Weizengebäck.

Der Russisch-Japanische Krieg ging seinem Ende zu. Die Revolution lag knisternd in der Luft.

Wir saßen bei Philipow, Moravagine und ich, als wir auf dem Schnee die ersten Blutflecken sahen. Wie große Löwenzahnpolster blühten sie rund um den Gouverneurspalast, ein breiter weinfleckiger Gürtel mitten in der Stadt, in dem der Schnee schmolz. Wir haben auch die ersten Krawalle miterlebt, weit draußen in einem Arbeiterviertel, dessen Namen ich vergessen habe, hinter der Smolensker Eisenbahn; verwundete Studenten wurden von Kosaken und Polizei abtransportiert.

Bald danach brach die Revolution aus.

Wir nahmen sehr aktiv daran teil. Sofort traten wir mit den Komitees in Genf, Zürich, London und Paris in Verbindung. Moravagine stellte der Zentralkasse der Partei enorme Summen zur Verfügung. Wir unterstützten russische und ausländische Anarchisten. In Polen, Litauen und Bessarabien wurden Geheimdruckereien eingerichtet. Zeitungsballen, Broschüren und Flugblätter wurden in alle Richtungen verschickt und in den Fabriken, Häfen und Kasernen durch die von uns bezahlten kleinen Juden des Bundes massenweise verteilt. Darin wurde das Allgemeine Wahlrecht, Freiheit und Brüderlichkeit gefordert, die soziale Revolution und der schärfste Klassenkampf gepredigt. Die Rechtmäßigkeit der Enteignung des einzelnen in jeder Form – Diebstahl, Mord, Erpressung – und die Notwendigkeit des sozialen und wirtschaftlichen Terrors durch Sabotage in den Fabriken, Plünderung der Staatsgüter, Zerstörung der Eisenbahnstrecken und Hafenanlagen wurde wissenschaftlich nachgewiesen. Außerdem fand man darin detaillierte Anweisungen für die Herstellung von Bomben und die Handhabung von Höllenmaschinen. In Finnland wurden Waffenlager angelegt. Bei den Truppen in Mukden, Charbin und entlang der Transsibirischen Eisenbahn setzte eine wilde Propaganda ein. Überall wurde gemeutert und gemordet, in allen Städten des unermeßlichen Landes flackerten Unruhen auf, die Phantasie der Massen war geweckt, in allen Industriezentren wurden Streiks organisiert, Pogrome wüteten in den Städten im Südwesten. Die Reaktion war erbarmungslos.

Und der Tanz begann. Wir waren überall dabei, wo es heiß herging.

Ich will hier nicht die Geschichte dieser revolutionären Bewegung schreiben, die von 1904 (Attentat auf Plehwe) bis 1908 (Auflösung der Dritten Duma) dauerte. Ich will weder die vielen Aufstände, Revolten, Unruhen und Ausschreitungen aufzählen, noch die blutigen Annalen der Reaktion zitieren, die Massenexekutionen, die Verhaftungen und Verfolgungen, ich will auch nicht die zahllosen Terrorakte schildern, die Fälle von Panik und Massenhysterie, am Hof, im Volk, in der Bourgeoisie, ich will nicht erzählen, warum die glühendsten Verehrer der edlen Maria Spiridonowa oder die begeisterten Anhänger des heldenhaften Leutnants Schmitt ihre revolutionären Ideale und die Idee einer sozialen Erneuerung aus den Augen verloren und in Banden die gemeinsten Verbrechen begingen, ich will nicht darstellen, wie eine vitale intellektuelle Jugend die wüste Armee des Verbrechens verstärkte und in ihr aufging. Diese Ereignisse sind allen noch im Gedächtnis, und sie gehören schon der Geschichte an. Wenn ich dennoch von einigen tragischen Episoden berichte und sie grob skizziere, so nur, um die Entwicklung Moravagines klar herauszustellen.

Diese Epoche, die das Heilige Russische Reich wanken und den Zarenthron stürzen sah, hat sich den hundertzwanzig Millionen Einwohnern dieses immensen Kaiserreichs unauslöschlich aufgeprägt. Wahnsinn und Selbstmord waren an der Tagesordnung. Alles war aus den Fugen, die Institutionen, die Familientradition, das Ehrgefühl. Ein Zerfall, den man für Mystizismus hielt, keimte in allen Gesellschaftsschichten. Kaum fünfzehnjährige Gymnasiasten und Gymnasiastinnen huldigten der freien Liebe. Die Prostituierten schlossen sich zu einer Gewerkschaft zusammen und stellten an die Spitze ihrer Forderungen das Recht auf menschliche Achtung. Ungebildete Soldaten, Analphabeten, fingen an zu philosophieren, und ihre Offiziere diskutierten die Dienstvorschriften. Auch auf dem Lande wurden die Sitten merklich lockerer, und der alte Stamm der Religion trieb unerwartete giftige Blüten. Popen, hysterische Mönche erhoben sich plötzlich aus dem Volk und stiegen auf bis an den Hof; ganze Dörfer hielten halbnackt Prozessionen ab, geißelten sich; an der Wolga begingen die Juden rituelle Verbrechen, schächteten zum Passah-Fest orthodoxe Neugeborene. Ein merkwürdiger asiatischer Aberglaube machte sich unter der buntzusammengewürfelten Bevölkerung breit und führte zu scheußlichen, ekelhaften Praktiken. Ein Mann trank Monatsfluß, um das Herz eines flatterhaften Stubenmädchens zu gewinnen. Die Kaiserin bestrich sich die Hände mit Hundekot und rieb damit die breite Stirn des wasserköpfigen Erbprinzen ein. Die Männer trieben Päderastie, die Frauen waren lesbisch, alle Paare liebten sich platonisch. Die Genußsucht kannte keine Grenzen. In den Städten brachen aus allen Fassaden die flammenden Eingangsschluchten der Bars, Tanzdielen und Nachtlokale. In den Séparées, in den kleinen Salons der großen Restaurants, beim »Bären«, bei »Palkin«, in der »Insel« oder der »Moika«, saßen die ordenbehängten Minister mit kahlgeschorenen Revolutionären und langhaarigen Studenten zusammen und kotzten ihren Champagner über die Scherben und die geschändeten Frauen.

Schüsse knallten, dazwischen das dumpfe Krachen der Bomben.

Und die Prasserei ging weiter.

Was für ein Experimentier- und Beobachtungsfeld für den Wissenschaftler! Auf beiden Seiten der Barrikade unerhörte Fälle von Heldentum und Sadismus.

In finsteren Kerkerlöchern, in den Kasematten der Zitadellen, auf offener Straße, in Verschwörerkellern und elenden Arbeiterwohnungen, bei den Empfängen in Zarskoje-Selo und bei den Verhandlungen des Kriegsgerichts, überall stieß man auf Monstren, heruntergekommene, entgleiste, ausgestoßene, überspannte, zerrüttete menschliche Wesen: berufsmäßige Terroristen, Spitzel im Priestergewand, blutrünstige junge Aristokraten, unerfahrene, ungeschickte Henker, grausam verzopfte und vor Angst zitternde Polizeioffiziere, traumatische Großfürsten, Prinzen, stumm vor Gewissensangst, von schlaflosen Nächten, von den Fieberträumen ihrer Verantwortung ausgezehrte Gouverneure. Narren, Narren, Narren, Feiglinge, Verräter, Dummköpfe, Verbrecher, Duckmäuser, Betrüger, Denunzianten, Masochisten, Mörder. Unzurechnungsfähige Tobsüchtige. Was für ein Krankheitsbild, was für ein Experimentierfeld! Und wenn ich auch die Gelegenheit nicht wahrnehmen konnte, da ich durch die Ereignisse zu sehr in Anspruch genommen war, durch den Einfluß, den Moravagine auf mich ausübte, die lange Folge von Abenteuern, in die er mich stürzte, das hektische Leben, in das er mich hineinzog, zu dem er mich zwang, das aktive Leben, das unmittelbare Handeln, zu dem ein Intellektueller so wenig taugt, so verlor ich doch nie meine wissenschaftliche Nüchternheit und meine wache Neugier. Außerdem hatte ich mich Moravagine mit Haut und Haar verschrieben, und das Schauspiel, das er mir bot, genügte mir völlig.

Mascha

Moravagine hatte bereits den größten Teil seines Vermögens der revolutionären Bewegung geopfert. Das bißchen Geld, das wir uns noch verschaffen konnten, ging für die dringenden Bedürfnisse der Partei drauf. Wir waren bald in Warschau, bald in Lodz, Bjelostok, Kiew oder Odessa. Wir nächtigten bei treuen Parteigängern, die fast immer im Getto der betreffenden Städte wohnten. Wir arbeiteten auf Werften, in Fabriken, wie es gerade kam, oder wenn die Geldsendungen aus dem Ausland nicht eintrafen, stahlen wir uns in den Häfen oder Güterbahnhöfen, was wir brauchten. Nach jedem Attentat verschwanden wir eine Zeitlang aufs Land. Dorfschullehrer beherbergten uns monatelang und verwiesen uns an alte Arbeiter, Werkmeister und Vorarbeiter, die uns in den Bergwerken des Ural oder in den großen Hüttenwerken des Donbeckens unterbrachten. Moravagine empfand ein geradezu wollüstiges Vergnügen, endlich in den Abgrund namenlosesten menschlichen Elends hinabzutauchen. Nichts stieß ihn ab, nichts widerte ihn an, weder das aufreibende Zusammenleben mit den armen Leuten, die uns beherbergten, noch die dreckstarrenden Arbeiter und Bauern; weder die unappetitlichen Speisen, die die bettelarmen Juden in den Städten uns vorsetzten, noch das ungenierte Benehmen, das in revolutionären Kreisen überhandnahm. Ich habe mich nie an die Sitten der kommunistischen Studenten und Intellektuellen gewöhnen können, und wenn Moravagine sah, wie ich mich vor einem alten Bückling und einem Teller Grütze schüttelte oder wie ich zusammenzuckte, wenn ein Genosse sich meine Wäsche auslieh oder meine Hose anzog, wieherte er vor Vergnügen und lachte mich aus. Er fühlte sich überall wohl, und ich habe ihn nie so fröhlich, gesprächig und unbekümmert gesehen wie in dieser Zeit. Er galt als der berühmte Terrorist Simbirsky, Samuel Simbirsky, der Narodnowolje, der Mörder Alexanders II., der aus Sachalin entkommen war. Sein Ansehen war allerorts gewaltig. Mascha Uptschak war auf den Gedanken dieser Unterschiebung gekommen, nachdem der wirkliche Samuel Simbirsky in einer Mansarde in Paris, Impasse du Maine, an Knochentuberkulose gestorben war.

Mascha machte alle unsere Irrfahrten mit. Moravagine war sehr in sie verliebt, und diese Liaison, die, wie sich zeigen wird, eine seltsame Wendung nahm, hat seine Ideen nachhaltig beeinflußt.

Mascha Uptschak war litauische Jüdin. Sie war groß, stattlich, hatte einen üppigen Busen, und auch Bauch und Hinterteil waren ziemlich umfangreich. Auf diesem großen, massigen Körper wuchs ein langer, biegsamer, anmutiger Hals, der einen winzigen, knochigen Kopf trug, ein Gesicht mit matten Zügen, einem leidenden Mund und einer Denkerstirn. Mit seinem gelockten Haar erinnerte dieser Kopf an den eines romantischen Dichters, an den von Novalis. Ihre großen, starren Augen waren blaßblau, kaltblau, emailblau. Mascha war schrecklich kurzsichtig. Sie war ungefähr 35 bis 38 Jahre alt, hatte in Deutschland ein gediegenes Mathematikstudium absolviert und sogar ein Buch über das Perpetuum mobile geschrieben. Sie war eine grausam vernünftige, kalte Person, niemals um Einfälle verlegen, wenn es galt, eine neue Sache aufzuziehen, ein Attentat auszuführen oder die Fallen der Polizei aufzuspüren. Sie war es, die unsere Pläne bis ins kleinste Detail vorbereitete. Alles war darin bedacht, jede Minute haarscharf eingeteilt und bemessen. Jeder von uns wußte genau, was er zu tun hatte, Sekunde für Sekunde: diesen Platz besetzen, jene Haltung einnehmen, diese oder jene Bewegung machen, sich bücken, laufen, eins, zwei, drei mit der Bombe hochgehen, sich eine Kugel in den Mund jagen oder abhauen. Die Ereignisse rollten nach ihren Berechnungen ab, verketteten sich, fügten sich ineinander, wie sie es voll Spürsinn und Realismus vorausgesagt hatte. Oft staunten wir über die Kühnheit ihrer Einfälle und die klare und überlegte Art, in der sie sie vorbrachte. Sie hatte etwas von einer Tragödin und einer Wahrsagerin. Mit untrüglicher Sicherheit fand sie aus der Fülle von Informationen, die uns zugingen, das richtige, zutreffende, sichere, menschliche Detail heraus, das man immer berücksichtigen muß, wenn man Erfolg haben will. Im Kampf, wenn sie für ihre Sache ins Feld zog, war sie beherzt und unerschrocken. In der Liebe aber war sie sentimental und dumm, und Moravagine brachte sie oft zur Verzweiflung.

Wir hatten Mascha in Warschau kennengelernt. Da leitete sie damals unsere wichtigste Geheimdruckerei. Sie verfaßte unsere Proklamationen, unsere Manifeste und Flugschriften, die das Volk aufrüttelten, so viele Streiks auslösten und soviel Schaden anrichteten. Sie war die geborene Volksrednerin, und niemand verstand es besser als sie, an die niedrigen Instinkte der Masse zu appellieren. Die Überzeugungskraft ihrer Rede war unwiderstehlich. Sie faßte die Geschehnisse kurz zusammen, beleuchtete sie, hob hervor, was ihr paßte, und zog dann plötzlich Schlüsse, die durch ihre einfache und knappe Logik verblüfften. Sie wußte den Fanatismus des Volkes zu schüren, indem sie den Leuten vorrechnete, wie viele Opfer da oder dort für dieses oder jenes Ideal gefallen waren, an die Helden erinnerte, die zu der und der Zeit an dem und dem Ort auf den Barrikaden ihr Leben gelassen hatten, und die Tapferen rühmte, die lieber in den finsteren Kerkern verwesten, als auf die gerechten Ansprüche der Arbeiterklasse zu verzichten. Dann rief sie den Leuten die vielen kleinen Schikanen ins Gedächtnis, die jeder von seiten der Vorgesetzten, der Unternehmer oder Gutsherren über sich ergehen lassen mußte. Sie wurde dabei honigsüß, hämisch wie ein altes Klatschweib, und die Erinnerung an diese tausenderlei kleinlichen Schindereien brachte die Proletarier am meisten in Wut und bewog sie, der Partei beizutreten.

Wenn sie mit Moravagine allein war, wurde sie ein vollkommen anderer Mensch. Sie war dann ordinär, rührselig, sinnlich, geil, und Moravagine quälte sie sehr.

Mascha und Moravagine waren ein paradoxes Paar. Sie kräftig und wohlbeleibt, unternehmungslustig, mit männlichen Allüren, ein derbes Mannweib, wäre nicht die geschwungene Halslinie gewesen, der kleine Vogelkopf, die starren Augen, die Blässe, der unheimliche, lappige Vampirmund; dagegen er klein und schmächtig, krummbeinig, früh gealtert, mit verknöchertem Gesicht, unscheinbar, zimperlich und nur manchmal unvermutet laut auflachend, geschüttelt von einem dämonischen Gelächter. Ich sah wohl ein, daß Mascha einem verirrten mütterlichen Instinkt folgte, der sie dazu verleitet hatte, diesen erbärmlichen Wicht an Kindes Statt anzunehmen, ihn zu pflegen, zu verhätscheln, in ihre Arme zu schließen und mit aller Kraft an ihre Brust zu drücken. Aber ich konnte nicht begreifen, warum Moravagine sich das gefallen ließ, er, der alles Weibliche immer gehaßt hatte, und ebensowenig konnte ich mir erklären, warum er plötzlich revoltierte, aufsprang, sie beschimpfte, demütigte und verhöhnte und oft sogar schlug. Ich glaubte, er handelte einfach aus Grausamkeit, und erst viel später, als Mascha ein Kind haben wollte, wurde mir klar, daß Liebe eine schwere Vergiftung ist, ein Laster, das man mit einem anderen Menschen teilen will, und daß, wenn einer der Partner verliebt ist, der andere oft nur Komplice ist, oder Opfer. Oder ein Besessener. Und Moravagine war besessen.

Liebe ist Masochismus. Ihr Schrei, ihre Klage, die süße Unruhe, das Bangen der Liebenden, dieser Zustand der Erwartung, dieser latente, verhüllte, nur angedeutete Schmerz, die tausend Sorgen, wenn das geliebte Wesen fern ist, dieses Gefühl der Vergänglichkeit, der Reizbarkeit, die Launen, die Hirngespinste, die Kindereien, die seelische Folter, bei der die Eitelkeit und die Eigenliebe ihre Rolle spielen, die Ehre, die Erziehung, die Scham, das Auf und Ab der nervlichen Anspannung, diese Schwärmerei, der Fetischismus, die grausame Wachheit der Sinne, die wühlen und schürfen, dieser tiefe Fall, die totale Entkräftung, die Entwürdigung, das ständige Verlieren und Wiedererobern der Persönlichkeit, dieses

Gestammel, Worte, Sätze, der ewige Diminutiv, diese Vertraulichkeit, das Zögern bei jeder Berührung, dieses epileptische Zittern, die ständigen, tausendmal wiederholten Rückfälle, diese ganze aufgepeitschte, immer heftiger werdende Leidenschaft, die um sich greift, eine Katastrophe, bis zur vollständigen Aufgabe, zur absoluten Vernichtung der Seele, bis zur Erschlaffung aller Sinne, bis zur Erschöpfung des Marks, zur Leere des Gehirns, bis zur Taubheit des Herzens, dieser Drang zu vernichten, zu zerstören, zu verstümmeln, sich zu verströmen, dieses Bedürfnis nach Vergötterung, nach mystischer Verklärung, diese Ungestilltheit, die zu einer Überreizung der Schleimhäute, zu Geschmacksverirrungen, vasomotorischen oder peripheren Störungen führt und Eifersucht, Rachgier, Verbrechen, Lüge und Untreue auf den Plan ruft, dieser Götzendienst, die unheilbare Melancholie, die Apathie, das tiefe seelische Elend, der herzzerreißende, tödliche Verdacht, die Verzweiflung – all diese Stigmata, sind das nicht genau die Symptome der Liebe, nach denen man die Diagnose stellen und ohne weiteres das klinische Bild des Masochismus entwerfen kann?

»Mulier tota in utero«, sagte Paracelsus. Darum sind alle Frauen masochistisch. Die Liebe beginnt bei ihnen mit dem Platzen eines Häutchens und endet mit dem Zerreißen des ganzen Wesens im Augenblick der Niederkunft. Ihr ganzes Leben ist ein einziges Leiden. Jeden Monat sind sie davon mit Blut besudelt. Die Frau steht unter dem Zeichen des Mondes, dieses Widerscheins, dieses toten Gestirns, und darum zeugt sie um so mehr Tod, je mehr Kinder sie gebiert. Die Mutter ist eher das Symbol der Zerstörung als das der Zeugung. Wo ist die,

die nicht bedenkenlos ihre Kinder töten und auffressen würde, wenn sie sicher wäre, damit den Mann für sich zu gewinnen, ihn an sich zu fesseln, ihn einzusaugen, von unten her zu verschlingen, zu verdauen, in sich einzuwässern, zum Foetus zurückzuentwickeln und so ihr Leben lang unter dem Herzen zu tragen? Denn darauf läuft die ganze ungeheuerliche Maschinerie ihrer Liebe ja hinaus: auf das Verschlucken, auf die Resorption des Mannes.

Die Liebe hat kein anderes Ziel, und da die Liebe die einzige Triebkraft der Natur ist, ist der Masochismus das einzige Gesetz des Universums. Zerstörung, das Nichts – das ist der unaufhaltsame Ablauf des Lebens. Die Vielfalt der Formen, der langwierige, mühsame, unvernünftige, absurde Anpassungsprozeß in der Evolution der Lebewesen erzeugt nur Leid, unnütze Grausamkeit. Ein Lebewesen paßt sich nie seiner Umgebung an, oder wenn es das tut, geht es ein. Der Kampf ums Leben ist der Kampf um die Nicht-Anpassung. Leben heißt, verschieden sein. Darum sind alle großen Pflanzen- und Tierarten monströs. Genauso mit der Moral. Mann und Frau sind nicht geschaffen, sich zu verstehen, zu lieben, zu verschmelzen und ineinander aufzugehen. Im Gegenteil, sie hassen sich, sie zerfleischen sich gegenseitig, und wenn in dem Kampf, der den Namen Liebe trägt, die Frau als das ewige Opfer gilt, so ist es in Wahrheit der Mann, der getötet und immer wieder getötet wird. Denn der Mann, das ist der Feind, ein ungeschickter, linkischer Feind, viel zu sehr spezialisiert.

Die Frau ist stark, sie steht fester im Leben, sie hat mehrere erotogene Zentren, sie versteht viel besser zu leiden, sie ist widerstandsfähiger, ihre Libido verleiht ihr Gewicht, sie ist die Stärkere. Der Mann ist ihr Sklave, er ergibt sich, wälzt sich zu ihren Füßen, leistet ihr blinden Gehorsam. Er unterliegt.

Die Frau ist Masochistin. Das einzige Prinzip des Lebens ist Masochismus, und Masochismus ist ein Prinzip des Todes. Das ist der Grund, warum das Dasein Idiotie ist, sinnlos, vollkommen sinnlos, das Leben hat überhaupt keinen Zweck.

Die Frau ist das Unheil. Die Kulturgeschichte zeigt uns, was für Mittel die Männer aufgeboten haben, um sich vor Erschlaffung und Verweichlichung zu bewahren. Kunst und Religion, Doktrinen und Gesetze und die Unsterblichkeit sind nur Waffen, die die Männer ersonnen haben, um dem universellen Prestige der Frau standzuhalten. Ach, die Mühe ist umsonst und wird es immer bleiben, denn die Frau triumphiert über alle Abstraktion.

Im Lauf der Jahrhunderte erweist sich, daß früher oder später alle Kulturen verfallen, sich zugrunde richten, verschwinden, untergehen, indem sie der Frau huldigen. Nur wenige Gesellschaftsformen konnten sich ein paar Jahrhunderte lang aus diesem Sog heraushalten, so das kontemplative Kolleg der Brahmanen oder die kategorische Gemeinschaft der Azteken. Die übrigen, die Chinesen zum Beispiel, erfanden nur komplizierte Masturbations- und Andachtsgebräuche, um die weibliche Raserei in Schranken zu halten, oder sie nahmen, wie die Christen und die Buddhisten, Zuflucht zur Kastration, zur körperlichen Buße, zum Fasten, zum Kloster, zur Introspektion, zur Psychoanalyse, um dem Mann ein neues Derivativ zu geben. Nie ist eine Kultur der Apologetik der Frau entgangen, außer ein paar Gemeinschaften heißblütiger, streitbarer junger Männer, deren Apotheose kurz war und deren Untergang gewiß, so etwa die päderastischen Kulturen der Assyrer und Babylonier, die eher von der Substanz zehrten als sich schöpferisch betätigten. Ihr fieberhafter Tatendurst war unbändig, ihre ungeheure Begierde schrankenlos, in ihren Bedürfnissen kannten sie weder Maß noch Ziel. Sie fraßen sich sozusagen selber auf, verschwanden spurlos, wie alle parasitären Kulturen sterben, indem sie eine ganze Welt mit sich reißen. Unter zehn Millionen Männern entgeht nicht einer der Angst vor der Frau, und nicht einer würde, wenn er sie mordete, direkt zuschlagen. Dabei ist der Mord das einzige wirksame Mittel, das Milliarden Generationen von Männern und tausend und aber tausend Jahrhunderte menschlicher Kultur ausfindig gemacht haben, um nicht der Herrschaft der Frau zu erliegen. Das bedeutet, daß die Natur keinen Sadismus kennt und daß das große Gesetz des Universums, Schöpfung und Zerstörung, der Masochismus ist.

Mascha war Masochistin, und als Jüdin war sie es doppelt. Ihr verdanke ich zum großen Teil mein Wissen vom Masochismus, das mir das russische Terroristenmilieu, in dem ich leben sollte, in einem ganz neuen Licht zeigte. Wie könnte man besser die Verjudung der slawischen Welt belegen als an Hand der Zusammensetzung unserer Partei, ihrer Tätigkeit, ihrer raschen Entwicklung, ihrer wachsenden Popularität, ihres Erfolgs. Allein die Tatsache, daß eine Handvoll Menschen sich nicht nur im Kampf hielt, sondern auch noch Sympathien erwerben und das Volk so für sich gewinnen konnte, daß mit regelmäßigen Einnahmen zu rechnen war, berechtigte zu den schönsten Hoffnungen, und von Stund an planten wir bereits die Weltrevolution und den Umsturz aller westlichen Nationen, deren Rassenvermischung genauso beklagenswert war wie in Rußland. Mascha stellte Statistiken über die Dichte der jüdischen Gemeinden im Ausland auf, und Moravagine erwog, eine mächtige jüdische Emigrationsorganisation zu gründen, die unseren tüchtigsten Propagandisten unterstellt werden sollte. Im engeren Kreis der Partei waren von 772 professionellen Terroristen 740 Juden, die übrigen stammten aus den an das ungeheure russische Kaiserreich angegliederten Kleinstaaten: Letten, Finnen, Litauer, Polen und Georgier, die an der Bewegung teilnahmen, um lokalpolitische Interessen zu verfechten oder die Befreiung ihrer unterdrückten Landsleute zu forcieren. Bei den Frauen war das Verhältnis umgekehrt. Von 950 Genossinnen waren zwei Drittel Russinnen oder Polinnen und nur ein knappes Drittel Jüdinnen. Das Zentrale Exekutivkomitee bestand ausschließlich aus Juden, abgesehen von Moravagine und dem russischen Chef W. Ropschin, dem Draufgänger und Glückspilz, dem Spezialisten, der unsere Kampforganisation nach dem Taylorsystem aufgebaut hatte.

Die Revolution war in vollem Gang. Immer mehr Anhänger schlossen sich uns an, aus allen sozialen Schichten und aus allen Enden des Landes, darunter viele blutjunge Mädchen aus der guten Gesellschaft, die nach dem Märtyrertod dürsteten. Die meisten setzten wir als Spitzel oder Lockvögel ein. Das war sehr vorteilhaft, denn auf die Art bekamen wir unsere Nachrichten aus erster Hand und wurden sofort informiert, wenn sich irgendwo irgendwas tat. Wir wollten den kleinsten Vorfall, die geringste Unzufriedenheit unter der Bevölkerung ausnutzen, jeden Streik, jeden örtlichen Zwischenfall, jede Rauferei auf einem Markt, jede Schlägerei zwischen Armeniern und Tataren, um gleich an Ort und Stelle zu sein, um einzugreifen, die Lage zu verschärfen, die Gemüter zu erhitzen, beide Parteien aufzustacheln, die Krise auf ihren Höhepunkt zu treiben, sie in Tumult und Massaker ausarten zu lassen, die Menschen vor die unerbittlichen Tatsachen zu stellen, ihnen Waffen in die Hand zu drücken, durch Verbreitung falscher Gerüchte, durch Brandstiftung, Störung des Wirtschaftslebens, Abschneiden der Nahrungsmittelzufuhr in ein bestimmtes Gebiet bei der Bevölkerung Unruhe zu stiften und dann die Empörung zu benutzen, um Bomben zu legen, eine Bank auszuräumen, einen Staatsschatz zu plündern oder einen hohen Beamten umzulegen, irgendeinen Gouverneur oder General, der bei uns auf der schwarzen Liste stand und den wir in die Falle lockten, indem wir eine ganze Stadt auf den Kopf stellten.

So waren wir ständig unterwegs, und Moskau, Kronstadt, Twer, Sebastopol, St. Petersburg, Ufa, Jekaterinoslaw, Lugowsk, Rostow, Tiflis und Baku empfingen der Reihe nach unseren Besuch, wurden terrorisiert, durcheinandergebracht, zum Teil zerstört und ausgiebig in Trauer versetzt.

Unser Zustand war furchtbar, unser Leben entsetzlich. Wir wurden gejagt und gehetzt. Unsere Steckbriefe in hunderttausend Exemplaren gedruckt und überall angeschlagen. Auf unsere Köpfe war eine Belohnung ausgesetzt. Die Polizei von ganz Rußland war hinter uns her. Ein Heer von Spionen, Denunzianten, Spitzeln, ein Schwarm von Detektiven machten uns die Hölle heiß. Da im ganzen Reich der Ausnahmezustand ausgerufen war, hatten wir auch die Armee gegen uns, Millionen Menschen. Wir mußten uns gegen jedermann verteidigen und uns vor jedem einzelnen in acht nehmen. Wir waren dauernd auf dem Quivive. Offensive oder Defensive, stets mußten wir improvisieren, aus dem Nichts immer neue Kampfmittel schaffen, Arsenale und geheime Waffenlager anlegen, Geheimdruckereien und Falschmünzerwerkstätten in Betrieb nehmen, Laboratorien einrichten, die Bereitwilligen um uns scharen, den Entschlossenen ihre Aufgaben zuweisen und für ihren Lebensunterhalt sorgen, ihnen ein Alibi, einen Unterschlupf, ein Versteck verschaffen, sie mit falschen Papieren ausstatten, sie ins Ausland bringen, sie untertauchen lassen und wieder hervorholen, und diese ganze weitverzweigte Organisation, die einen riesigen Beamtenapparat, über das ganze Land verstreute Büros und Archive und eine Zentrale, einen allgemein bekannten Firmensitz und offizielle Filialen im Ausland erfordert hätte, lief heimlich ab, versteckt vor der Obrigkeit, ohne daß wir je in Erscheinung treten, uns zeigen, offen vorgehen konnten. Jede kleinste Geste mußte getarnt und von tausend Vorsichtsmaßnahmen begleitet sein, damit niemand, auch nicht an Hand einer Indizienkette, bis zu uns durchdringen konnte und uns zu fassen bekam. Niemand kann ermessen, wieviel Energie, Kaltblütigkeit, Willensstärke, Zuversicht und Standhaftigkeit nötig sind, wenn man trotz der zahllosen Mißerfolge, der täglichen Niederlagen, der ständigen Gefahr, der Strapazen, der unzähligen Verrätereien, der dauernden Überanstrengung nicht schwach werden will und den Mut verlieren. Denn wir verausgabten uns restlos, und es ist unglaublich, daß wir das alles physisch durchhielten und nicht aufgaben. Wir schliefen nicht zwei Nächte hintereinander im gleichen Bett und mußten nicht nur ständig den Wohnsitz, die Personalien und Papiere wechseln, sondern uns täglich ein neues Aussehen, ein neues Auftreten, einen neuen Charakter zulegen, Lebensweise, Sprache und Sitten verstellen. Ich schwöre Ihnen, die neunzehn Mitglieder des Zentralen Exekutivkomitees waren Mordskerle, zäh, die richtigen Hauptmacher, die ihren Mann zu stellen wußten. Unser Leben hatte nichts Menschliches mehr, und es war kein Wunder, daß rund um uns so viele versagten, sogar ein paar von den besten Genossen.

Das dritte Jahr war vergangen. Die Reaktion, die bis in ihre Grundfesten erschüttert worden war, schien sich wieder zu fangen und allmählich zu triumphieren. Unser Unternehmen war aussichtslos. Unsere Isolation vollständig. Die gemäßigten Parteien, die mit uns sympathisiert, uns moralisch unterstützt und in vielen Fällen mit uns gemeinsame Sache gemacht hatten, ließen uns im Stich und begannen eine heftige Verleumdungskampagne, die alle Zögernden, alle Feiglinge, die große wankelmütige Masse der Kleinbürger mitriß, auf deren regelmäßige Scherflein wir angewiesen waren. Man schnitt uns die Lebensmittelzufuhr ab. Es ging um das nackte Leben. Wir waren gezwungen, unsere Taktik zu ändern, um Geld hereinzubringen, und begannen also eine Reihe von Enteignungen in großem Stil. Daraufhin bezichtigten uns die liberalen und intellektuellen Kreise der Freibeuterei und des bewaffneten Raubüberfalls und sagten sich offen von uns los. Zugegeben, diese Politik, die nur von dem einen Gedanken beherrscht war, Geld, diesen Nerv aller Dinge, aufzutreiben, warf die Disziplin der

Partei über den Haufen, öffnete der Uneinigkeit Tür und Tor. Die Theoretiker, die Dogmatiker erörterten und kritisierten unsere Auffassung von Realpolitik. Sie verurteilten unsere Aktionen, die legal waren, solange wir uns an den Staatsschatz hielten, aber illegal wurden, sobald wir privates Kapital anrührten. Die Idealisten und die Sentimentalen sahen nur sehr entfernte Zusammenhänge zwischen dieser Art von Bargeldbeschaffung und den lauteren revolutionären Grundsätzen und Zielen. Einige Parteimitglieder, sogar Führer unseres Unternehmens, weigerten sich, daran teilzunehmen, oder taten nur lahm ihre Pflicht. Andere dagegen kamen auf den Geschmack, strichen haufenweise Geld ein, verpraßten es dann und ließen sich nicht mehr blicken. Hohlköpfe, die sich mit gemeinen Verbrechern zusammentaten, Räuber- und Diebesbanden bildeten. Kein Verbrechen mehr, das in Rußland begangen wurde, das man nicht uns in die Schuhe geschoben hätte; das war für uns die denkbar schlechteste Propaganda. Außerdem wurden wir allmählich alle dieses aufreibenden Kampfes müde, dessen Ausgang nicht abzusehen war, der aber, weit entfernt, abzuflauen, immer heftiger wurde und in diesen Tagen seine schärfste Form annahm. Unzählige sprangen ab. Wir konnten weder unsere immer verwegeneren Taten rechtfertigen, noch die Rechtmäßigkeit unserer immer häufiger stattfindenden Raubzüge vor der Öffentlichkeit vertreten. Wir hatten außerdem weder Lust noch Zeit dazu. Man war uns hart auf den Fersen, rückte uns auf den Leib, und viele, die mehr oder weniger in unsere Angelegenheit verwickelt waren, versuchten sich nun reinzuwaschen und bei der Regierung wieder in Gnade zu kommen, indem sie uns verrieten und verkauften und alles taten, damit die andern uns erwischten. Nie waren wir so nah am Ruin gewesen. Die gefährlichsten Gegner waren diejenigen von uns, die kurzerhand ihr Mäntelchen nach dem Wind hängten, zum Feind übergingen und die Polizei auf wichtige, frische Spuren führten. Die Gefängnisse waren überfüllt. Zehntausende wurden nach Sibirien deportiert. Die tapfersten Kameraden verreckten in den Bergwerken, an eine Karre gekettet, oder schufteten mit einer Kugel am Fuß in den Straflagern von Sachalin und Petropawlowsk. Viele starben unter den Prügeln der Aufseher in der eisigen Einsamkeit des hohen Nordens, andere schmachteten in den nassen Kerkern von Schlüsselburg und der Peter-und-Paul-Festung. Die Besten wurden erschossen oder bei Nacht und Nebel gehenkt. Dezimiert und vollständig erschöpft, änderten wir notgedrungen abermals unsere Taktik. Wir beschlossen, die äußersten Mittel anzuwenden. Wir kamen überein, zuallererst die Partei erbarmungslos zu säubern, dann wieder in der Öffentlichkeit aufzutreten und mit letzter Kraft die entscheidenden Schläge zu führen. Um dem Volk Respekt einzujagen, wollten wir versuchen, das Ungeheuer Reaktion zur Strecke zu bringen. Wir mußten es ins Herz treffen. Wir beschlossen, ein Attentat auf den Zaren zu machen und wenn möglich gleich die ganze kaiserliche Familie auszurotten.

Um unsere Spuren zu verwischen und unseren Plan durchzudenken, ihn bis in die kleinsten Einzelheiten auszufeilen, gingen wir alle ins Ausland, und noch bevor die russischen Geheimagenten mit der internationalen Polizei Kontakt aufnehmen konnten, um unsere Fährte über Posen, Berlin, Zürich, Mailand, Genf, Paris, London, New York, Philadelphia, Chikago, Denver und San

Francisco zu verfolgen, waren wir längst über Wladiwostok nach Rußland zurückgekehrt und begannen mit der Durchführung unseres Säuberungsplans. Wir arbeiteten uns entlang der ganzen Transsibirischen Bahn langsam bis in das europäische Rußland vor. Überall wendeten wir dieselbe Taktik an. Wir riefen die lokalen Komitees zusammen und platzten dann in den Nachbarstädten, wo uns keiner erwartete, in die Versammlungen hinein, die bei unserem Auftauchen wie vom Donner gerührt waren. Um in den Augen unserer letzten Anhänger einen Schein von Rechtmäßigkeit zu wahren, traten wir als Revolutionstribunal auf. Alle, die in den letzten Jahren mittel- oder unmittelbar an unserer Organisation beteiligt gewesen waren, hatten vor uns zu erscheinen. Diejenigen, die sich irgendwie mit der Polizei eingelassen hatten, alle, die sich anscheinend gedrückt hatten, alle die Verräter, die Lauen, Müden und Verbürgerlichten verurteilten wir kaltblütig zum Tode. Wir kannten kein Erbarmen. Es gab nur einen Urteilsspruch: Todesstrafe. Die einflußreichen Mitglieder der Provinzialkomitees, denen wir nicht mehr recht trauten und die durch ihre Stellung und das, was sie über unsere Organisation wußten, gefährlich werden konnten, richteten wir eigenmächtig und ohne vorheriges Urteil hin. Wir erschossen sie heimlich, beseitigten ihre Leichen oder benutzten sie, um gewisse integre Mitkämpfer, die wir aus dem Weg räumen wollten, zu kompromittieren. Als diese Art exemplarische Strafen bekannt wurde, schrie die ganze revolutionäre Welt Zeter und Mordio. Körperschaften aller Schattierungen setzten uns auf den Index, alle ließen uns fallen. Wir verloren unsere letzten Bundesgenossen im Ausland, von denen uns einige sehr wertvoll gewesen waren, so zum Beispiel Fürst Kropotkin, den Revolutionär am grünen Tisch, der die Forderungen des Kampfes, die Anpassung an eine moderne Technik, die logische Entwicklung unserer Methoden nicht begreifen wollte. Unsere Partei fiel auseinander. Wir aber profitierten von dem Durcheinander, das wir heraufbeschworen hatten, von der Leere, die unsere neue Haltung rings um uns schuf, und es gelang uns, dank einer Reihe präziser Denunziationen, eine Menge verdächtiger Elemente, die wir auf andere Art nicht losgeworden waren, offiziell einlochen, verurteilen und hinrichten zu lassen. Wieder einmal hing der Polizei die Zunge aus dem Hals, aber diesmal waren wir es, die ihr Beine machten. Sie durchsuchte die Häuser, verhaftete, was ihr über den Weg lief, und wir benutzten das, um unsere Spuren endgültig zu verwischen, abzuschneiden, der Polizei weiszumachen, sie hätte die Rädelsführer bereits hinter Schloß und Riegel. Wir blieben unauffindbar, ungreifbar, so sagenhaft und geheimnisvoll, daß höheren Orts niemand mehr an unsere Existenz glaubte. Aber das Volk, von einem sicheren Instinkt gewarnt, witterte uns überall hinter den Kulissen tausend düsterer Dramen, fürchtete uns wie die schwarze Pest und nannte uns »Kinder Satans«.

Und das Volk hatte recht. Wir waren immer Parias gewesen, Ausgestoßene, Todeskandidaten. Längst hatten wir die Verbindung zur Gesellschaft, zu jeglicher menschlichen Gemeinschaft verloren. Nun aber stiegen wir freiwillig auf Probezeit in die Hölle hinunter. Was mag uns bewegt haben, als wir unser Attentat auf den Zaren vorbereiteten? In welcher geistigen Verfassung mochten wir gewesen sein? Ich habe mich das oft gefragt, wenn ich mir meine Kameraden ansah. Wir waren von allen verlassen, und jeder von uns lebte für sich allein, in einer verdünnten Atmosphäre, über sich selbst gebeugt wie über einen Hohlraum. Welchem Taumel waren wir verfallen, welche finstere Lust beherrschte uns? Schon seit langem wußten wir nicht mehr, was Schlaf ist. Es war schlimm. Blut schreit nach Blut, und wer wie wir soviel Blut vergossen hat, der steigt aus dem roten Bad wie von einer Säure gebleicht. Alles in ihm ist abgestorben, tot. Die Gefühle bröckeln ab, zerfallen zu Staub. Die verglasten Sinne freuen sich über nichts mehr und zerbrechen beim geringsten Versuch. Innerlich war jeder von uns wie ausgebrannt, und unser Herz war nur noch ein Häufchen Asche. Unsere Seele war verdorrt. Schon lange glaubten wir an nichts mehr, nicht einmal an nichts. Die Nihilisten von 1880 waren eine mystische Sekte dagegen, Schwärmer, Routiniers des universellen Glücks. Wir waren himmelweit entfernt von diesen Dummköpfen und ihren verqualmten Theorien. Wir waren Männer der Tat, Techniker, Spezialisten, die Pioniere einer neuen, todgeweihten Generation, die Verkünder der Weltrevolution, die Vorläufer der allumfassenden Zerstörung. Realisten und nichts als Realisten. Realisten, für die es keine Realität gab. Was soll das alles? Zerstören, um wieder aufzubauen, oder zerstören, um zu zerstören? Weder das eine noch das andere. Engel oder Dämonen? Daß ich nicht lache! Automaten, ganz einfach Automaten. Wir handelten wie eine Maschine, die leer läuft, bis zur Erschöpfung, sinnlos, nutzlos, wie das Leben, wie der Tod, wie im Traum. Wir konnten nicht einmal dem Unglück mehr Geschmack abgewinnen.

Ich habe meine Kameraden sehr genau beobachtet.

Wir wohnten damals alle zusammen auf dem Dachboden der Technischen Hochschule in Moskau. Der Polizei, die dieses Gebäude besonders scharf überwachte und mindestens zwanzigmal Haussuchung machte, während wir dort versteckt waren, ist es nie gelungen, uns aufzustöbern, und sie zog jedesmal unverrichteter Dinge wieder ab, obwohl sie etwas witterte. Wir hausten in Verschlägen, die unmittelbar hinter dem Giebelfeld lagen, dessen Steinfiguren hohl waren, so daß wir leicht hineinkriechen konnten. Eine der dicken Säulen des Peristyls war innen ausgehöhlt worden, und die Querträger und Streben des starken Eisengerüsts, das wir darin angebracht hatten, um das schwere Dach zu stützen, dienten uns als Sitzstangen und Sprossen, über die wir direkt auf die Straße hinunter konnten. Die Keller waren unterminiert. Ein einziger elektrischer Kontakt würde genügen, um das Gebäude und einen großen Teil des umliegenden Wohnviertels in die Luft zu sprengen. Wir waren entschlossen, unser Leben teuer zu verkaufen.

Wir gingen kaum aus. Unser Einsiedlerdasein hatte etwas schrecklich Unwirkliches. Wir arbeiteten unter der Leitung von A.A.A., Alexander Alexandrowitsch Alexandrow, dem erfahrenen Chemiker, und Z.Z., Zamuel Blazek, einem Ingenieur aus Montenegro. Wir sprachen nur dann miteinander, wenn der Dienst es unbedingt erforderte. Niemand glaubte mehr an den Erfolg unseres verzweifelten Unternehmens, und jeder von uns fühlte dunkel, daß wir scheitern mußten und daß dieser Fehlschlag das Ende unserer gemeinsamen Aktion sein würde. Keiner traute dem andern über den Weg, wir sahen einander auf die Finger und waren darauf gefaßt, daß uns einer von uns schließlich verraten würde. Wir waren gezwungen, Saschinka, einen tapferen kleinen Georgier, zu töten, weil er Anzeichen geistiger Umnachtung zeigte, und die unzertrennlichen Freunde Trubka und Ptitzin, zwei Meuterer aus Sebastopol, vergifteten sich eines schönen Tages, ohne ein Wort zu sagen. Hier ging es nicht mehr um Eroberung oder totale Zerstörung der Welt! Vielmehr versuchte jeder von uns, seine verborgensten Kräfte, deren vollständige Zersplitterung in uns eine grenzenlose Leere geschaffen hatte, zusammenzuraffen und seine Gedanken aufzuhalten, deren unstillbare Flut in diesem Abgrund versickerte. Wir dämmerten dahin, in einem verschwimmenden Zustand, spürten nur von fern den Anruf der Sinne, die jähen Aufwallungen der Erinnerung, die Ausstrahlungen des Unterbewußtseins, und verfielen entarteten Begierden und einer schleichenden Ermattung. Jeder kennt die Stehaufmännchen aus Holundermark, die ein Bleikügelchen im Fuß haben und sich immer wieder aufstellen, gleichgültig, wie man sie placiert hat. Stellen Sie sich nun vor, daß diese Bleikügelchen sich leicht verschieben. Den einen kleinen Mann wird es dann nach rechts ziehen, der andere wird sich nach hinten neigen, ein dritter wird auf dem Kopf oder im äußersten Winkel zur Senkrechten stehen. So ging es uns. Wir hatten unser Gleichgewicht verloren, das Gefühl unserer Individualität, die Senkrechte unseres Lebens. Unser Bewußtsein trieb willenlos dahin, sank immer tiefer, und wir hatten keinen Ballast mehr abzuwerfen. Wir hatten keinen Halt mehr. In dieser Situation blieb uns gerade noch genug Galgenhumor, um laut über uns selber zu lachen. Und das Lachen machte durstig. Da kletterte dann einer von uns, meistens Buikow, ein desertierter Leutnant, hinunter und holte ein paar Flaschen Schnaps. Und je mehr wir tranken, um so grotesker, lächerlicher, absurder fanden wir unsere Lage. Und um so lauter wurde unser Gelächter. Und um so größer unser Durst. Und unser Gelächter. Unser Durst. Unser Gelächter. Durst. Gelächter. Haha!

Ich glaube, es war Moravagine, der dieses Lachen bei uns eingeführt hatte, denn er hatte wenigstens noch etwas, an das er sich halten konnte. Während uns der Boden unter den Füßen wegrutschte, trieb er mit Mascha Schindluder, demütigte und mißhandelte sie, schnauzte sie an, quälte sie und lachte dazu und amüsierte sich.

Mascha war die einzige Frau unter uns, darum beobachtete ich sie doppelt aufmerksam. Sie hatte sich seit einiger Zeit sehr verändert. Schon auf unserer Weltreise war sie unausstehlich geworden. Sie war fertig. Sie begriff nicht, was uns einfiel, sie begriff unsere neue Taktik nicht. Sie fühlte, daß es zu einer Katastrophe kam, und sie gab Moravagine die Schuld, sie machte ihn für alles verantwortlich und fiel wütend über ihn her. Es gab eine Szene nach der anderen.

»Laß mich doch in Ruhe«, schrie sie. »Ich hasse dich. Du bist an allem schuld, was passiert ist. Du glaubst an nichts. Wir sind dir alle scheißegal, du hältst uns alle zum Narren! Du machst mich wahnsinnig!«

Schon auf unsere Straf- und Säuberungsaktion war sie uns nur widerwillig gefolgt, ohne aktiv teilzunehmen. In den Versammlungen tat sie den Mund nicht auf und zeigte durch ihre mürrische, gehässige Haltung, wie sehr sie alle unsere Entscheidungen mißbilligte. Oft verschwand sie unterwegs und tauchte erst nach Tagen wieder auf, in letzter Minute, wenn der Zug sich gerade in Bewegung setzte. Wir alle hatten das Gefühl, daß sie sich gern von uns getrennt hätte, und wenn sie sich umgebracht hätte, wären wir nicht erstaunt gewesen. Jeder von uns hatte solche Krisen durchgemacht, und wir ließen sie in Frieden, belästigten und überwachten sie nicht, denn sie war zuverlässig, trotz allem. Trotzdem bin ich ihr einmal gefolgt, als sie sich selbständig machte, nicht, um ihr nachzuspionieren, sondern aus reiner Neugierde, um herauszubekommen, was sie tat, wenn sie ihre eigenen Wege ging. Ich erinnere mich noch genau, es war in Nischnij, zur Zeit des Jahrmarkts. Unsere Genossen waren in einem Zirkus mit Abgesandten aus dem Süden und dem Norden verabredet, die ihnen während der Vorstellung Briefe übergeben sollten. Sie brauchten mich nicht, und so stahl ich mich hinter Mascha her, als ich sah, wie sie den Gasthof verließ, in dem wir abgestiegen waren. Sie irrte die ganze Nacht durch die Oberstadt, blieb vor dem Polizeipräsidium und vor dem Sitz des Kommissars lange stehen, dann stieg sie in die Altstadt hinunter, strich an den verlassenen Buden der Pelzhändler entlang. Ich folgte ihr in ungefähr hundert Schritt Entfernung. Da es regnete, patschten wir beide durch den Schmutz, und die Nachtwächter sahen uns mißtrauisch nach; wir kamen ihnen verdächtig vor. Sie erreichte schließlich den Fluß und ging mehr als drei Kilometer am Ufer entlang. Schließlich kam sie an eine Art Holzlager. Baumstämme waren am Ufer gestapelt, einige davon lagen halb im Wasser. Sie suchte sich dazwischen einen Platz, und ich konnte unbemerkt an sie herankommen. Sie saß da wie erstarrt, geknickt, in sich zusammengesunken. Die Arme hatte sie um die Beine geschlungen und ihren Kopf zwischen den Knien vergraben. So kauerte sie unbeweglich wie die armen Teufel, die nachts unter den Brücken schlafen. Ein scharfer Wind hatte sich erhoben. Schaumkronen hüpften flußaufwärts und leckten an der Böschung. Es war kalt. Mascha mußte die Füße im Wasser haben. Ich trat an sie heran und legte ihr plötzlich die Hand auf die Schulter. Sie stieß einen heiseren Schrei aus. Sie sprang auf, und als sie mich erkannte, sank sie mir in die Arme und fing an zu schluchzen. Ich stützte sie, so gut ich konnte, und da ich ein paar Schritte weiter einen Haufen Sägespäne sah, führte ich sie behutsam dorthin, bettete sie darauf und deckte sie mit meinem Mantel zu. Sie weinte noch immer. Als ich mich neben ihr ausstreckte, drückte sie sich krampfhaft an mich. Ich verstand kein Wort von dem, was sie zwischen Seufzern und Schluchzen hervorstieß. Eine ganz neue Unruhe überkam mich. Zum erstenmal spürte ich einen fremden Körper dicht an meinem und fühlte, wie mich eine tierische Wärme durchdrang. Das kam so unerwartet! Diese physische Nähe verwirrte mich derart, daß ich es mit der Angst bekam und überhaupt nicht mehr aufpaßte, was Mascha erzählte. Ich lag auf dem Rücken, erfüllt von Unbehagen und Ekel. Ich spürte, daß etwas Schreckliches geschehen würde. Ich biß die Zähne zusammen. Mein Herz schlug bis zum Hals. Mir war, als pendelte ich im Raum hin und her. Wieviel Zeit mochte vergangen sein? Schließlich schüttelte ich diese üble Schlaffheit ab. Was hatte sie gesagt? ... Was hatte sie eben gesagt?

»Mascha«, schrie ich und sprang auf. »Mascha, was hast du gesagt? He! Was hast du gesagt?«

Ich schüttelte sie heftig.

Sie wand sich am Boden. Sie erbrach sich.

»Ja... da... faß mich an... faß mich doch an... du

kannst es spüren... es hat sich heute bewegt... ich bekomme ein Kind.«

Eine schmutzige Sonne stieg über die aufgeweichten Felder, und die kreischende Vogelwelt wurde wach. Es schien mir, als löste sich ein Alp und als wären die tiefhängenden Wolken, die der Wind vor sich hertrieb, die Fetzen eines bösen Traums.

Eigentlich hatte ich sie immer gehaßt, aber jetzt, nach diesem Geständnis, ekelte es mich vor ihr.

Ich dachte an meinen Freund.

Ich entsicherte meinen Revolver.

Aber ich steckte ihn wieder ein.

»Erbärmliche Kreatur«, sagte ich und rannte weg.

Nach meiner Rückkehr in den Gasthof erzählte ich alles Moravagine, aber er lachte nur über meine Empörung.

»Laß sie doch«, sagte er. »Reg dich doch nicht auf über so eine Kleinigkeit. Warte mal ab, was du alles noch erlebst. Und mach die Augen auf. Das Ganze ist nur der Anfang vom Ende.«

Und er lachte.

Ein paar Monate waren seit diesem Vorfall verstrichen, die Wintermonate, die wir in der Technischen Hochschule in Moskau verbracht hatten. Drei Monate noch, dann sollte Mascha niederkommen und unser Attentat fertig vorbereitet sein.

Wir wollten unseren großen Schlag am 11. Juni ausführen. Und je näher dieser Tag kam, desto ruhiger und gelassener wurden wir. Unsere Nervosität fiel ab, genauso die quälende Unrast. Wir waren wieder auf dem Damm. Unser Durst und unser Lachen milderten sich. Wir hatten das Heft in der Hand und fanden unsere normale Verfassung wieder, die Gemütsruhe, das Vertrauen, die Selbstsicherheit, jene Ruhe vor dem Sturm, jene letzte, beglückende Rast, jene Hellsichtigkeit, die den Vorabend jeder Gewalttat verklärt und gleichsam das Sprungbrett dazu ist. Das hatte nichts mit Glauben zu tun; wir glaubten nicht etwa plötzlich an die Heiligkeit unserer Aufgabe oder an eine Sendung. Ich habe diesen Zustand, der zugleich physisch wie psychisch eintritt, immer einzig und allein einer professionellen Deformation zugeschrieben, die man bei allen Tatmenschen beobachten kann, bei den großen Sportlern am Vorabend eines Wettkampfs genauso wie bei einem Geschäftsmann, der einen sensationellen Börsencoup vorbereitet. In der Tat als solcher steckt eben auch die Befriedigung, etwas zu tun, egal was, und das Glück, sich zu verausgaben. Es ist dies ein Optimismus, der der Tat innewohnt, ihr eigen ist, sie bedingt und ohne den sie nicht ausgelöst werden könnte. Er beeinträchtigt in keiner Weise die kritische Wachheit und benebelt das Denkvermögen durchaus nicht. Im Gegenteil, dieser Optimismus schärft den Verstand, verleiht einen gewissen Abstand und läßt in letzter Minute einen senkrechten Strahl in das Gesichtsfeld fallen, der alle vorhergehenden Berechnungen erhellt, mischt und sortiert und schließlich die Gewinnummer, den Treffer herauszieht. Das nennt man nachher Glück, als hätte nicht der Zufall in Form einer Gleichung x-ten Grades in den gegebenen Größen des Problems bestanden und die Tat ausgelöst. Ein Spieler, der verliert, ist ein Dilettant. Ein Berufsspieler gewinnt bei jedem Wurf, denn er berücksichtigt diese Gleichung, und wenn er sie nicht mathematisch löst, so chiffriert er sie in Form von Ticks, abergläubischen Gebräuchen, Wahrsagerei und Negeramuletten, genau wie ein General, der am Vorabend einer Schlacht, die er zu liefern hat, seine Aktion verschiebt, weil der nächste Tag ein dreizehnter oder ein Freitag ist oder weil er seinen Degen nach rechts gehängt und sein Pferd den Hafer nach links verschüttet hat. Wer diesen Zeichen Beachtung schenkt, der sieht gleichsam seinem Schicksal ins Gesicht, und das stimmt ernst, nachdenklich und läßt später den Zuschauer oder Zeugen annehmen, der Gewinnende, der Sieger, sei ein Liebling der Götter. Wer im großen Spiel des Schicksals schwindelt, der ist wie ein Mann, der sich selber Gesichter schneidet, wenn er sich im Spiegel betrachtet, darüber in Wut gerät, den Spiegel zerschlägt, sich schließlich selber ohrfeigt. Das ist kindisch, und die meisten Spieler sind Kinder; darum bereichern sie die Bank, und darum scheint das Schicksal unbesiegbar.

Wenn nun auch wir so ernst waren, so deshalb, weil jeder von uns unter dem Bild seines eigenen Schicksals lebte. Nicht im Schatten eines Schutzengels, in den Falten seines Gewands, sondern gleichsam zu Füßen des eigenen Doppelgängers, der sich mehr und mehr von ihm löste, Gestalt annahm und sich materialisierte. Diese neuen Wesen, merkwürdige Projektion unserer selbst, fesselten uns derart, daß wir nach und nach in ihre Haut schlüpften, bis zur völligen Identifizierung, und unsere letzten Vorbereitungen erinnerten an die Einstellung jener schrecklichen, stolzen Automaten, die in der Magie unter dem Namen Teraphim bekannt sind. Wie sie gingen wir daran, eine Stadt zu zerstören, ein Land zu verwüsten und die kaiserliche Familie zwischen unseren erbarmungslosen Kinnladen zu zermahlen. Wir brauchten die Legende vom Magier Borsa, dem Äthiopier, gar nicht erst nachzulesen.

Und dies waren die neuen Entitäten, die das Kaiserreich zerschlagen sollten:

Der hochwirksame Sprengstoff und das Giftgas, in die A.A.A. seine ganze Zerstörungswut gelegt hatte. Die Höllenmaschine, die Bomben mit dem raffinierten Mechanismus, in die Z.Z. sein ganzes Heimweh und seine Todessehnsucht gelegt hatte. Die minuziöse Vorbereitung des Attentats, die Bestimmung des Ortes und der Zeit, die Auswahl der Teilnehmer, die Verteilung der Aufgaben, das Training, das Doping, die Bewaffnung, in die Ro-Ro (unser Anführer Ropschin) seinen ganzen Machtanspruch, seine Waghalsigkeit, seine Zähigkeit, seine Kühnheit, seine Entschlußkraft, seine Verwegenheit gelegt hatte. Alles war endgültig abgesprochen, wir hätten den Lauf der Dinge nicht mehr aufhalten können.

In unserer Mitte nahm Mascha sich aus wie die jämmerliche Alraune, jene klägliche anthropomorphe Knolle, die mit dem ehernen Haupt hatte kämpfen wollen, dem sprechenden Haupt, das Äthiopien in Schrecken versetzte. Da sie bereits eine physiologische Zweiteilung erfahren hatte, konnte sie sich nicht weiter spalten, und mit ihrem Kind im Leib war sie nicht imstande, das Bild ihres Schicksals zu konkretisieren. Da sie zum passivsten Mittel gegriffen hatte, zu einem Gesetz elementarer Materialisierung, zu dem uralten zellularen Prozeß, fiel sie jedesmal, wenn sie ihr Schicksal beschwören wollte, in primitivste Tierhaftigkeit zurück und brachte es nie zu einer geistigen Projektion. Es war ein grausames Drama, das sich da abspielte und sie verrückt machte. Sie hatte uns und ihr eigenes Schicksal verraten.

Bald war sie voll Bitterkeit, bald von kalter Wut durchdrungen. Und ihr Bauch wurde immer dicker. Nur ungeduldig ertrug sie Erbrechen und Übelkeit, alle die mit ihrem Zustand verbundenen Beschwerden. (Ihre geistige Verwirrung war so groß, daß sie bis zum achten Monat ihrer Schwangerschaft die Regel hatte.) Sie schämte sich oft ihres Geschlechts. Und oft lehnte sie sich auf. Zehn-, zwanzigmal am Tag pflanzte sie sich vor Moravagine auf. Es sah aus, als wollte sie ihn erwürgen. Vornübergebeugt, mit vor Zorn knisterndem Haar, mit geiferndem Mund und blutunterlaufenen Augen, die Finger auf dem Bauch verkrallt, schrie sie: »Ich hasse dich! Ich hasse dich! Ich... ich könnte dich...«

Moravagine strahlte. Wir aber rührten uns nicht. Da beschimpfte Mascha uns alle, nannte uns Feiglinge, Unmenschen.

»Seht ihr denn nicht, daß ihr ihm egal seid, diesem Monstrum?« schrie sie. »Nehmt euch in acht, er bringt euch alle noch aufs Schafott, er ist ein Spitzel. Ich könnte ... ich könnte...«

Sie spuckte ihm ins Gesicht.

»Dreckskerl! Du ekelst mich an! Mißgeburt, du...«

Sie stampfte mit dem Fuß auf.

Und abermals uns zu Zeugen anrufend, sagte sie:

»Ich warne euch, er steckt euch alle ein. Er hält mit der Polizei, ich weiß es, er hat's mir selber gesagt. Ihr kommt alle an den Galgen, ihr Saubande! Und er wird nicht mal den Mut haben, zur Polizei zu gehen, ich kenne ihn doch, er ist ein Waschlappen, ein Schlappschwanz, er gibt immer wieder klein bei, nein! der hat nicht den Mut hinzugehen – aber ich werde gehen, das schwör ich euch. Ihr kommt alle dran. Ich mach mir einen Dreck aus euch, ich... ich...«

Und sie schlurfte hinaus und knallte die Tür zu.

Sie schloß sich in ihrem Zimmer ein und warf sich auf ihren Bauch wie auf eine Schweinsblase.

Sie weinte lange.

Dann kam die Reaktion. Gewissensbisse und heulendes Elend. Sie war unglücklich. Und ihr Schmerz machte sich Luft.

»Es ist aus, für immer aus«, stöhnte sie. »Ich seh ihn nicht wieder. Ich hab ihn für immer verloren. Das kann doch nicht sein...«

Und abends stand sie dann auf einmal wieder auf der Schwelle, verheult, flehend.

»Genossen«, sagte sie, »Genossen, ich bitte euch um Verzeihung. Hört nicht auf mich. Hört nicht zu, was ich sage. Ich bin eine erbärmliche Kreatur.«

Dann sank sie zusammen.

Nach einer Weile fragte sie:

»Sagt, wo ist er? Wo ist er hin?«

Moravagine war ausgegangen.

»Ist er bei Katja?«

Und da niemand ihr antwortete:

»Ich geh hin und hol ihn.«

Sie band sich ein Kopftuch um und ging hinaus.

Sie lief zu Katja.

»Katjinka, liebste Katjinka, ist Mora hier?«

»Nein, er ist eben weggegangen.«

»Hat er nicht gesagt wohin?«

»Habt ihr euch schon wieder gezankt?«

»Nein... ein bißchen nur... Es war meine Schuld... Aber ich muß ihn sprechen... Ich muß ihn sprechen.«

Und sie rannte davon. Sie irrte durch die Straßen wie eine Verrückte. Sie dachte: Sollte er schon hingegangen sein? Nein, nur das nicht, nur das nicht...

Auf dem Platz vor dem Polizeigebäude machte sie halt. Sie setzte sich auf den steinernen Brunnenrand oder lehnte sich an einen Baum. Um sie herum flutete der Strom der Passanten, Wagen, Straßenbahnen, und die Karren der fliegenden Händler rollten vorüber. Sie sah nichts. Sie hörte nichts. Sie ließ das weitaufgesperrte Tor, vor dem ein Posten auf und ab ging, nicht aus den Augen, wie hypnotisiert von dem uniformierten Mann. Die Leute, die aus und ein gingen, beachtete sie gar nicht. Unter dem dunklen Torbogen rotierte schwindelerregend ein Farbbündel, wie ein von einem hellen Lichtschein gepeitschter Kreisel. Der Blitzstrahl des Bajonetts bohrte sich durch ihr Hirn.

Wo bin ich? fragte sie sich. Ach ja... ja... Vorsicht, nimm dich zusammen, du fällst auf... Du solltest lieber nach Hause gehen...

Aber sie ging nicht nach Hause. Sie sah nun allen Passanten scharf ins Gesicht. Moravagine hätte sich noch so gut verkleiden und verstellen können, sie hätte ihn unfehlbar erkannt.

Sie war jetzt ihrer selbst ganz sicher.

Der Schuft. Ich will nicht, daß er das tut. Er darf die Genossen nicht verkaufen...

Und plötzlich wurde ihr klar, daß er sie womöglich zum besten gehalten hatte.

Sie fand ihre alte Arglist, ihre Streitlust wieder. Sie verließ ihren Standort. Sie ging in eine Nebenstraße. Sie drückte sich in den Schatten. Sie postierte sich vor einer kleinen Geheimtür, die direkt zum Büro Grigorij Iwanowitsch Orlenjews führte, unseres Erbfeinds, der sich stark gemacht und geschworen hatte, er werde uns alle einsperren lassen. Er hatte uns von Anfang an aufs Korn genommen. Nur mit ihm konnte Moravagine verabredet sein, nur durch diese kleine Pforte konnte er kommen.

Sie merkt sich alle Leute, die vorübergehen. Sie hat eine so scharfe Beobachtungsgabe, daß sie die kleinste Eigenheit registriert und daß alle diese Unbekannten fortan zu ihren geheimsten Erinnerungen gehören. Diese Bügelfalte am Knie, jene Art, den rechten Fuß beim Gehen schräg nach außen zu setzen, dieser gebeugte Rücken, dieser Schwung des Spazierstocks, dieses Zucken des Kinns, diese Beule im Nacken – alles prägt sich ihr unvergeßlich ein.

Auf einmal spürt sie in ihrem Bauch einen heftigen Stich.

Das ist er! Das ist er!

Sie läuft. Sie wechselt auf die andere Straßenseite. Beruhig dich doch! Er ist es, ganz bestimmt. Er hat dich bemerkt. Sie drückt sich an den Häusern entlang, sie hastet von Baum zu Baum. Sie wechselt mehrmals die Straßenseite und läuft mitten auf der Fahrbahn hinter einer Droschke her. Sie ist überzeugt, daß er es ist.

Der Mann hat sie in ein unmögliches, entlegenes Viertel gelockt. Er verschwindet in einem Laden und kauft Zigaretten. Dann betritt er eine Bahnhofshalle und liest dort seine Zeitung. Sie sieht ihn plötzlich im hellen Licht. Sie erschrickt. Sie ist entsetzt. Sie ergreift die Flucht. Sie glaubt, einen Sicherheitsbeamten erkannt zu haben. Sie fühlt sich entlarvt. Sie springt in eine Straßenbahn. Sie steigt zwei- oder dreimal um. Sie geht in ein Café im Zentrum und verläßt es durch eine Hintertür. Dasselbe in einer Kirche. Sie läßt sich durch belebte Straßen fahren, sie fürchtet sich vor den großen menschenleeren Stadtteilen. Sie sinkt auf eine Bank. Sie weiß nicht mehr, wie sie hierher gekommen ist. Es ist eine breite Ringstraße. Sie ist müde. Sie kann nicht mehr. Ihr Gesicht glüht. Ihr Bauch ist kalt. Ihre Beine sind wie Blei. Sie schließt die Augen. Und der ganze gräßliche Tag fällt ihr wieder ein. Sie zittert. Sie möchte zu Hause sein, bei den Kameraden. Sie kann nicht mehr. Eine Turmuhr schlägt. Ist es elf Uhr nachts oder vier Uhr früh? Sie ist so erschöpft, daß sie die Schläge nicht mehr zählen kann. Da steht sie auf und taumelt in die Nacht.

Sie sieht sich nicht einmal mehr um.

So oder so oder so.

... Wenn sie mir nachgehen, wenn sie mich erkannt haben, wenn sie mich schnappen, dann führe ich sie direkt in die Hochschule. Dann werden alle kassiert. Ich kann nichts dazu...

Sie bringt es nicht fertig, noch einen Gedanken an den andern zu reihen. Sie ist derart müde! Sie hat das Gefühl, daß jeder Pflasterstein unter ihrem Gewicht nachgibt wie eine Falltür. Daß sie einen langen Kalvarienberg auf den Knien hinaufrutscht.

Eine Hand schiebt sich unter ihren Arm. Eine heisere Stimme flüstert ihr ins Ohr:

»Mascha! Läufst du schon lange hier herum? Wo kommst du her, Mascha? Wieso kennst du diesen Weg? Ich weiß, wo du herkommst. Ich weiß, was du vorhast. Du willst uns alle verkaufen. Aber wir fallen auf deine schönen Worte nicht herein. Wir passen schon auf!«

Mascha wagt nicht, sich umzudrehen. Sie schleppt sich noch langsamer vorwärts. Da ist jemand, neben ihr, in ihrem Augenwinkel bewegt sich etwas. Es läuft ihr eiskalt über den Rücken. Und die Stimme raunt wieder:

»Sag, daß du wieder hingehst, Mascha, sag's!«

Plötzlich fängt Mascha mit letzter Kraft an zu laufen. Sie läuft hundert Meter und dreht sich dann jäh um.

»Jawohl, ihr kommt alle dran, bis auf den letzten...«

Sie taumelt, als hätte sie einen Faustschlag zwischen die Augen bekommen.

Weit und breit niemand zu sehen.

Niemand.

Niemand ist ihr gefolgt. Niemand hat sie angesprochen.

Und doch...

Sie glaubt, daß Moravagine eben noch an ihrem Arm hing.

Nein, es ist niemand da.

War es vielleicht der Polizist von Gazetnoi Pereulok?

Nein, es ist bestimmt niemand da.

Aber was?

Vor ihr und hinter ihr ist die Straße wie ausgestorben. Die Laternenpfähle zeichnen große Fragezeichen auf den Boden.

Aber was?

Mascha flüchtet in eine Kutscherkneipe. Sie bestellt sich zu essen und zu trinken. Sie beobachtet die Tür. Sie beobachtet die Straße. Sobald sich das Morgengrauen auf den verschmierten Scheiben abzeichnet, steht sie auf, stößt dabei ein paar leere Flaschen um und geht. Sie ist jetzt sehr ruhig. Nichts kann sie mehr aufbringen. Sie braucht die ganze Gehsteigbreite, um geradeaus zu gehen.

Bei der Rückkehr in die Hochschule findet sie uns alle bei der Arbeit an unseren geheimnisvollen Maschinen. Niemand beachtet sie. Sie torkelt durch unsere Kämmerchen. Sie rudert mit den Armen und führt laute Selbstgespräche. Wir wissen nicht, ob sie betrunken ist oder ihre künftige Rolle als Amme einstudiert. Sie spricht mit ihrem Kind.

»Mein Liebling! Mein Herzchen! Du wirst schön sein. Du wirst groß und stark sein. Und klug. Du wirst ein freier Mann sein. Die Freiheit ist das höchste Gut des russischen Menschen. Du...«

Sie sackt in einem Winkel zusammen und schläft ein.

Maschas Verhalten beunruhigte uns und brachte uns zu vielleicht etwas übereilten Entscheidungen. Wir beschlossen, sie fortzuschaffen. Einige wollten sie beseitigen, aber Ropschin setzte sich durch, wenn auch nicht ohne Schwierigkeiten. Er mußte seine Sache vertreten, und er tat es mit Feuereifer. Schließlich wurde einstimmig beschlossen, Mascha sollte uns auf der Stelle verlassen und ihr Kind in einer Villa in Terrioki zur Welt bringen, an der finnischen Grenze, ein paar Meilen von St. Petersburg entfernt. Nach ihrer Entbindung würde immer noch Zeit sein, sich etwas einfallen zu lassen, augenblicklich hatten wir ohnehin alle Hände voll zu tun. Moravagine, der diesen Debatten beiwohnte, trat nie für Mascha ein, was mich und so manchen meiner Kameraden verwunderte. Als aber beschlossen wurde, die Hinrichtung hinauszuschieben, sah ich, wie ein zufriedenes Grinsen über Moravagines Gesicht ging. Er stand auf, trat auf mich zu, drückte mir die Hand und flüsterte mir ins Ohr:

»Es ist besser so. Jetzt kannst du was erleben. Jetzt geht der Zirkus erst los. Das wird ein Heidenspaß, mein Lieber!«

Ich sah ihn verdutzt an. Wieder einmal konnte ich ihn einfach nicht verstehen. Es schien, als hätte er sich plötzlich verjüngt. Diesen Eindruck machte er mir seit einiger

Zeit, jedesmal, wenn ich mit ihm sprach. Je tiefer Mascha sank, desto mehr schien Moravagines Interesse an ihrem Schicksal zu erlahmen, schien er sich von ihr zu lösen. Gestern noch war er auf sie versessen, peinigte sie und genoß das mit boshaftem Vergnügen. Jetzt auf einmal war er wie befreit und als einziger von uns allen unbekümmert genug, zu schmunzeln, sogar geneigt, über alles zu lachen. Das war mir ein Rätsel. War es Gewissenlosigkeit oder Unschuld? Oder eine große Kraft? Wenn die Revolution ihn das Lachen gelehrt, hatte dann Maschas Drama ihn total verrückt gemacht, vertiert, verblödet? Er hatte überhaupt kein Verantwortungsgefühl, er wurde von Tag zu Tag kindischer und verspielter. Ich habe lange geglaubt, er sei ein Opfer seiner Leidenschaft, dann erst, nach und nach, kam ich darauf, daß diese neue Haltung einem unfaßbaren Zauber entsprang, der ihm half, wach zu bleiben und aus einem ungeahnten Vorrat immer neue Kraft zu schöpfen. Was war das bloß für ein Mensch? Jedesmal, wenn man glaubte, jetzt ist er erledigt, in die Knie gezwungen, durch die schrecklichsten inneren Krisen erschöpft, stieg er wieder aus der Asche, frisch und munter, heiter, beschwingt, selbstbewußt und zuversichtlich. Er zog sich immer heil aus der Affäre. Graphisch dargestellt, hätte sein Leben eine aufsteigende und wieder abfallende Kurve ergeben, die, mehrmals um ihren Ausgangspunkt kreisend, eine immer weiter werdende Spirale um immer weitere Welten beschrieben hätte. Was für ein wunderbares Schauspiel, immer gleich und immer aufs neue überraschend. Gesetz der intellektuellen Konstanz, Spiele der zarten Kindheit. Jenes gespreizte Händchen, das eine harte und kugelrunde Idee wie eine Murmel losschnellt, aus dem später die Hand des Spielers wird, die treffsicher kühne Stöße führt und so heftige Karambolagen verursacht, daß alle elfenbeinernen Ideen hart aneinanderschlagen und bersten wie aus der Bahn geratene Sonnen, und dann endlich die Hand des Meisters, des Herrschers über die Welt und die Menschheit, dieselbe Hand, die nun die Weltkugel auf dem Handteller wiegt, bereit, sie wegzuschleudern wie eine Bombe und alles in die Luft zu jagen.

Ich beobachtete Moravagine mit brennendem Interesse. Er war da, saß mitten unter uns und war dennoch allein, abwesend, fremd, genauso, wie er mir bei unserer ersten Begegnung in seinem Häuschen in Waldensee begegnet war: kalt, beherrscht, enttäuscht, stumpf. Im Grunde war er es, der uns immer gelenkt hatte, und wenn Ropschin unser Führer war, so war Moravagine unser Herr, unser aller Herr.

Das wurde mir plötzlich mit gewaltiger Eindringlichkeit klar.

Ich erinnerte mich an das, was Moravagine mir von seinem Leben im Gefängnis und von seiner Kindheit in Fejervar erzählt hatte, und sein Bekenntnis brachte mir ungewöhnliche Aufschlüsse über unsere gegenwärtige Tätigkeit. Ich erfaßte die Parallelität der Dinge, sah Analogien und Zusammenhänge zwischen unserem Schreckenssystem und den düsteren Träumen dieses eingesperrten Kindes. Unsere Taten, die die Welt von heute erschütterten, das waren die unbewußten Ideen von damals, die er nun formulierte und die wir in die Tat umsetzten, wir alle, wie wir da waren, aber ohne uns dessen bewußt zu sein. Wir, die wir uns für die freiesten Menschen hielten! Waren wir also nur blasse, seinem Gehirn entsprungene Marionetten, hysterische Medien, die sein

Wille in Bewegung setzte, oder verschreckte Geschöpfe, die sein edles Herz mit seinem besten Blut nährte? Ob Ausgeburten eines menschlichen, allzumenschlichen, übermenschlichen Wesens, Tropismen oder äußerste Entartung – wenn Moravagine uns handeln sah, uns genau beobachtete, studierte und betrachtete er sein eigenes, geheimnisvolles, unergründliches Double, in Gemeinschaft mit Wipfel und Wurzel, mit Leben und Tod, und das befähigte ihn, skrupellos, ohne Gewissensbisse zu handeln, bedenkenlos und in aller Unbefangenheit Blut zu vergießen wie ein Schöpfer, gleichmütig wie ein Gott, gleichmütig wie ein Idiot.

Wovon mochte er träumen, wenn er stundenlang wie erstarrt dasaß, im Kopf eine irrsinnige Aktivität, und nur seine Brust hob und senkte sich leise? Mir schwindelte, wenn ich ihn beobachtete, und plötzlich bekam ich schreckliche Angst vor ihm. Zum zweitenmal seit der Nacht, die ich an Maschas Seite am Flußufer verbracht hatte, verlor ich meine Selbstbeherrschung, und die vertrauliche Nähe eines fremden Menschen verwirrte mich. War es damals eine physische Abneigung gewesen, die mich von Mascha wegtrieb, so war es nun eine seelische Furcht, die mich von Moravagine trennte. Ich befand mich in einem unbeschreiblichen Angstzustand, ich wälzte die schaurigsten Gedanken, ich stand Höllenqualen aus, als die Ereignisse plötzlich mit unfaßlicher Gewalt über uns hereinbrachen.

Wie soll ich das alles erzählen? Ich weiß selbst nicht mehr genau, wie alles kam. Wenn ich mich auch noch so sehr anstrenge, mein Gedächtnis hat Lücken. Ich kann die Ereignisse nicht in Zusammenhang bringen, ich begreife nicht, wie sich eins aus dem anderen ergeben konnte. Und bin ich dessen, was ich erzählen will, überhaupt ganz sicher? Hat wirklich Mascha uns verraten? Hat wirklich Moravagine sie dazu angestiftet? Hypnose, Suggestion oder Autosuggestion? Mascha wohnte noch nicht ganz acht Tage in der Datscha von Terrioki. Hatte also Moravagine sie ohne mein Wissen aufgesucht oder hatte er sie auf Entfernung beeinflußt? Eins jedenfalls ist sicher: daß unsere Gruppe plötzlich aufgerieben wurde und alle unsere Kameraden dabei ihr Leben ließen. Ich frage mich immer noch, wieso Moravagine und ich davongekommen sind. Muß ich denn wirklich annehmen, daß Moravagine alles vorausgesehen, daß tatsächlich er alles angezettelt und von langer Hand vorbereitet hatte? Was ist Wahres daran? Fest steht, daß er mir genau in dem Augenblick, da ich am stärksten an ihm zweifelte und nicht mehr wußte, was ich von ihm denken sollte, den größten Beweis von Besonnenheit und Vernunft lieferte. Es war übrigens auch das einzige Mal, daß er mir zu erkennen gab, wieviel ihm meine Freundschaft bedeutete, denn er hätte mich genauso fallenlassen, im Stich lassen können wie die andern. Im Grunde genommen hat er mir das Leben gerettet. Und damals hing ich noch daran.

Dies sind die Tatsachen, wie ich sie in meinem Tagebuch aufgezeichnet habe:

5. Juni 1907. Die letzten Berichte sind gut. Wir sind sie in der Nacht durchgegangen. Jetzt verbrennen wir sie, einen nach dem andern, über einer Spiritusflamme und hören uns dabei die guten Nachrichten an, die Katja von ihrer Inspektionsreise mitbringt. Alles klappt. Alles funktioniert. Katja kommt eben aus Kronstadt, und was

sich dort abspielt, vollzieht sich genauso in allen anderen Städten, die auf ihrer Route lagen, in Reval, Riga und Libau, in Sebastopol, Odessa und Feodosia. Überall sieht man dem großen Tag ruhig und zuversichtlich entgegen. Alles ist bereit. Unsere letzten und treuen Anhänger in der Provinz sind sich des Ernstes der Stunde bewußt und sind entschlossen, energisch vorzugehen. Die Nachricht von der Ankunft der Mitglieder des Exekutivkomitees, die sich in jeder Stadt an die Spitze der Bewegung stellen, die Aktion leiten und persönlich an ihr teilnehmen werden, hat guten Eindruck gemacht und allen das Rückgrat gestärkt. Mehrere Einheiten der Kriegsmarine sind für uns gewonnen. Die Begeisterung der Matrosen in der Ostsee und im Schwarzen Meer ist unbeschreiblich. Katja führt diese günstige Stimmung auf die Tätigkeit unserer Propagandistinnen zurück, die seit Monaten die Schiffsbesatzungen und Garnisonen bearbeiten, und sie würdigt Moravagines Verdienst, denn er war auf den Gedanken gekommen, junge Frauen und Mädchen in die Häfen und Arsenale zu schicken. Dreihundert von ihnen, zum Großteil Gymnasiastinnen, Offiziers- und Bürgertöchter, sind in die Bordelle gegangen, geben sich den Matrosen hin und beherrschen sie dadurch mit Leib und Seele. Die Behörden sind ahnungslos, keins der Häuser wurde geschlossen. Alles ist bereit. Auf unser Signal hin gehen diese Frauen und Mädchen an Bord und stellen sich an die Spitze der Meuterer. Die Flotte ist auf unserer Seite. Noch nie haben wir einen solchen Trumpf in der Hand gehabt. Auch auf die Garnisonen mehrerer Forts können wir uns fest verlassen. Es besteht begründete Hoffnung, daß auch Teile der Landstreitkräfte dem Beispiel der Matrosen folgen.

6. Juni, 10 Uhr abends. Strapaziöser Tag. Alle Sprenggeräte sind geladen und verpackt. Hatten heute abend eine letzte Besprechung. Der 11. ist der Geburtstag des Zaren. Fast überall finden Truppenparaden und Feiern statt. Haben beschlossen, gleichzeitig loszuschlagen, in allen Städten am gleichen Tag. Jeder von uns weiß, was er zu tun hat. Sehr umfangreiches Programm, aber alles klar. Wir gehen morgen auseinander. Z.Z. ist heute früh nach Capri abgereist. A.A.A. fährt noch heute nach London. Wir brauchen sie hier nicht mehr. Jeder der beiden wird in seinem Sektor (Mittelmeer, Nordsee) die nötigen Vorbereitungen treffen, denn man muß mit allem rechnen, und es wird möglicherweise viele Flüchtlinge geben. Ro-Ro verläßt uns morgen früh. Im Lauf der morgigen Nacht wird er an Bord der »Rujrik« sein. Die Höllenmaschine und die Gasbehälter sind seit acht Tagen im Kohlenbunker des Schiffs versteckt. Medwed, der Schiffsingenieur, hat telegrafiert, daß alles einsatzbereit ist. Ro-Ro hat praktisch keine Chance, davonzukommen.

Eben erhalten wir ein Telegramm vom Buckligen. Mascha rührt sich nicht aus dem Haus. Sie wird scharf überwacht. Eine Genossin fängt in Terrioki ihre Briefe ab. Von dieser Seite also nichts zu befürchten.

7. Juni, 9 Uhr morgens. Ich komme eben vom Nikolaus-Bahnhof. Alles ist gut gegangen. Ro-Ro und seine Leute sind abgereist. Sie saßen in zwei Abteilen erster Klasse im Expreß nach St. Petersburg. Ihre acht Koffer enthalten fünfundzwanzig Bomben; es sind flache Koffer, einer wie der andere, mit großen, deutlich sichtbaren zweifarbigen Etiketten beklebt, die jedem in die Augen springen müssen: TOURNEE. THEATERTRUPPE POPOW.

Ich bin furchtbar nervös, aber ich habe keine Zeit, es mir einzugestehen. Mein Tag wird ausgefüllt sein.

Mitternacht. Gostinji-Dwor. Die Hochschule ist leer. Ich habe sie als letzter verlassen und bin ins Hotel gezogen. Ich bin Mister John Stow, englischer Geschäftsmann. Ich gehe jetzt gleich in die Bar hinunter und besaufe mich mit Champagner. Ich habe mir ein Luxushürchen bestellt. Das Gefiedel des Orchesters klingt herauf. Ich ziehe meinen Smoking an und gehe hinunter.

8., sechs Uhr morgens. Ich schlafe nicht. Ich kann nicht schlafen. Nächtelang schlafe ich schon nicht mehr. Was soll ich machen? Was wird aus uns allen? Ich halte mich genau an meine Richtlinien, aber mir fehlt einfach die nötige Ruhe. Ich bin alles andere als gefaßt. Zum erstenmal handle ich selbständig. Ich fiebere. Ich habe das Gefühl, jeder muß meine Erregung bemerken. Heute nacht habe ich Raja, das arme Mädchen, ganz gemein besoffen gemacht, ich habe ihr immer wieder eingekippt, damit sie nicht merkt, wie durcheinander ich bin. Frauen sind neugierig. Ich hatte Angst, sie fragt mich aus.

Alle Genossen sind gestern abend weg. Jeder in seine Richtung, jeder mit genauen Instruktionen, jeder mit Rauch-, Spreng- und Gasbomben und mit ganz neuartigen Handgranaten ausgerüstet, jeder bewaffnet mit einem Colt, der in der Tasche eine Beule macht, jeder mit einem Banknotenpaket auf dem Leib, jeder mit einem Stoß Reisepässe. Ich wundere mich, daß die Polizei das alles durchgehen läßt: Waffen, Menschen, Geld, Papiere.

11 Uhr abends. Den ganzen Tag habe ich mich in Museen, Cafés und Restaurants herumgetrieben. Ich habe den Kreml besichtigt, mir von Zigeunern aufspielen

lassen, im Englischen Klub eine Partie Poker gespielt, im »Bären« zu Abend gegessen, ich bin ins Theater gegangen, und jetzt liege ich in meinem Zimmer auf dem Boden und habe Herzklopfen, und der Schädel brummt mir vor Angst.

Eine Flasche Whisky steht in Reichweite neben mir. Eine Zigarette versengt den dicken Wollteppich.

Ich habe Angst. Ich schäme mich, daß ich Angst habe. Ich habe immer Angst.

Morgen soll ich die Hochschule in die Luft sprengen. Ich habe mir diesen Satz den ganzen Tag vorgesagt und kann mich doch nicht an den Gedanken gewöhnen. Es ist nur ein einfacher Kontakt herzustellen. Aber werde ich diesen Handgriff richtig machen? Ich brauche das Hotelzimmer gar nicht zu verlassen, ich brauche nur ans Netz anzuschließen, und am anderen Ende von Moskau fliegt die Hochschule in die Luft und mit ihr vielleicht ein ganzer Stadtteil. Warum?

Ich bin sehr in Sorge. Moravagine ist gestern abgereist. Zum erstenmal sind wir getrennt. Mit ihm wäre das Ganze ein Kinderspiel. Er fehlt mir schrecklich. Ich schäme mich, weil ich in letzter Zeit eine so schlechte Meinung von ihm hatte. Warum fürchtete ich mich vor ihm? Wie konnte ich nur annehmen, er würde uns verraten? Er ist ein Kind. Mascha ist ein Biest. Wird er sich wenigstens zu helfen wissen? Auch er hat viel vor. Ich verblöde langsam. Ich mache mir Vorwürfe, daß ich ihn in die Geschichte hineingezogen habe, und vor allem, daß ich ihn allein habe losfahren lassen, wo ich mir doch geschworen hatte, ihn nie zu verlassen.

Morgen soll ich die Hochschule in die Luft sprengen. Ein einfacher Kontakt...

Ich habe einen wahnsinnigen Schreck gekriegt. Das Telefon schrillte plötzlich los. Ich sprang auf. Ich zitterte wie Espenlaub. Ich zog meinen Revolver, ich war bereit, den Mann am andern Ende der Leitung abzuknallen. Es war Raja! Sie bat mich, sie zum Souper einzuladen. Ich habe ihr gesagt, sie soll auf mich warten. Ich komme gleich hinunter. Das gute Kind! Also bin ich heute nacht nicht allein. Aber einen schönen Schreck hat sie mir eingejagt...

9., 11 Uhr vormittags. Ich werde wach. Ich liege unterm Klavier. Ich bin erstaunlich klar im Kopf. Der Alkohol hat mich völlig ausgewaschen. Ich fühle mich wieder jung, selbstsicher, im vollen Besitz meiner Kräfte, als könnte ich die Welt aus den Angeln heben, wenn ich nur meinen Arm ausstrecke. Raja schläft mit offenem Mund, eingeklemmt unter einem umgeworfenen Sessel. Nein, ich habe nicht mit ihr geschlafen. Augenblick mal: habe ich ihr irgend etwas gesagt? Nein, ich habe ihr nichts gesagt. Wir haben nur getrunken und immer weiter getrunken, sie hat mich zu sich nach Hause geschleppt, ich bin in das Zimmer gewankt und neben dem Klavier weggesackt. Ich konnte mich nicht mehr auf den Beinen halten. Ich bin sofort eingeschlafen. Aber jetzt los, keine Zeit zu verlieren, der große Tag ist da.

Mittag. Ich bin im Hotel. Ich nehme ein Bad und lasse mir meine Post bringen. Vor mir liegen die Telegramme auf einem Silbertablett. Ich habe dem Groom, der sie mir heraufgebracht hat, ein fürstliches Trinkgeld gegeben. Ich gäbe gern das ganze Geld aus meinem Gürtel und alle Banknoten, mit denen mein Lederkoffer vollgestopft ist, wenn ich diese Depeschen nicht zur Kenntnis nehmen müßte. Ich habe die Parteikasse bei mir. Noch nie habe ich soviel Geld gehabt. Fast eine Million. Was gäbe ich dafür, wenn ich diesen Tag rückgängig machen könnte!

Etwas später. Ich nehme mein Mittagessen allein auf meinem Zimmer. Die Telegramme liegen immer noch auf dem Tablett. Ich habe nicht den Mut, sie aufzumachen, aber es muß sein. Um fünf Uhr muß ich die Hochschule in die Luft sprengen. Es sei denn, es käme ein Gegenbefehl. Und gerade das fürchte ich zur Zeit am meisten: daß ich etwas Neues erfahre, daß irgendein Hindernis eintritt, das alles aufhält. Ich kann nicht noch länger warten, daß alles zu einem Ende kommt.

Es ist Viertel nach zwei. Ich habe noch über zwei Stunden vor mir, der Kontakt muß um Punkt 5 Uhr hergestellt werden. Ich habe die Telegramme aufgemacht. Es klappt alles. Alles geht nach Wunsch, alles verläuft in unserem Sinn. Ich kann weitermachen. Am meisten beunruhigt hat mich das Telegramm von Ro-Ro. Ich habe es als erstes gelesen, denn alles hing von dem ab, was er mir mitteilte. Ro-Ro telegraphiert: »Sauerkraut kaufen.« Ich weiß, was es bedeutet. Ich schicke sofort vier Telegramme ab und bestelle 100 Fässer Sauerkraut in Tula, 100 in Twer, 100 in Rjasan und 100 in Kaluga.

Ich weiß jetzt, daß ich den Kontakt herstellen muß.

Die Sprengung der Hochschule ist das verabredete Signal, auf das alle Genossen warten. Die Abendzeitungen werden die ersten Meldungen bringen, die Fernschreiber werden die ganze Nacht klappern. So werden alle unsere Genossen und die über das ganze Land verstreuten Parteigänger benachrichtigt, daß unser Plan aufrecht bleibt und daß sie losschlagen können.

Katja ist mit Makowsky in Kronstadt, Kaifetz ist in Odessa, Kleinmann in Riga, Oleg in Libau, der Kosak in Feodosia. Nur Moravagine ist noch nicht in Sebastopol eingetroffen. Sokolow telegraphiert mir, daß sie sich in Charkow getrennt haben. Was hat das zu bedeuten? Ich weiß nicht, was ich davon halten soll, und übrigens habe ich gar keine Zeit, darüber nachzudenken. Meine Zeit reicht gerade aus, die kleine Anlage im Zimmer zu installieren, die Akkus zu montieren, eine Zweigleitung zu legen und den Kontakt mit dem Telefonnetz herzustellen. Da ich sehr ungeschickt bin und mit Werkzeug nicht umgehen kann, darf ich nicht eine Minute verlieren. Das Telegramm von Moravagine kann jeden Augenblick eintreffen.

Es ist Viertel vor fünf. Ich habe wie ein Sklave geschuftet und mir die linke Hand verbrannt, als ich die Lötlampe unter den Wasserstrahl hielt. Die Akkus, die ich im Koffer hatte, sind im Badezimmer angeschlossen. Die Batterien vom Telefon stehen in der Wanne. Z.Z.'s Anweisungen waren so gut abgefaßt und seine Skizze so klar, daß ich bei der Installation der Drähte nicht eine Sekunde im Zweifel war. Die Spulen sind abgewickelt, meine Anschlüsse fertig, ich brauche nur noch die Enden der beiden feinen Kupferdrähte zu verbinden, und der Kontakt ist fertig. Ich kippe ein großes Glas Kognak hinunter. Immer noch keine Nachricht von Moravagine. Ich verbrenne die Telegramme und alle übrigen Papiere.

Es ist 5 Minuten vor 5. Meine Uhr liegt vor mir auf dem Tisch. Eine Stoppuhr. Der große Zeiger in der Mitte zählt sogar die Bruchteile der Sekunden. Wie soll ich diese 5 Minuten ausfüllen, die mir noch bleiben? Was man in fünf Minuten alles machen kann!

Ich stecke 10 000 Rubel für Raja in einen Briefumschlag. Gut. Der Boy ist gekommen, der Umschlag ist weg. Gut. Ich schließe meine Tür ab. Ich habe nichts mehr zu tun. Mein Koffer ist gepackt. Ich habe nichts vergessen. Ich hinterlasse nicht ein einziges Papier. Die elektrische Anlage im Badezimmer reizt mich zum Lachen, sie wird hinterher die Detektive sehr beschäftigen. Wer ist Mr. Stow, Mr. John Stow? Mr. John Stow hat die längste Zeit gelebt, meine Herren, ersparen Sie sich die Mühe, ihn zu suchen, es gibt ihn gar nicht. Sobald ich das Hotel verlasse, bin ich Matoschkin, Arkadij Porfirowitsch Matoschkin aus Woronesch, drittrangiger Kaufmann, Mitglied der Gilde, der sich nach Twer begibt, um hundert Fässer Sauerkraut zu übernehmen. Aber so sehr ich mich zwinge, meinen Humor zu behalten, es hilft nichts, mein Herz flattert, mein Puls hämmert, Schläfen und Nacken schmerzen. Noch vier Minuten.

Ich denke an Ro-Ro. Ein feiner Kerl, beste Erziehung, gebildet, ruhig, unerschütterlich. Vielleicht gelingt es ihm, und er kann sich retten. Und was wird aus Mascha, wenn es schiefgeht?

Noch über drei Minuten.

Der Sekundenzeiger geht viel zu langsam für meine Ungeduld, während der für die Zehntelsekunde rast.

Ich zähle laut.

Ich bin in Schweiß gebadet.

Wenn Moravagine da wäre! Ich rufe ihn: »Mora! Mora!«

Schweigen.

Wo bin ich?

Ist das alles Wirklichkeit?

Ich sehe mir selber zu.

Ja, ich bin es, und niemand anders. Ich handle. Ich halte den einen Draht in der rechten Hand, den andern in der linken. Ein Ende ist zusammengedreht, das andere bildet eine kleine Schlinge. Ich brauche nur das zusammengedrehte Ende durch die Schlinge zu ziehen und hakenförmig umzubiegen, dann mit meiner kleinen Zange das Ganze in Isolierband zu wickeln, und...
Und...
Ich habe das Gefühl, das Weltall zu sprengen.
Die Welt aus den Angeln heben – so einfach ist das? Meine Hände zittern. Fast hätte ich viel zu früh den Kontakt hergestellt. Ich lege Wert auf Pünktlichkeit: genau um fünf. Ich verfolge den großen Zeiger, der zuckend weiterhüpft wie eine Heuschrecke. Ich habe noch eine Minute und zwei zehntel Sekunden.

Mir fällt eine Stelle aus dem »Tagebuch eines Dichters« von Alfred de Vigny ein. Z.Z. hat immer behauptet, sie ließe sich verwirklichen, man könnte den Erdball in die Luft sprengen, die ganze Welt mit einem Schlag vernichten. Er meinte, man braucht nur die Stollen bis in die gewünschte Tiefe vorzutreiben, die Sprengkammern in dem mathematischen Winkel anzubringen, zu dem man kommt, wenn man die Fortpflanzung der Erdbebenwellen berechnet, die Sprengladungen in einer geometrischen Progression vom Äquator nach den beiden Polen hin so zu verteilen, daß die beiden stärksten Ladungen in den Polkappen liegen, und sodann eine vollkommene Synchronisation der Zündung zu erreichen. Ein einziger Funke, und der Erdball zerplatzt. Der Mond stürzt ab, und alle Gestirne des Sonnensystems werden in den Strudel hineingerissen. Die Nachwirkungen dieser Ex-

plosion werden noch in den entferntesten Himmelsräumen spürbar sein und die entlegensten Gravitationsbahnen stören. Wenn alles sich beruhigt hat, tritt eine neue Harmonie ein, an der aber der Planet Erde nicht mehr teilhat.
A.A.A. dagegen behauptete, daß keiner der bekannten Sprengstoffe stark genug sei, um den Erdball in die Luft zu jagen; daß dazu eine dem Erdvolumen zumindest gleiche, wenn nicht sogar doppelt große Masse erforderlich sei, daß ein aus Materie erzeugter Sprengstoff niemals die Kräfte der Materie vernichten könne und, da er auf physikalischen Gesetzen aufgebaut sei, weder das Gleichgewicht der Welten störe noch chemisch die Molekularenergie vernichte. Die Explosion könne höchstens einen neuen, in der Atmosphäre schwebenden Niederschlag erzeugen, der weiter um die Sonne kreisen würde, allerdings gäbe es darin möglicherweise kein Leben mehr. Er fügte hinzu, Vignys Traum sei nur eine optische Täuschung, die in der Astronomie als Phänomen der monokularen Diplopie bekannt sei. Er behauptete, man müsse, wenn das Unternehmen glücken sollte, einen astralen Sprengstoff anwenden, der beispielsweise aus dem letzten Strahl einer seit über hunderttausend Jahren toten Sonne erzeugt würde, dessen Lichtenergie man genau in dem Augenblick, in dem er unser Auge erreicht, einfangen, isolieren, mit Hilfe der Spektralanalyse speichern und auf das kleinste technisch herstellbare Volumen kondensieren müßte. Er war der Ansicht, daß der von diesem Lichtkern ausgehenden Kraft nichts widerstehen könnte, daß diese Pille die sprühenden Massen der Milchstraße zerquetschen würde.

Sieben... acht... neun... zehn.
Ich habe meine beiden Drähte verknüpft.
Welche chirurgische Fertigkeit im Gebrauch der Zange!
Und was für eine Enttäuschung!
Nichts ist passiert.
Ich hatte mit einer furchtbaren Explosion gerechnet.
Ich lausche gespannt.
Nichts.
Und ich dachte, ich sprenge die Welt in die Luft!
Nichts.
Der Fahrstuhl schnurrt in der tiefen Stille des Hotels wie in Filz gepackt, und die Scheiben klirren leise, wenn der Omnibus unter meinen Fenstern vorüberfährt.
Ich warte mit fliegendem Atem.
Eine Viertelstunde ist vorbei.
Ich nehme meinen Koffer und verschwinde.
Beinah hätte ich meine Uhr vergessen. Es ist 17 Uhr 17. Gerade noch Zeit, zum Bahnhof zu fahren und in den Zug nach Twer zu springen, der um 18 Uhr 01 abfährt.

Im Zug. Der Wagen ist brechend voll. Die Muschiks schieben sich hin und her, schimpfen, spucken, beten, spielen Akkordeon, streiten, trinken Tee. Ein paar sind ins Gepäcknetz gekrochen. Einer starrt mich mit seinen Luchsaugen an. Ich wage nicht, die Zeitungen herauszunehmen, die in meiner Tasche stecken und auf die ich brenne.
Das war eine Fahrt! In der Droschke quer durch Moskau, und im Karacho bis vor den Bahnhof! In den Straßen das gewohnte Bild, und mehr und mehr war ich überzeugt, daß mein Streich mißglückt war. Plötzlich ein Auflauf. Wir fuhren gerade unter dem großen Tor der

Chinesenstadt durch und konnten auf einmal nicht mehr weiter. Der Platz vor uns schwarz von Menschen. Die Menge wogte und brodelte. Die Zeitungsverkäufer kamen nicht durch. Schreie, ausgestreckte Arme. Wirbel. Gewühl. Schließlich bekam der Kutscher den Wagen frei. Ich konnte einen Stoß Zeitungen ergattern. Abendzeitungen, Morgenzeitungen, Extrablätter. Tausend Schreie hatten es mir bereits verkündet: Es war gelungen. Stehend trommelte ich mit den Fäusten auf den Rücken des Kutschers. »Zum Bahnhof! Zum Bahnhof! Hundert Rubel, wenn du mich zum Bahnhof bringst!« Erschöpft sank ich in die Polster des Wagens zurück.

Die Zeitungen, die Zeitungen! Da sind sie. Ich habe sie gelesen. Ich hielt es nicht mehr aus. Selbst in Handschellen hätte ich sie gelesen, zwischen zwei Gendarmen, auf dem Weg ins Gefängnis.
Enorme Schlagzeilen. Die Zahl der Toten. Die Zahl der Verletzten. Man ergeht sich in Vermutungen über die Hintergründe eines so sinn- und zwecklosen Anschlags, mitten in einem Arbeiterviertel. Feuerwehr... Militär... Entsetzen... Empörung... Ich schlafe ein.
Ich fahre aus dem Schlaf auf. Wie spät ist es? Null Uhr elf. Wir sind gleich da. Wo sind die Zeitungen? Zwischen meinen Beinen. Ich werde sie hinauswerfen. Während ich das Fenster herunterziehe, habe ich plötzlich das Gefühl, jemand stößt mir einen Dolch in den Rücken. Ich fahre herum. Ein Auge beobachtet mich, hämisch, verschmitzt. Auf der Bank gegenüber liegt ein Mann in einem Schafspelz. Struppiger Bart, Mütze auf dem Ohr, unordentliches, strähniges Haar. In der Hand, die auf den Boden herunterhängt, hält er eine leere Flasche. Der

Mann ist mir unheimlich. Ich sehe nur eins seiner Augen, und mit diesem einen Auge zwinkert er mir zu. Wer ist das? Ich kenne ihn. Mir scheint, ich hätte ihn schon irgendwo gesehen. Ich reiße mich zusammen, aber ich spüre zugleich meine ungeheure Müdigkeit. Die leere Flasche rollt auf den Boden. Der Mann steht auf, tritt mir auf die Füße. Der Zug bremst. Großes Gedränge! Ich steige aus.

»Twer! Twer!« Es regnet. Man geht auf glitschigen Holzplanken. Ein paar Funzeln schaukeln im Wind. Die Menge verläuft sich schweigend. Ich suche meinen Unbekannten von vorhin. Ich haste zum Ausgang. Der Koffer schlägt mir an die Beine. Ich bin todmüde.

Ich versuche, mich zurechtzufinden. Ein unbefestigter Weg führt an den Gleisen entlang. Ich folge ihm bis zum zweiten Bahnübergang. Eine Spur führt querfeldein. Ich wate durchs Wasser. Der Regen wird immer schlimmer, der Wind pfeift. Nach einer Viertelstunde komme ich an einen Holunderstrauch. Da wartet ein Wagen auf mich. Ich steige ein. Der Kutscher zieht seinem Pferd eins über. Wir sprechen kein Wort.

Wir fahren durch überschwemmtes Flachland, dann durch einen Wald. Dieser elende Karren, mit dem ich daherkomme, holpert über die Wurzeln, der Wind droht ihn umzukippen. Ich denke an nichts.

Nach einer Stunde hören wir von weitem einen Hund bellen. Ein Licht schimmert zwischen den Tannen. Wir sind am Ziel. Iwanow springt vom Bock. Er packt mich an den Handgelenken, drückt sie mit aller Kraft, bringt sein Gesicht ganz dicht an meins und fragt:

»Geschafft?«

»Geschafft.«

»Gott schütze uns!«

Er löst seine Umklammerung.

Er bleibt stumm. Ich sage nichts. Der Wind stöhnt in den Bäumen. Aus der Ferne hört man den langgezogenen Pfiff einer einsamen Lokomotive.

Es gießt.

Nach einer Weile frage ich:

»Sind die Fässer fertig?«

»Alles fix und fertig.«

»Hast du einen Waggon?«

»Zwei sogar, zwei geschlossene Waggons. Sie stehen auf dem Abstellgleis, am Ende des Bahnsteigs, ganz allein. Ihr könnt sie nicht verpassen, ich stelle ein Faß auf den Bahnsteig.«

»Gut. Verlade deine Fässer gleich morgen und mach die Waggons fahrbereit. Aber sieh zu, daß der erste nicht vor drei Tagen abgeht und der zweite erst in fünf oder sechs Tagen. Nur nichts überstürzen, es kann sehr voll werden.«

»Gott schütze uns alle.«

Langes Schweigen.

Iwanow saugt an seiner kalten Pfeife. Das Pferd schnaubt.

Ich frage ihn:

»Bist du allein hier?«

»Ich bin allein.«

»Und deine Arbeiter?«

»Die haben Urlaub. Sie sind alle in der Stadt, übermorgen ist Feiertag.«

»Ja, ein großer Feiertag.«

»Gott schütze uns.«

Er geht mir auf die Nerven mit seinem lieben Gott.

»Gehen wir schlafen«, sage ich unfreundlich. Iwanow geht vor. Er stößt die Tür seiner Isba auf.

»Der Hund ist an der Kette«, sagt er. »Kommen Sie herein. Ich fahre nach Twer zurück. Sie können sich auf den Ofen legen, ich habe Feuer gemacht.«

Ich halte es auf dem Ofen nicht aus.

Ich bin zu nervös.

Auf dem Tisch liegen Salzgurken, ein Hering und Brot. Ich mag nichts anrühren, ich bin nicht hungrig. Ich rauche Zigaretten.

Ich gehe auf und ab. Bei jedem Schritt, den ich mache, knurrt der Hund.

»Mistvieh!«

Wie spät mag es sein? Meine Uhr ist stehengeblieben. Auf keinen Fall kann ich in dieser Hütte bleiben und warten. Auf was auch warten? Hier werde ich nie erfahren, was los ist, und in der Stadt darf ich mich nicht sehen lassen.

Ich laufe wie ein Irrer im Zimmer herum. Der Hund knurrt. Man sollte ihn totschlagen! Auf gar keinen Fall kann ich hier bleiben.

Der Wind heult, die Äste knarren.

Ich lege ein Scheit in den Ofen und strecke vor dem Feuer die Beine aus.

Morgen ist Donnerstag. Übermorgen Freitag. Der Zar, die kaiserliche Familie und ihr Gefolge gehen um 9 Uhr an Bord der »Rujrik«. Die »Rujrik« ist ein schöner Kreuzer, der gegenüber der englischen Botschaft am Arsenalkai festgemacht hat. Die »Rujrik« wendet auf einem Anker, um in die Strömung zu kommen und die Newa hinunterzufahren. In diesem Augenblick, um 9 h. 15;

explodiert die Höllenmaschine. Das Schiff sinkt. Medwed öffnet die Giftgasbehälter. Ro-Ro, der in einem Luftschacht, von dem aus er die Kommandobrücke überblickt, auf der Lauer liegt, schießt aus nächster Nähe auf den Zaren. (Ro-Ro hat vielleicht eine Chance zu entkommen, wenn er über Bord springt und nach Wassilij-Ostrow hinüberschwimmt.) Die Kanoniere von Peter-und-Paul, die für gewöhnlich den Mittagsschuß abfeuern, richten ihr Geschütz auf die »Rujrik«. Sie haben den Auftrag, auf alle Schiffe zu schießen, die versuchen sollten, sich von dem in der Flußmitte untergehenden Kreuzer zu entfernen oder an ihn heranzukommen. Ein zweites Geschütz beschießt abwechselnd den Winterpalast und die Admiralität. Ein Maschinengewehr säubert die Kais und hält die englische Botschaft und alle Palais am Ufer unter Feuer. Ein weiteres MG, das auf das Innere der Festung gerichtet ist, hält die Wachposten fest und sperrt den Zugang zum Südwall. Insgesamt fünfzehn Mann können diese Aufgabe bewältigen. An der Spitze der Arbeiter von Putilow nehmen sechs von uns mit Spreng- und Rauchbomben bewaffnet das Arsenal. In den Kasernen machen die meuternden Soldaten ihre Offiziere nieder.

In Kronstadt geht es um halb zehn los. Die Torpedoboote T 501 und T 513 eröffnen das Feuer. Sie torpedieren aus nächster Nähe das riesige Flaggschiff »Zarewitsch«. Die Inselfestungen U 21 und U 23 bombardieren die Schiffe, die bereits für die Flottenschau, die der Zar nicht abnehmen wird, aufgestellt sind. Der Eisbrecher »Nowak« beschießt die Pulvermagazine und Munitionsdepots. Der halbe Hafen fliegt in die Luft. Auf allen Schiffen ergreift das Häufchen Aufrührer, das auf unserer Seite steht, das Kommando und hißt die rote

Fahne. Die Marineinfanterie besetzt die Kasernen und die Marinepräfektur. Bis Mittag gehört Kronstadt uns. Die Inselfestungen, die sich noch nicht ergeben haben, werden zur Übergabe gezwungen. Das U-Boot »Iskra« läuft zur Aufklärung aus, ein Teil der aufrührerischen Flotte folgt ihm, um den Kameraden in Petersburg beizustehen, wo das Feuer noch anhält. Mit Hilfe der Matrosen kann St. Petersburg Freitagabend in unserer Hand sein.

In Riga und in Libau können die dort liegenden Einheiten leicht den Hafen und die Docks besetzen. Unter der Drohung ihrer Geschütze erzwingen sie die Übergabe der Garnisonen und Behörden der beiden Städte. Die Dockarbeiter machen auch mit.

Soweit die Ostsee.

Im Schwarzen Meer gibt Moravagine das Signal. Freitag in aller Frühe wird Admiral Nepluwjew getötet, wenn er die Zitadelle verläßt, um die auf der Esplanade aufmarschierten Truppen zu inspizieren. Sieben Bomben sind eigens für ihn fabriziert worden, denn der alte Gauner steht seit langem auf unserer schwarzen Liste. Diesmal entkommt er uns nicht. Der Panzerkreuzer »Potemkin« hißt die schwarze Flagge. Er beschießt sofort die Festungen, die sich an der Verschwörung nicht beteiligen wollten, mit schwerem Kaliber. Er feuert außerdem einige Salven auf die Esplanade, wo die Truppen versammelt sind. Die revoltierenden Festungen beschießen alle Flotteneinheiten, die nicht beim ersten Warnschuß die schwarze Flagge hissen. Die Torpedoflottille ist uns sicher. Ein Teil der Boote steht unter dem Befehl des revolutionären Stabes der »Potemkin«, die anderen steuern unter Sokolows Kommando Odessa an, um den alten Küstenschoner »Orlow« und die Kanonenboote »Batjuschka« und »Matjuschka« zu unterstützen, die sich vor fünf Uhr nachmittags des Hafens bemächtigen und die Stadt unter Beschuß halten sollen. Feodosia wird ohne Widerstand genommen, Odessa ergibt sich im Laufe des Samstags, Sebastopol spätestens Sonntag früh.

Innerhalb von drei Tagen sind Rußlands Seehäfen in unserer Hand. Die Quellen von Baku brennen. Der Bahnhof von Warschau steht in Flammen. Kiew, Witebsk, Dwinsk, Wilna, Pskow und Tiflis sind in hellem Aufruhr. Polen, Litauen, Lettland, Finnland, die Ukraine und Georgien proklamieren ihre Unabhängigkeit. Moskau ist abgeschnitten. Gegebenenfalls marschieren wir von den Grenzen konzentrisch auf die Stadt zu. Wenn Moskau eingekreist ist, kann das, was vom europäischen Rußland noch übrigbleibt, in knapp acht Tagen unser sein. Eisenbahner- und Generalstreik sind ausgerufen. Ab Sonntagmorgen stehen die Gefängnisse und Straflager offen. Entlang der ganzen Transsibirischen Bahn wird noch gekämpft, aber der Feind erlahmt rasch. Nur Wladiwostok behauptet sich, leistet Widerstand, verschanzt sich und wird zum Zentrum der Reaktion, aber diese entlegene Stadt im Fernen Osten kann uns unmittelbar nicht interessieren. Wir rechnen mit Widerstandsnestern entlang der Wolga.

Ich schüre das Feuer.
Der Hund knurrt.
»Sei doch still, verflucht nochmal!«

Ich überschlage unsere Erfolgschancen. Es kann gut ausgehen, denn alles ist bis ins kleinste Detail vorbereitet, und die Männer, die uns zur Verfügung stehen, sind zuverlässig und entschlossen. Die beiden schwersten Brocken sind Petersburg und Sebastopol. Aber Ro-Ro ist ein Mann der Tat, sicher, beweglich, waghalsig, der hält durch. Was Moravagine betrifft...

Moravagine. Ich mache mir große Sorgen um ihn. Was bedeutete dieses Telegramm von Sokolow? Warum haben sie sich getrennt? Er wird doch nicht...

Nein, das kann nicht sein. Aber nicht einmal Moravagines Verrat würde noch etwas ändern. Ich habe meinen Sprengschuß abgegeben. Ganz Rußland hat ihn gehört. Und jetzt geht jeder ans Werk. Die Sache muß ihren Lauf nehmen. Nichts kann sie aufhalten.

Ich habe fürchterliche Angst. Ich springe auf. Ich gehe wieder auf und ab. Der Hund knurrt und fletscht die Zähne. Er hat zwischen zwei Fässern Schutz gesucht. Ich kann ihm nicht einmal einen Fußtritt geben.

Der komische Kauz aus dem Zug fällt mir wieder ein. Der war mir gar nicht geheuer. Die Mütze... der Bart... die leere Flasche... Das sieht alles sehr nach Theater aus...

Und wenn uns am Ende einer verraten hätte? Wenn Ro-Ro verhaftet wäre? Wenn in Petersburg nichts passiert und nur die Provinz schlägt los? Damit wäre alles aus. Das wäre entsetzlich. Man könnte *nicht* noch einmal von vorn anfangen. Alles wäre vergeblich gewesen, sinnlos...

Sinnlos... haha!... war denn das, was wir tun wollten, etwa sinnvoll? Nein. Selbst Ro-Ro glaubt an nichts mehr.

Und wenn es uns glückt? Wenn unser Unternehmen Erfolg hat? Dann werden wir alles demolieren, ja, demolieren... haha!... kurz und klein schlagen. Dann... ja, was dann?... Die einen werden die gleiche Aktivität woanders entfalten, die anderen werden sich sogar für eine internationale Aktion, ein weltweites Vernichtungsunternehmen begeistern. Aber wir, die Anführer, haben wir es nicht satt? Sind wir nicht müde und verdrossen? Also werden wir abtreten müssen, das Feld räumen, unser Werk andern überlassen, den Freidenkern, den Mitläufern, den Epigonen, die alles an sich reißen und die Dinge immer so todernst nehmen... und realisieren... und dekretieren... neue Gesetze... eine neue Ordnung... hahaha! Nein, nach allem, was wir getan haben, können wir nichts mehr gelten lassen, nicht einmal mehr die Zerstörung, und schon gar nicht den Wiederaufbau, den postumen Wiederaufbau. Vernichtung... Die ganze Welt muß in die Luft, *das* war zu erreichen... Letzten Endes ist die gesamte wissenschaftliche Erkenntnis negativ. Die jüngsten Ergebnisse der Wissenschaft gestatten uns ebenso wie ihre stabilsten, fundiertesten Gesetze gerade nur, die Untauglichkeit jedes Versuchs einer vernunftgemäßen Erklärung des Universums zu beweisen, den Grundirrtum aller abstrakten Auffassungen aufzuzeigen, die Metaphysik in das Folkloremuseum der Rassen einzuordnen und jedwede Weltanschauung a priori zu verbieten. Wieso? Warum? Dumme Frage. Das einzige, was man gelten lassen, was man bejahen kann, die einzige Synthese, das ist die Absurdität des Seins, des Kosmos, des Lebens. Wer leben will, muß sich mehr an die Dummheit als an die Intelligenz halten und kann nur im Absurden leben. Sterne fressen und Dreck wieder ausscheiden, bitte sehr, das ist die ganze Intelligenz. Unsere Welt ist bestenfalls ein Verdauungsprodukt vom lieben Gott.

Ich werfe dem Hund den Hering hin. Er nagt ihn ab, und ich hänge wieder meinen Gedanken nach. Nimmt denn diese Nacht nie ein Ende?

Gott...

Da springt der Hund auf einmal zur Tür und kläfft wütend. Ich stehe da wie angewurzelt. Kommt da jemand? Ich entsichere meinen Revolver. Ich horche.

Der Hund tobt. Der Wind ächzt. Äste knacken. Ich öffne die Tür. Der Windzug fährt ins Zimmer und bläst die Petroleumlampe aus. Ich schlage die Tür zu und bleibe schußbereit dahinter stehen.

Plötzlich höre ich einen Pfiff: unseren Erkennungspfiff, das Tristan-Thema. Ich reiße die Tür auf und stürze hinaus.

»Mora! Mora!« schreie ich.

Der Wind schlägt mir fauchend ins Gesicht. Es ist so dunkel, daß ich nicht einen Schritt weit sehe.

Eine Stimme sagt:

»He, hier bin ich.«

Es ist die Stimme Moravagines.

Im nächsten Augenblick schließe ich Moravagine in die Arme.

Ich ziehe ihn an der Hand ins Haus.

»Der Hund ist an der Kette«, sage ich. »Komm herein. Du kannst dich auf den Ofen legen. Ich mache gleich Licht.«

In der Nacht vom 10. auf den 11. oder in der Nacht vom 9. auf den 10.? Ich weiß es nicht. Ich finde mich nicht mehr zurecht. Moravagine behauptet, morgen ist Freitag. Demnach hätte ich vierundzwanzig Stunden geschlafen, ohne es zu wissen? Er will es mir weismachen. Warum? Ich weiß nicht, was das soll. Er macht sich doch nichts aus mir. Aber warum ist er mir dann bis Twer nachgefahren? Wenn er fliehen wollte, wäre es für ihn viel einfacher gewesen, das Sauerkrautmagazin in Tula zu erreichen. Aber wollte er denn fliehen? Genau das möchte ich eben wissen.

Ich will mich bemühen, ein bißchen Ordnung in meine Gedanken zu bringen. Das Datum muß mir doch wieder einfallen!

Ich führe also Moravagine ins Haus. Ich halte ihn an der Hand und schiebe ihn bis zum Ofen, damit er dem Hund nicht auf die Pfoten tritt. Dann mache ich die Tür zu und zünde die Lampe an. Ich drehe mich um – und vor mir steht der kleine Kerl aus dem Zug. Dieser Anblick erschreckt mich derart, daß mein Revolver, den ich in der linken Hand halte, von selbst losgeht und ich Moravagine am Fuß verletze. Natürlich ist es der rechte Fuß, sein krankes Bein. Zum Glück nichts Schlimmes. Ich mache ihm gleich einen Verband. Die Kugel hat die große Zehe an der Nagelwurzel gestreift.

Moravagine ißt unter der Lampe. Da er seinen verletzten rechten Fuß auf einen Stuhl gelegt hat, sitzt er ganz schief. Der Hund liegt neben ihm, und er gibt ihm von Zeit zu Zeit eine Brotrinde. Er hat mich gebeten, den Hund loszuketten, und dieses Vieh, das mich zerfleischt hätte, hat sich auf ihn gestürzt, um ihn zu belecken. Wie stark muß der Zauber sein, der von diesem Menschen ausgeht, wenn selbst Tiere dafür empfänglich sind?

Moravagine ißt unter der Lampe. Ich schäme mich meines unglücklichen Schusses. Ich koche Kascha. Beim Durchstöbern der Kisten und Fässer habe ich den Brotkasten, den Gurkenvorrat und einen Sack Heringe entdeckt. Auch eine Literflasche Wodka habe ich gefunden und einen kräftigen Schluck daraus getrunken, bevor ich sie auf den Tisch stellte. Ich spiele den Geschäftigen, weil ich Angst habe, Moravagine etwas zu fragen. Ich bin voller Argwohn. Die tollsten Vermutungen schießen mir durch den Kopf. Von Zeit zu Zeit schiele ich nach ihm. Ich möchte ihn durchschauen, wissen, was los ist, was er getan hat.

Ich halte es nicht mehr aus. Seine Ruhe macht mich rasend. Ich fühle, wie der Zorn in mir hochsteigt.

»Hör mal«, fahre ich ihn plötzlich an, während ich mir einen Becher Wodka eingieße, »ich muß schon sagen, das war ein schlechter Witz.«

»Was für ein Witz?«

Er hat nicht einmal aufgeblickt.

»Der im Zug. Ich hab dich doch sofort erkannt. Diese leere Flasche – du lieber Gott! So ein offensichtliches Theater!«

»Mal langsam, alter Freund, reg dich nicht auf! Gib doch zu, daß du eine Heidenangst gehabt hast!«

Er sieht mich lachend an.

»Verdammt nochmal, willst du mir endlich sagen, was du heute nacht in dem Zug verloren hattest?«

»Heute nacht?«

»Ja, heute nacht.«

»Aber, lieber Freund, das war doch gestern.«

Er läßt mich nicht aus den Augen. Er schmunzelt.

»Ich bitte dich, Mora, tu mir den Gefallen und laß die Wortklauberei. Gestern oder heute, das ist mir ganz egal, also was hast du um Mitternacht im Zug gemacht?«

»Mein Lieber«, sagt Moravagine, »glaub mir, du irrst

dich. Ich war heute um Mitternacht nicht im Zug. In der Nacht vom Neunten auf den Zehnten, da hatte ich die Ehre, mit dir zu reisen, und zwar, ohne daß du mich erkanntest. Aber heute nacht, also in der Nacht auf den Elften...«

»Was?« schreie ich auf. »Auf den Elften?«

»Ich sage dir doch, daß heute der Elfte ist, der elfte Juni neunzehnhundertundsieben, daß es auf drei Uhr morgens geht und daß wir uns lieber ein paar Stunden ausruhen sollten, solange wir das noch können. Ich bin wie gerädert. Und wer weiß, was uns in diesen verfluchten Sauerkrautfässern noch alles bevorsteht.«

Ich war verzweifelt. Ich hatte gute Lust, meinen Revolver vom Tisch zu nehmen und Mora über den Haufen zu schießen. So eine Unverschämtheit! So eine Frechheit!

Er bemühte sich vergeblich, aufzustehen.

»Komm her, altes Haus, mach doch nicht so ein Gesicht. Hilf mir lieber, damit ich schlafengehen kann. Mit deiner verdammten Ungeschicklichkeit...«

Ich griff ihm unter den Arm und half ihm, sich auf dem Ofen auszustrecken.

Ich legte ein paar Scheite ins Feuer.

Ich lief ein paarmal wie ein Schlafwandler durchs Zimmer, stieß an Kisten, Fässer, an den Tisch und die Stühle. Dann trat ich wieder an den Ofen, stellte mich auf die Zehenspitzen und flüsterte Moravagine ins Ohr:

»Im Namen unserer Freundschaft, Mora, ich beschwöre dich, sag mir, was los ist.«

Meine Stimme war tränenerstickt. Er schlief – oder zumindest stellte er sich schlafend.

Er schlug die Augen auf, sah mich starr an und sagte:

»Hör zu, alter Freund. Wir sind aufgeschmissen. Und

jetzt geh schlafen, wer weiß, was der nächste Tag uns alles bringt. Geh schlafen und blas das Licht aus. Gute Nacht.«

Er dreht sich zur Wand und zieht sich den Schafspelz über den Kopf.

Ich taumele. Ich sinke auf einen Stuhl. Ich trinke einen Becher Schnaps. Ich spiele mechanisch mit der Flasche, sie rutscht mir aus der Hand und zerbricht klirrend am Boden. Der Hund flüchtet hinter die Kisten.

»Das war Mascha, was?«

»Wer denn sonst?« antwortet Moravagine, ohne sich zu rühren.

Die Morgendämmerung wischt über die Scheiben wie mit einem seifigen Lappen. Fettige Bäche rinnen über die Fenster. Draußen kriecht langsam ein schwerer weißlicher Nebel wie Schneckengeifer vorüber. Er klebt an den Tannenzweigen. Darüber regnet es in großen Tropfen. Moravagine schläft. Der Hund auch.

Ich glaube, ich schnappe wirklich noch über. Ich habe die letzten Seiten von meinem Tagebuch durchgelesen. Tage und Stunden sind genau vermerkt. Wenn Moravagine die Wahrheit sagt, wenn heute wirklich der Elfte ist, wie er behauptet, und nicht, wie ich glaube, der Zehnte, dann... dann hat es mich schlimmer erwischt, als ich dachte. Ich weiß, daß ich krank bin. Ich fühle die Müdigkeit bis in die Knochen. Aber trotzdem! Vierundzwanzig Stunden schlafen, ohne sich dessen bewußt zu sein, ohne es zu wissen, das ist schlimm. Ein klinischer Fall. Schlaf eines Irren. Nervöse Erschöpfung. Ein Loch. Epileptische Bewußtlosigkeit. Syndrom.

Es stimmt, ich fühle die Müdigkeit bis ins Mark.

Aber wo soll ich diesen Schlaf bloß unterbringen? Ich habe mein ganzes Tagebuch noch einmal durchgelesen. Ich muß sofort nach meiner Ankunft hier eingeschlafen sein, unmittelbar nachdem Iwanow gegangen war. Ich hatte mich auf den Ofen gelegt, das ist schon richtig, aber ich habe doch kein Auge zugemacht...

Ich muß buchstäblich im Stehen geschlafen haben, mit offenen Augen...

Ich kann keine zwei vernünftigen Worte mehr aneinanderreihen. Ich denke an die Genossen.

Ich habe große Entschlüsse gefaßt. Wir fahren nach Petersburg. Komme, was da wolle. Ich muß wissen, was los ist. Ich halte es nicht eine Stunde länger hier aus, in dieser Ungewißheit und in der Gesellschaft eines Narren. Und wenn er nicht mitkommen will, dann fahre ich eben allein. Lieber Gefangenschaft und Tod, ich muß Gewißheit haben.

Bevor ich Moravagine wecke, schwöre ich hier, an dieser Stelle – und dies ist vielleicht die letzte Zeile meines Tagebuchs –, ich schwöre: wenn wirklich Mascha uns verraten hat, so wird sie das bitter büßen.

Wir sind mit dem Abendzug in Petersburg angekommen. Während der ganzen Fahrt hat Moravagine ungereimtes Zeug geschwatzt. Er hat sich überhaupt nicht gesträubt, mitzukommen, im Gegenteil, er war entzückt.

»Weißt du«, sagte er zu mir, »ich weiß ja eigentlich gar nicht, ob Mascha uns verraten hat, ich hab keine Ahnung. Ich hab dir das nur so erzählt. Mir ist das in Charkow plötzlich eingefallen, und da habe ich kehrtgemacht. Jetzt bin ich allerdings überzeugt davon. Du ahnst ja nicht, wie Frauen sein können. Die Frauen haben so einen Hang zum Unglücklichsein. Sie sind erst zufrieden, wenn sie sich beklagen können, wenn sie nur irgendeinen Grund finden, sich gründlich zu beklagen, wenn sie sich erniedrigen können, mit Wollust, mit Inbrunst, leidenschaftlich und dramatisch. Und da sie durch und durch Komödiantinnen sind, brauchen sie, bevor sie sich als Opferlamm darbieten, einen Kreis von Zuschauern, irgendein Publikum, und sei es ein eingebildetes. Eine Frau schenkt sich niemals, sie bietet sich immer nur als Opfer an. Deshalb glaubt sie auf jeden Fall, nach einem höheren Gesetz zu handeln. Deshalb ist sie zutiefst davon überzeugt, daß du ihr Gewalt antust, und sie ruft die ganze Welt zum Zeugen an für die Lauterkeit ihrer Absichten. Die Prostitution erklärt sich nicht aus einem Bedürfnis nach Lasterhaftigkeit, sondern aus diesem egozentrischen Gefühl, das alles auf sich bezieht und bewirkt, daß die Frauen ihren Körper als das wertvollste Gut betrachten, als einmalig und kostbar. Daher verkaufen sie ihn teuer, das ist Ehrensache. Das erklärt übrigens den Kern von Vulgarität, den man selbst bei den Vornehmsten findet, und alle die Köchinnenabenteuer, die sie erleben. Da es die Rolle der Frau ist, zu verführen, hält sie sich für den Mittelpunkt der Welt, und das um so mehr, je tiefer sie gesunken ist. Die Erniedrigung der Frau ist bodenlos, genauso ihre Eitelkeit. Wie die Päderasten das Opfer ihres schändlichen Tuns sind, so bleibt die Frau ewig das Opfer ihrer Illusionen und ihrer eitlen Liebesträume. Daher das Drama, das lebenslängliche Drama. Mascha brauchte unbedingt eine Tragödie, ihre Privattragödie. Im Grunde genommen pfeift sie auf alles. Uns ist sie ja gar nicht böse, sondern sich selbst. Sie mußte sich als die Niedrigste der Niedrigen fühlen. Und da sie glaubte, sie sei anders, fortschrittlicher, allen anderen Frauen überlegen, da sie sich für etwas Besonderes hielt und außerhalb der Konvention keinen Anhaltspunkt mehr hat, muß sie in ihren Sturz all das mitreißen, woran sie am meisten hing, was ihre Besonderheit, ihre Eigenart ausmachte. Darum hat sie die ganze Partei verraten. Ihre Partei, ihre Sache, ihre heilige Sache, dann ihr Kind und schließlich sich selbst. Stell dir doch nur diesen zügellosen Ehrgeiz vor: Sie hat darauf bestanden, ein Kind zu bekommen, das mein Ebenbild sein sollte, nur um Gelegenheit zu einer Frühgeburt zu haben, um mich in den Dreck zu ziehen und mich in ihrem Blut hinter sich her zu schleifen. Du ahnst ja nicht, was sie mir alles beigebracht hat. Ich sehe jetzt ein, daß der Marquis de Sade ein Unschuldslamm war. Das größte Unglück, das einem Mann zustoßen kann – und zwar ist das weniger ein moralischer Schaden als vielmehr ein Zeichen frühzeitiger Senilität –, das ist, eine Frau ernst zu nehmen. Die Frau ist ein Spielzeug. Jedes intelligente Wesen (die Intelligenz ist doch ein Spiel, was? Ein unparteiisches, also ein göttliches Spiel), jeder intelligenzbegabte Mann hat die Pflicht, der Frau den Bauch aufzuschlitzen, um zu sehen, was drin ist, und wenn er ein Kind findet, dann hat sie gemogelt, verstanden? Begreifst du, daß ich mit Mascha nicht mehr spielen kann, jetzt, wo ich ihre Schwäche kenne? Weil sie keine Ehre im Leib hat, weil sie ihre Ehre wie all diese dummen Gänse blindlings einem Gefühl der weiblichen Eitelkeit geopfert hat, und jetzt muß sie beweisen – sich selber natürlich, wem denn sonst, du lieber Gott, hier geht es doch um die Selbstachtung –, sie muß sich beweisen, daß sie immer noch recht hat, sogar wenn sie mogelt, sogar wenn sie sich aus Halsstarrigkeit selber ins Unglück stürzt. Sie will um jeden Preis recht behalten. Daher ihre Wut und ihr leidenschaftlicher Haß. Das ewig Weibliche, ich habe es entschleiert. Isis mag das nicht. Sie rächt sich. Ich glaube, man kann ruhig annehmen...«

Dieses Gerede drang nur bruchstückweise an mein Ohr. Ich grübelte selber viel zu viel, um darauf zu achten. Es hatte sich herausgestellt, daß Moravagine recht hatte. Es war tatsächlich der Elfte. Die Fahrkarte, die ich nervös zwischen meinen Fingern drehte, bewies es. Sie trug das perforierte Datum. Ich sah das Licht durch die Ziffern schimmern. 11. Juni 1907. Ich zitterte am ganzen Körper. Was war heute in Petersburg los? Was passierte da seit heute morgen? Ich stieg an allen Bahnhöfen aus. Ich wollte mich informieren. Ich wagte es nicht, jemanden zu fragen. Ich durfte keine Zeitungen kaufen, denn laut unseren neuen Pässen waren wir zwei ungebildete Bauern, die weder lesen noch schreiben konnten, wir hatten sie mit einem Kreuz unterzeichnet. Diese verfluchte Maskerade, dieser Mummenschanz, der uns so oft erlaubt hatte, uns in geschlossene Versammlungen einzuschleichen und Geheimnisse zu erlisten, jetzt machte er es mir unmöglich, ganz offizielle Meldungen zu erfahren! Da ich keine Zeitungen kaufen konnte, versorgte ich mich mit Monopolka-Fläschchen und stieg wieder in den Zug. Und pichelte sie aus. Moravagine half mir dabei. Und er fing wieder an mit seinem Geschwätz. Und ich mit meiner Angst...

Sicherlich sahen wir nicht gerade vertrauenerweckend aus, als wir aus dem Zug stiegen, aber vielleicht half uns gerade diese widerliche Besoffenheit, ungeschoren aus dem Bahnhof zu kommen. Die Station war mit Militär besetzt. Am Ausgang standen Polizisten und durchsuchten die Reisenden. Jeder mußte seine Papiere vorzeigen. Aber zwei besoffene Bauern, von denen der größere den kleineren am Arm hinter sich her schleppte, ließ man passieren. Moravagine lallte nur noch, er konnte kaum gehen. Er hinkte furchtbar, sein verletzter Fuß tat ihm schrecklich weh. Er biß sich auf die Lippen, um nicht bei jedem Schritt vor Schmerz laut aufzustöhnen. Seine Grimassen trugen uns manche anzügliche Bemerkung ein, als wir durch das doppelte Spalier der Polizisten torkelten.

Der Anblick der Polizei hatte mein Herz höher schlagen lassen. Aber als wir auf den Bahnhofsplatz hinaustraten, waren wir auf der Stelle ernüchtert. Petersburg war stockdunkel. Nicht eine Bogenlampe, nicht eine Laterne. Überall Polizeisperren. Wir wurden in die Ligowskaja abgedrängt, wo Soldaten ihre Gewehre zu Pyramiden zusammengestellt hatten. Kosaken patrouillierten durch die Straßen. Eine bedrückende Stille lastete über der Stadt.

So bestätigte sich, daß Moravagine abermals recht hatte: Unsere Verschwörung war aufgeflogen. Wir waren verraten und verkauft. Wenn ich Mascha hiergehabt hätte! Ich hätte sie erwürgt. Die kalte Wut schüttelte mich. Jetzt mußte ich mich an Moravagines Schulter klammern. Ohne ihn wäre ich zusammengebrochen.

Und von diesem Augenblick an bewies Moravagine eine erstaunliche Kaltblütigkeit und Entschlossenheit. Ich überließ mich vollkommen seiner Führung. Meine Kräfte hatten mich verlassen. Mir war alles egal. Ich empfand nur noch eine ungeheure Erschöpfung und eine absolute Teilnahmslosigkeit. Wir waren an der Sadowaja angelangt. Weiter ging es nicht mehr. Die Straße war abgesperrt. Hinter einer Barrikade aus Pflastersteinen stellten Soldaten ein Maschinengewehr auf. Vom Ende der Straße her hörte man Pfiffe, dann ein Getöse und dumpfes Stimmengewirr. Anscheinend hatte die Polizei das Viertel abgeriegelt und durchsuchte nun die Häuser, sperrte alles ein. Von Zeit zu Zeit knallte ein Revolverschuß.

Moravagine zog mich ein Stück in die Sadowaja hinein und führte mich, genau gegenüber der Markthalle, in eine Kneipe. Sie bestand aus drei schmutzigen, verwahrlosten Räumen, voll von Menschen. Zum großen Teil Straßenhändler, Kutscher und Markthelfer, kleine Leute, die diese tragische Nacht daran hinderte, ihrem Gewerbe nachzugehen. Sie hockten Ellbogen an Ellbogen um die Tische und Tischchen und unterhielten sich über die Ereignisse, leise, wie überall in Rußland, wenn man gewisse Dinge in der Öffentlichkeit bespricht, und die Rücken krümmten sich, denn jeder fühlt die drohende Hand im Nacken, und auf allen lastet es wie ein Alp. Als wir eintraten, breitete sich eine Stille aus, die die Schultern noch tiefer drückte und die ganze Runde zu ersticken schien. Nur ein Schnapsbruder mit nacktem Oberkörper deklamierte Verse von Puschkin.

Ich ließ mich auf einen Stuhl fallen. Moravagine bekreuzigte sich lange vor der Ikone. Dann griff er nach einem Teller voll Zakuski und trank ein großes Glas Schnaps, ging wieder zu der Ikone, bestellte einen Borschtsch, setzte sich an meinen Tisch, zündete sich fluchend seine kurze Pfeife an, schlug die Beine übereinander und begann mit lauter Stimme einen langen Monolog, in dem es um ein krummbeiniges Pferd ging, um drei Roßtäuscher, die ihm einen Gaul hatten andrehen wollen, der Rippen wie Holzscheite hatte; er rief den Herrgott zum Zeugen an für das Theater, das seine Frau ihm bereitet hätte, wenn er diese Schindmähre nach Hause gebracht hätte, die Beine hatte wie ein Gestell und ihn zum Gespött des Dorfes gemacht hätte. Er erzählte Neuigkeiten aus seinem Dorf und schwärmte von den vielen schönen Dingen, die er in der Stadt gesehen hatte. Er wurde geschwätzig, weinerlich, verschmitzt und schalkhaft und wandte sich mit Emphase bald an mich, seinen treuen Freund und Zechgenossen, wobei er ausgesprochen rührselig wurde, bald an die imaginäre Zuhörerschaft der Alten aus seinem Dorf, die seinen Worten keinen Glauben schenken wollten, und er ereiferte sich, schimpfte und fluchte, wurde ausfällig und erging sich in Schmähreden, daß mir Hören und Sehen verging. Die Leute waren aufgestanden und kamen herangeschlurft. Schon standen ein paar von den Muschiks um uns herum. Man stellte ihm Fragen. Er antwortete, indem er eine Runde nach der andern ausgab. Bald wurde die Unterhaltung wieder allgemein, laut und verworren. Jeder fing an von seinem Dorf zu erzählen, nach dem er sich sehnte. Sie zogen über die Stadt her, über die Arbeitgeber und die Bürger, dann klagte jeder über seine Arbeit und die schweren Zeiten. Und dann fingen sie endlich an zu erzählen, was sich auf der Straße abspielte. Sofort senkte sich der Tonfall. Jeder war irgendwo dabeigewesen. Man fing wieder an zu flüstern, es bildeten sich Grüppchen. Wir waren nicht mehr der Mittelpunkt. Zwei Bauern hatten sich an unseren Tisch gesetzt, ein alter Kutscher und ein Nachtwächter aus der Markthalle. Der deklamierende Trunkenbold, dem Moravagine ein Glas spendiert hatte, schleppte ebenfalls seinen Stuhl heran. Und bald wurde rund um unseren Tisch getuschelt, Gerüchte wurden kolportiert, Klatsch weitergegeben. So erfuhren wir die Ereignisse des Tages durch das Gerede der Leute. Und wir wurden weiß Gott gut informiert, besser als durch die Zeitungen, denn das Auge des kleinen Mannes liegt immer auf der Lauer, gierig, unersättlich und blutdürstig.

Auf den Zaren war kein Attentat verübt worden, aber die alljährliche Parade hatte nicht stattgefunden. Alle Soldaten hatten Ausgangssperre. Angeblich hatten die Matrosen von Kronstadt gemeutert. In Wassilij-Ostrow war es zu Krawallen gekommen, die Kosaken hatten die Arbeiter der Putilow-Werke angegriffen. In der Stadt waren mehrere Kasernen von Polizei belagert. Im Regiment Seminowski hatten sie alle Offiziere erschossen. Die Besatzung der »Rujrik« war vom Ersten Kaukasischen Regiment gefangengenommen worden. Die Garde hatte das Stadtzentrum besetzt. Ganze Stadtviertel waren abgeriegelt. Massenverhaftungen hatten stattgefunden. Der Nachtwächter hatte Hunderte von Gefangenen vorbeiziehen sehen, darunter auffallend wenig Studenten. Der alte Kutscher erzählte, im Viborgviertel sei es zu Schlägereien gekommen und die Straße zum Krestowski-Gefängnis sei rot von Blut. Der närrische Schnapsbruder behauptete, in Moskau sei die Republik ausgerufen und im ganzen Kaiserreich sei die Hölle los, »denn«, sagte er, »ich verkaufe abends Zeitungen, und heute waren alle meine Zeitungen zensuriert«. Der Kutscher meinte, die Republik sei nicht in Moskau, sondern in Helsingfors proklamiert worden, denn der Finnische Bahnhof sei für Zivilreisende gesperrt. Der Trunkenbold, besser unterrichtet, behauptete, die Schwarzmeerflotte sei ausgelaufen, um sich nach Konstanza zu begeben, wo die Matrosen an Land gingen. Der Nachtwächter sagte, man habe ihm erzählt, im Alexanderpark lägen die Toten haufenweise.

Die ganze Nacht gingen wir von Tisch zu Tisch und ließen uns alles hundertmal wiederholen.

Bei Tagesanbruch nahm uns der Kutscher mit nach Hause. Er hieß Dubow und war ein braver Mann. Moravagine hatte sein Herz gewonnen, da er ihm versprochen hatte, sich nur an ihn zu wenden, wenn er das berühmte Pferd kaufen werde, von dem er gesprochen hatte. Ich verbrachte zwei Tage in einem Heuhaufen in der Scheune und rührte mich nicht von der Stelle. Wir waren vollkommen ruiniert. Pjotr, der Sohn des Kutschers, holte mir Zeitungen. Ich las die unheilvollen Nachrichten. Sie hatten sie alle erwischt. Man nannte Namen. Ro-Ro war, als er an Bord der »Rujrik« ging, sofort in Fesseln gelegt worden. Die Revolte von Kronstadt war im Blut erstickt. Alle Mädchen aus den Bordellen waren eingesperrt, die Behörden eröffneten eine Untersuchung über diese mysteriöse Propagandaaffäre. Überall in der Provinz war die Reaktion Herr der Lage. Katja, die Rote Jungfrau, war an Bord eines Patrouillenbootes gehenkt worden. Makowsky war eingelocht. Kleinmann flüchtig. Kaifetz wurde in einem Kommissariat in Odessa gefoltert. Oleg war gefangen. Der Kosak in Cherson hingerichtet. Sokolow hatte durch einen Sprung aus dem Fenster seiner Zelle Selbstmord begangen. Die Ölquellen von Baku stehen in Flammen. In Warschau wütet ein Pogrom. Die

»Potemkin« ist nach einem Granathagel auf die Stadt davongedampft. Die rumänischen Behörden von Konstanza haben das Flagschiff in letzter Minute entwaffnet und die fahnenflüchtige Besatzung festgenommen. Nepluwjew wurde von einer Bombe zerrissen, aber sein Mörder, Tschernikow, ist auf der Stelle vom Adjutanten des Gouverneurs niedergeschossen worden. Fünf weitere Terroristen, mit neuartigen Bomben bewaffnet, sind in Sebastopol verhaftet worden. Ich lese, ich lese, ich lese alles. Diese Lektüre peitscht mich auf. Sie suchen den Urheber der Moskauer Explosion, es soll sich um einen geheimnisvollen Engländer handeln. Interessiert mich nicht. Einen einzigen Namen suche ich in allen Ausgaben: den Namen Maschas. Nichts, nicht ein Wort.

Und noch ein Mensch ist da, von dessen Existenz man nichts zu ahnen scheint: Moravagine. Sieh mal einer an! Mein Mißtrauen erwacht wieder. Aber ich bin ja verrückt. Während ich im Heu herumliege, ist Moravagine unterwegs, er tut etwas. Er betreibt Nachforschungen. Dubow und er sind unzertrennlich. Unter dem Vorwand, das Pferd zu kaufen, schleppt Moravagine den alten Kutscher von einem Roßhändler zum anderen, in alle Stadtteile, in alle Straßen. Sie grasen alle Teehäuser und alle Schnapsbuden ab, schwanken von einer Kneipe in die andere. Ich frage mich, wie Moravagine das aushält. Dubow wird überhaupt nicht mehr nüchtern. Offenbar wird Moravagine von derselben fieberhaften Angst aufrecht gehalten, mit der ich die Zeitungen überfliege. Er möchte wissen, was aus Mascha geworden ist. Was sie treibt. Wo sie sich aufhält. Er sucht eine Spur, einen Fingerzeig, und er findet nichts, nicht einen einzigen Hinweis. Und dennoch gibt es keinen Zweifel: Mascha hat uns verraten, das ist sicher. Sie hat uns verpfiffen. Sie allein konnte der Polizei so genaue Auskunft geben. Sie kannte unsere Pläne, sie kannte die Namen aller Genossen und Komplicen. Aber warum hat sie dann mich nicht denunziert, warum hat sie mich nicht am Handeln gehindert, warum hat sie sich an Moravagine nicht herangewagt?

Am dritten Tag spreche ich mit Moravagine. Der Morgen dämmert, er ist eben erst nach Hause gekommen. Auch ihm ist Maschas Verhalten unbegreiflich. Und da er mir eröffnet, er wisse nicht, was aus ihr geworden ist, er habe nicht das geringste über sie erfahren können, gestehe ich ihm, daß ich mir geschworen habe, sie zu töten.

»Also los«, sagt er. »Worauf warten wir noch? Vielleicht ist es verrückt. Aber vielleicht will sie das gerade. Also nach Terrioki.«

Wir wecken den schnarchenden Dubow auf. Wir helfen ihm anspannen. Wir lassen uns zum Finnischen Bahnhof bringen. Aber da ist nichts zu machen. Der Bahnhof ist für Zivilreisende gesperrt. Wir lassen uns nicht abwimmeln, denn eben ist ein Zug eingefahren. »Das ist ein Militärzug«, sagt der Beamte, »ein Gefangenentransport.«

Wir machen kehrt. Wir kommen nicht weit. Eine endlose Kolonne verläßt den Bahnhof durch einen Seitenausgang. Die Gefangenen werden von Soldaten mit aufgepflanztem Bajonett flankiert. Alle Gefangenen tragen Handschellen. Sie ziehen an uns vorbei. Ich erkenne in der Menge den Buckligen. Ein Unteroffizier geht mit dem Revolver in der Hand neben ihm. Unter den Frauen, die dann kommen, sehe ich Mascha nicht.

Dubow ist eingeschlafen, vornübergesunken. Moravagine zerrt ihn vom Sitz, setzt ihn neben mich auf die Polster und klettert auf den Bock. Er ruft den Wachposten etwas zu und lacht. Wir sehen aus wie ein echtes Säuferkleeblatt, besonders ich, leichenblaß, zitternd, angeekelt vom Anblick der vorbeiziehenden Gefangenen.

»Wollen wir?«

Ich bekomme den Mund nicht auf. Moravagine schlägt auf das Pferd ein. Wir rumpeln durch endlose Straßen, die sich langsam beleben. Es muß etwa halb sieben Uhr früh sein, vielleicht auch schon drei Viertel. Wo fährt Moravagine uns hin? Mir ist alles egal. In meinem Kopf dreht sich alles. Gleich werde ich in Ohnmacht fallen.

Ich schlage die Augen auf. Wir halten an einer Droschkenstation. Wir haben uns hinten angereiht. Moravagine rüttelt mich und zieht mich aus dem Wagen. Er schleppt mich in einen Gasthof. Dubow lassen wir in den Polstern seines Wagens weiterschlafen.

Wir müssen weg. Wir können in dieser Stadt nicht bleiben. Wir müssen auf Mascha verzichten, also gut. Aber wir müssen verschwinden. Wir müssen versuchen, uns ins Ausland durchzuschlagen. Wir müssen zurück nach Twer. Vielleicht sind die Sauerkrautwaggons bewacht. Auch egal. Wir müssen alles riskieren. Vielleicht kommen wir doch nach London.

Moravagine führt das Wort. Ich sage zu allem ja. Ich bin willenlos. Wenn nur alles vorbei wäre. Wenn er jetzt sagte, ich solle mich umbringen: ich zöge sofort meinen Revolver aus der Tasche und jagte mir eine Kugel in den Mund.

Ich kann nicht mehr.

Elend, große Mutter, Elend und Tod.

Es war drückend heiß im Zug. Der Waggon war gerüttelt voll. Moravagine ist sofort eingeschlafen. Die Räder drehten sich in meinem Kopf und zermahlten mit jeder Umdrehung mein Hirn zu Brei. Breite Himmelsfetzen wehten in meine Augen, aber die Räder stürzten wütend darüber her und zerquetschten alles. Sie drehten sich auf dem Himmelsgewölbe und überzogen es mit langen, öligen Streifen. Diese Ölflecken breiteten sich aus, teilten sich, bekamen Farbe, ich sah eine Million Augen im prallen Sonnenlicht die Lider öffnen und schließen. Riesige Pupillen rollten von einem Horizont zum andern, schoben sich ineinander und wurden ganz klein, hart, starr. Eine Art durchscheinendes Ektoplasma bildete sich rundherum, eine Art Gesicht, mein Gesicht. Mein Gesicht in hundertfacher Auflage. Und alle Gesichter setzten sich plötzlich in Bewegung, tanzten, hüpften in rasenden Sprüngen vorwärts, wie Insekten, die über die Wasserfläche eines Tümpels huschen. Der Himmel wurde glashart, glänzte wie ein Spiegel, und die Räder, ein letztes Mal zum Angriff ausholend, zertrümmerten ihn. Tausende Scherben prasselten herunter, wirbelten durcheinander, und Tonnen von Lärm, Geschrei und Stimmen wälzten sich lawinengleich heran, entluden sich, prallten in meinem Trommelfell zusammen. Zickzacklinien, phantastische Wundmale, Risse, Blitze, Lippen, Münder, abgeschnittene Finger, eine furchtbare Explosion hallte tief in meinen schmerzhaft dröhnenden Ohren wider, und Moskau stürzte aus dem Himmel, in tausend Trümmern, als Regen, als Asche, wie ein Luftschiff, das Feuer gefangen hat und birst. Oben und unten, rechts und links flatterten, schwirrten, sich überschlagend und durcheinanderwirbelnd, bevor sie zu Staub zerfielen, Bilder, das Leben: die Kremlmauer, Sankt Basilius, die Marschallsbrücke, die Mauer der Chinesenstadt, mein Hotelzimmer, dann, ein wenig später, Raja, duftig und zart. Sie zerfasert. Die Beine spreizen sich, dehnen sich, werden immer länger, entmaterialisieren sich. Nur noch ein Seidenstrumpf schwebt in der Luft, ein Strumpf, der sich an der Wade aufbläht und dick wird wie ein Sack, riesenhaft wie ein Bauch. Es ist Mascha. Und sie verschwindet wieder, ein kleiner, aufgedunsener Junge fällt trudelnd zur Erde.

Hä? Was? Was? Ja ja. »Twer! Twer!« Ich stehe auf dem Bahnsteig. Was denn! Ja ja. »Twer! Twer!« Ja ja. Aussteigen, aussteigen. Schon gut. »Twer! Twer!« Klar: aussteigen. Ja was denn? Mach schon! Ja. Scheiße. »Twer!« Ja, ich komme ja. »Twer! Twer!« Gib mir die Hand. So. Weißt du, wo der Ausgang ist? Gut. »Twer!« Gut. Ich kann nicht gehen. Scheiße. Wir müssen abhauen. Ich komme. »T-w-e-r.« Hier bin ich. Geschafft. Alles klar. Wir hauen ab.

Eisenbahnschienen in der Dämmerung. Signalmasten stehn Schmiere vor dem Wald. Wir überqueren den zweiten Bahnübergang. Wir laufen querfeldein. Nur weiter, dreh dich nicht um. Wir hüpfen vorwärts wie Kröten, mühsam, mit wackelnden Hintern, springen, kriechen, ziehen uns gegenseitig weiter. Fieber, Durst, Schwäche, Betrunkenheit, Schlaflosigkeit, Alptraum, Lachen, Verzweiflung, Müdigkeit, Wurstigkeit, Wut, Hunger, Fieber, Durst, Schwäche – alles das zerrt an unseren Nerven wie schwere Gewichte, und das ganze Uhrwerk unserer menschlichen Maschine funktioniert nicht mehr, die Muskeln quietschen, der Wahnwitz schlägt die Stunden, man ist nicht mehr Herr seiner Zunge, man stolpert beim

Denken. Und in diesem Zustand sollen wir uns auch noch unserer Haut wehren!

Ich ziehe Moravagine bis zum Holunderstrauch. Der Wagen ist nicht da. Er hat mich doch neulich hier erwartet. Klar. Aber ich habe Iwanow ja gar nicht bestellt. Er wird in der Stadt sein. Wir müssen in die Stadt zurück. Ich muß ihn unbedingt in der Stadt finden.

Ich erhole mich langsam.

Moravagine kann nicht mehr weiter. Er liegt im Gras und weint wie ein kleines Kind. Er umklammert seinen Fuß mit den Händen. Ich wickle seinen Fußlappen auf. Der Fuß ist geschwollen, die Zehe schwarz. Es bleibt mir nichts übrig: Ich ziehe das Messer aus dem Stiefel und schneide mit der größten Kaltblütigkeit, die ich beruflich aufbringe, die brandige Zehe ab. Ich mache das sehr geschickt. Dann reiße ich mein Hemd in Streifen und lege ihm einen Verband an, fest, sauber, tadellos, nach allen Regeln der Kunst. Da ich kein Antiseptikum zur Hand habe, uriniere ich auf die Wunde, wie es die Indianer am Amazonas tun.

Die kleine Operation hat uns beiden gutgetan. Wir liegen im Gras und überdenken unsere Lage. Wir müssen umkehren und versuchen, uns in die Sauerkrautfässer zu schmuggeln – wenn sie noch da sind. Das ist unsere einzige Chance. Wenn sie überwacht werden, dann haben wir eben Pech gehabt. Dann sperren sie uns ein.

»Kannst du gehen?«

»Ja«, antwortet Moravagine, »aber warte noch einen Augenblick, eine Pfeife lang und ich komme.«

Wir haben uns auf den Weg gemacht. Es geht leidlich. Moravagine hat den Arm um meine Hüfte geschlungen, und ich stütze ihn unter der Achsel. Wir sind albern. Wir lachen. Aber warum singt Moravagine? Und was singt er? Ich kann die Worte nicht verstehen, es muß ungarisch sein, ein Lied aus seiner Kindheit.

Wir sind gleich da. Wir sind da. Wir hocken jenseits der Gleise, unter den Zwergbirken, die den Bahnhof abgrenzen, gegenüber der Laderampe. Unsere Waggons sind noch da, am Ende eines Abstellgleises. Von unserem Beobachtungsposten aus können wir das Gelände überblicken. Nichts rührt sich. Die Signale und die Sterne blinzeln. Der Himmel ist unendlich weit. Ab und zu klingt ein Vogelruf aus dem Wald zu uns herüber. Das leuchtende Zifferblatt der Uhr zeigt drei Uhr früh. Wir warten schweigend über eine Stunde. Nichts stört den großen Frieden der Nacht.

»Gehn wir?«

»Warte noch«, sagt Moravagine, »nur noch einmal Luft holen.«

Dann sagt er:

»Hör mal, wie weit ist das von hier bis zu den Waggons?«

»Vielleicht fünfzig Meter.«

»Das sind 125 Schritte«, sagt Moravagine kleinlaut. »Also los, ich bin soweit.«

»Tut dir der Fuß nicht zu weh?«

»Nein.«

»Willst du noch ein bißchen warten?«

»Nein, los.«

»Geh auf den ersten Waggon zu, und paß auf die Drähte auf, wenn du über den Graben springst«, rate ich ihm, während ich ihm aufhelfe.

Gerade als wir aufspringen und zu den Waggons

hinüber wollen, ertönt ein elektrisches Läutwerk, ein schwächliches, mattes, zögerndes Bimmeln, als wollte im nächsten Moment der Strom ausfallen und der Hammer stehenbleiben. Der Mann, der es bedient, scheint am anderen Ende der Welt zu sitzen. Man meint, die verrostete Klingel müßte jeden Augenblick aussetzen, aber es bimmelt unentwegt weiter, monoton, ausdauernd, zermürbend.

Ting-gling-gling, ting-gling-gling.

Wir ducken uns wieder ins Gras.

Eine gute Viertelstunde vergeht.

»Oh, la-la, la-la...«, brummt Moravagine.

Das Totenglöcklein geht immer noch.

Das ist nicht mehr zum Aushalten.

Jetzt geht eine Tür auf. Bahnarbeiter kommen heraus, spucken. Lichter huschen auf den Bahnsteigen hin und her, Signale flammen zwischen den Gleisen auf. Der Weichensteller steigt in sein Häuschen, die Drähte vor uns bewegen sich. Ein immer lauter werdendes Geratter kommt aus dem Norden. Kurz darauf fährt ein Zug in den Bahnhof ein. Die Lokomotive hält schnaufend. Dann wird rangiert. Waggons werden abgehängt. Ein paar Männer gehen auf den ersten Sauerkrautwaggon zu.

»Achtung, Mora, jetzt sind wir dran.«

»Nur keine Aufregung, ich bin da.«

Wir lassen unseren Waggon nicht aus den Augen. Sechs Männer schieben an. Sie gehen vor uns hin und her, stellen Weichen um, schließlich hängen sie unseren Waggon als letzten an den Zug. Ein Mann steckt die rote Laterne auf. Dann gehen sie alle weg.

Jetzt oder nie.

Wir springen über die Schienen, so schnell wir können. Ich bin als erster da. Ich schneide die Plombe mit meinem Messer auf. Ich schiebe die Tür zurück. Als Moravagine herankeucht, hebe ich ihn in den Waggon und springe nach.

Wir sind gerettet! Wir sind gerettet! Ich weine.

»Schafskopf«, brummt Moravagine, »warte wenigstens, bis er abfährt, dann kannst du meinetwegen schlappmachen.«

Er zieht seinen Revolver.

Nein, niemand hat uns gesehen. Niemand kommt. Nach einer Weile fährt der Zug ab.

Die russischen Züge fahren nicht sehr schnell, und Güterzüge legen in der ganzen Welt kaum mehr als vierzig Kilometer in der Stunde zurück. Wir sind erst seit fünf Minuten unterwegs, und mir ist, als hätten wir schon Tausende von Kilometern hinter uns und die Grenzen längst überschritten.

»Na, Mora, ist das ein schöner Waggon?«

»Tolle Sache! Schlafwagen ist nichts dagegen.«

»Und dein Fuß?«

»Juckt verdammt.«

»Hast du Fieber?«

»Nein, aber das kribbelt, als ob Würmer dran wären.«

Wir rollen.

Nach einer Weile fängt Moravagine an:

»Sag mal, alter Freund, macht dir das eigentlich Spaß, zu den englischen Brüdern zu fahren?«

»Na hör mal, und ob. Das sind Prachtburschen, lauter feine Kerle. Du ahnst ja nicht, wie mir die Russen mit ihrem ganzen Rußland zum Hals heraushängen. Das kotzt mich an, verstehst du? Ich kann sie nicht mehr riechen, diese Russen.«

»Ach, hör auf, ist doch alles Mache. Wie die den Mund vollnehmen mit ihrem Schwesterherz, mit dem großen Luder.«

»Was? Mit wem?«

»Mit der Humanität! Liebe zur Menschheit, was sonst noch alles...«

»Also mir reicht's.«

»Wie wär's, wenn wir in die Klappe gehen?«

»Klar, vor allem, weil ein Neugieriger seine Nase reinstecken könnte.«

Aber wir rühren uns nicht vom Fleck. Wir fühlen uns zu wohl. Diese Entspannung! Es ist, als führe der Zug doppelt so schnell. Die Räder singen in meinem Herzen, singen von Freiheit.

Wir haben eben in einem Bahnhof gehalten. Es wurde wieder rangiert. Wir haben Männerschritte auf dem Schotter gehört, rund um unseren Waggon.

»Moravagine, so geht das nicht weiter, wir müssen uns verstecken. Wenn da einer reinkommt, nehmen sie uns an der nächsten Station hops!«

»Scheiße. Kannst du mit diesen Hurenfässern umgehen?« fragt Moravagine.

»Immer mit der Ruhe«, antworte ich. »Das machen wir schon. Ist eine prima Sache, ganz tolles Ding. Z.Z. hat das fabelhaft hingekriegt. Erstklassig, mein Lieber, du wirst sehen. Der Gute hat was los, der kennt sich aus.«

Diese Fässer, die Z.Z. erfunden hat, sind ein Schwindel. Von hundert Sauerkrautfässern sind zehn falsch, zehn pro Magazin. Vier Magazine haben wir, also können notfalls vierzig Personen darin Platz finden und als Eilgut ins Ausland befördert werden. Die längste Fahrt dauert acht Tage. Tula schickt seine Fässer an einen

Kommissionär nach Brest-Litowsk, der sie via Warschau, Lodz, Danzig nach Kopenhagen weiterbefördert. Die von Rjasan sind an einen Geschäftsfreund in Täbris gerichtet, via Astrachan – Kaspisches Meer. Die aus Kaluga sind für Wien bestimmt, via Orel, Berditschew, Lemberg. Abgesehen von den vier Empfängern im Ausland und Iwanow, der allein als Absender auftritt, haben die Agenten und Zwischenhändler keine Ahnung, daß falsche Fässer dabei sind. Unser Posten geht direkt nach London, via Riga. Das ist der kürzeste Weg, und es wird nur einmal umgeladen. Das Umladen ist für den, der im Faß reist, sehr lästig, denn er wird dabei gerollt, geschüttelt, hin und her gestoßen und läuft Gefahr, den nächsten Teil der Reise im Kopfstand zu machen. Aber für diesen Fall ist vorgesorgt. Die Fässer sind innen sorgfältig ausgeschlagen, eine gute Polsterung schützt und stützt besonders Kopf und Schultern. Die Fässer sind sehr geräumig, man haust darin relativ bequem. Sie werden von innen mit einem doppelten Hebel, der mit der Hand leicht zu erreichen ist, geschlossen. Dieses System ermöglicht eine Lüftung während der Fahrt. Man braucht nur während des Aufenthalts in den Bahnhöfen und beim Umladen zuzumachen. Wenn der Hebel blockiert ist, schließt das Faß hermetisch. In diesem Fall stehen dem Reisenden zwei Gummiröhrchen zur Verfügung. Durch das eine saugt er die Luft von außen ein, durch das andere atmet er die verbrauchte Luft aus. Er darf sich nur nicht irren, und es ist recht mühsam, diese Röhrchen zu benutzen, da man von den Sauerkrautdünsten halb erstickt ist und deshalb lieber normal atmen möchte. Man darf vor allem den Mund nicht aufmachen und muß so langsam und regelmäßig wie möglich atmen.

Am Griff hängt ein Säckchen mit Pemmikanscheiben, Schokoladetäfelchen, einer Flasche Pfefferminzlikör, einem Fläschchen Äther und Würfelzucker.

»Weißt du, Mora, am ersten Tag glaubst du, du gehst kaputt, aber dann gewöhnst du dich angeblich dran und bleibst still und brav darin hocken.«

»Wieder so eine verpfuschte Angelegenheit«, gibt mir Mora zur Antwort. »Die Russen haben ja einen Vogel! Zu reisen wie die Heringe! Mach mal Licht, daß man sich in die Falle hauen kann. Es muß mindestens fünf sein.«

Ich mache im Dunkeln meinen Gürtel auf. Ich ziehe meinen Kaftan aus. Aus meinem linken Stiefel ziehe ich eine Taschenlampe und mache Licht. Dann inspiziere ich die Fässer auf allen vieren.

»He«, rufe ich, »sieh dir das an. Das ist eins, ein richtiges. Da, siehst du das Zeichen?«

Ich zeige ihm ein Faß mit einer übermalten Nummer.

»Kapiert? Das ist das Zeichen. Na? Jetzt brauchst du nur den Nagel hier rauszuziehen, und der Deckel und der ganze Kram gehen ganz von alleine auf.«

Ich stehe auf, um den Nagel herauszuziehen und den Deckel zu heben, da stoße ich einen Schrei aus. Ich bin an etwas Kaltes gestoßen, an etwas Feuchtes, Quabbeliges, Weiches, als hätte man mir eine Kapuze übergestülpt. Etwas Klebriges rinnt mir übers Gesicht. Ich taumele zurück. Ich richte meine Lampe auf dieses schwankende Ding, das von der Decke hängt und von den Stößen des Wagens hin und her bewegt wird.

Alle Einzelheiten dieser Szene sind mir noch gegenwärtig.

Der Zug rollt. Wir werden hart durchgerüttelt. Wir stehen zwischen den wüst durcheinanderliegenden Fässern. Moravagine klammert sich an mich und beugt sich vor, um besser sehen zu können. Ich richte den Strahl meiner Lampe auf das Ding, das da vor uns schaukelt. Herrgott nochmal! Ein Erhängter! Eine Frau. Kleider. Eine Hand. Das kleine Lichtbündel meiner Lampe durchlöchert das Kleid. Ein schmutziger Schal. Ein geblümtes Mieder. Und ... ein Kopf ... das Gesicht ... Mascha! Zwischen ihren Beinen hängt ein grinsender Fötus.

Mein ausgestreckter Arm sinkt herunter. Wir sprechen nicht. Der Zug rollt. Meine Lampe zeichnet einen winzigen Lichtkreis auf den Boden. Moravagine tritt mit dem Fuß darauf.

»Mora«, sage ich flehentlich, »nimm sie herunter und schmeiß sie aus dem Zug, das Aas.«

»Nein«, sagt er mit kaum vernehmbarer Stimme, »ich nehme sie nicht herunter. Sie soll mit uns fahren. Sie wird uns Glück bringen. Du mußt wissen, wenn sie in Riga den Waggon aufmachen, sieht keiner nach, was in den Fässern ist, sie werden sich nur mit ihr beschäftigen. Und wir, wir kommen durch.«

Zwei Fässer sind geöffnet. Ich helfe Moravagine in das eine. Er schließt es von innen ab. Ich krieche in das andere. Mein Bündel, das fast eine Million Rubel in Banknoten enthält, ist mir im Weg. Ich stehe noch einmal auf, ziele auf die Tote und werfe ihr das Geld an den Kopf. Dann hocke ich mich in mein Faß. Ich mache es mir bequem. Ich schlage den Deckel zu und schließe, indem ich auf den Griff drücke, von innen fest ab.

Der Zug rollt durch die Nacht...

Die Überfahrt über den Atlantik

Wenn man aus der russischen Hölle kommt, erscheint einem das Leben schön und angenehm. Wie rührend ist der Anblick der Menschen, die still und friedlich ihrer Arbeit nachgehen, wie leicht und beneidenswert erscheint ihr Los. Selbst das übervölkerte, geschäftige, düstere London wirkt liebenswürdig. Der Mann von der Straße, ob Müßiggänger oder Arbeiter, gemessen, korrekt und gediegen in seiner unauffälligen Eleganz, ist ein Teil eines wohlgeordneten Ganzen und nimmt den ihm zustehenden Platz im Team ein. Was für ein Gegensatz zum Leben in Rußland! Das ganze englische Leben ist ein Sport, ein fair-play, das seine Regeln, seine ritterlichen Gepflogenheiten hat, und das ganze Land mit seinen gepflegten, schattig grünen Rasenflächen ist ein einziger, unübersehbar großer Sportplatz, dessen Grenzen die Winde wie Fähnchen abstecken. Der Himmel und das Meer ringsum haben Kinderbäckchen – gesunde, saubere, reiche Kinder, die funkelnagelneue Spielsachen haben, blitzende Lokomotiven und blanke Schiffe. Die Städte sind Mahagonikabinen, in die diese beiden großen Kinder sich manchmal zurückziehen, um ein wenig auszuruhen, und wenn sie aufwachen, haben sie helle

Augen, plappern vergnügt und machen ihrer Familie, England, viel Freude.

An Bord der »Caledonia«, die uns von Liverpool nach New York bringt, verlassen Moravagine und ich fast nie das Privatappartement, das wir bewohnen; und wenn wir es einmal tun, dann nur zur Teestunde, um uns unter die Kinder zu mischen. Wir sind noch immer erholungsbedürftig und müssen die Einfaltskur fortsetzen, die wir bei unserer Ankunft in London, nach der schrecklichen Reise im Kielraum des Schiffes, begonnen haben. Ein dreiwöchiger Aufenthalt in England hat nicht genügt, uns wieder frisch zu machen. Wir sind bis hinauf nach Schottland und hinunter nach Cornwall gefahren, wir sind zehn Tage lang über die Hügel von Cumberland gewandert – es war nicht genug; einsam, wortkarg, verdrossen irrten wir herum, zwar nicht von Gewissensbissen geplagt, aber völlig zerschlagen. Und erst an Bord wurde uns die köstliche, einzigartige Heilkraft Englands bewußt, sein belebendes Klima, seine kindlich-harmlose Atmosphäre, die vorbildliche Korrektheit seiner Bewohner, die Schönheit und Gesundheit seiner Kinder und des Lebens, und wir bekamen Sehnsucht danach.

Darum suchen wir nun die Gesellschaft der Allerkleinsten, um auszuspannen, um uns zu erholen. Wir setzen unsere Kur fort.

Wir verbringen den ganzen Tag im Liegestuhl. Ich will überhaupt nicht unter die Leute, aber Moravagine hat diese Fünf-Uhr-Tee-Kur entdeckt, inmitten von Kindern, Gelächter, Kindermädchen und einem Affen.

Wir wohnen backbord auf dem Oberdeck. Unser Privatappartement besteht aus zwei Schlafräumen, einem großen Salon, einem kleinen Wintergarten und einem

Schwimmbecken, groß genug, um darin herumzuplanschen. Das benachbarte Appartement ist von einem Deutschen belegt, einem Herrn Kurt Heiligenwehr, genannt Topsy. Topsy-Heiligenwehr bereist alle Länder, alle Hauptstädte der Welt, wo er in den Varietés einen dressierten Affen vorführt: Olympio. Seinem Kostkind zu Ehren, das ihm ein Vermögen einbringt, bewohnt Topsy steuerbord das andere Luxusappartement.

Olympio ist ein großer, rothaariger Orang-Utan. Obgleich aus Borneo gebürtig, ist er die eleganteste Erscheinung an Bord. Zwei Schrankkoffer enthalten seine Anzugkollektion und seine Leibwäsche. Sowie man den Fuß auf Deck setzt, kann man sicher sein, ihm zu begegnen. Frühmorgens erscheint er zum Tennis, Shuffleboard oder Deckgolf, in weißer Flanellhose, farbigem Sweater, den Hals im weiten Schillerkragen, mit wildledernen Schuhen und Handschuhen. Seinen Partnern gegenüber ist er von eisiger Korrektheit. Nachdem er bei den Spielen seine Revanche gegeben oder genommen hat, zieht er sich rasch um. Er schlüpft in seine Lackstiefel, schnallt kleine Silbersporen um, zieht eine rosa Jockeibluse an, stülpt sich eine Jockeimütze über die Ohren und eilt, eine Reitpeitsche aus Rhinozerosleder schwingend, in den Turnsaal. Da setzt er sich gravitätisch auf das Pferd oder das mechanische Dromedar und bemüht sich, die ruckartigen Bewegungen auszubalancieren. Beim Trockenrudern trägt er ein Höschen, das bis zum halben Schenkel reicht, ein durchsichtiges Seidentrikot schmiegt sich aufreizend um seinen Oberkörper, ein großes Halstuch in den amerikanischen Farben hat er um die Lenden geknüpft. Dann nimmt er ein Bad und schwimmt wie ein Mensch in seinem Privatbassin herum. Den Rest des

Vormittags widmet er seiner Toilette, umgeben von seinem Kammerdiener, der ihn frisiert und parfümiert, und der Bordmaniküre, die ihm an allen vier Händen die Nägel feilt. Olympio, in einen weiten Hausrock mit chinesischem Rankenmuster gehüllt, läßt alles mit Wonne über sich ergehen. Gegen Mittag geht er in die Bar hinunter, raffiniert gekleidet in einen leuchtend blauen oder blaß resedagrünen Anzug, der von einem erstklassigen Schneider gearbeitet ist. Der Hut sitzt leicht schief, in der bunten Krawatte steckt eine Perle. Er trägt eine Blume im Knopfloch und helle Gamaschen an den Füßen. Er stützt sich auf einen Stock mit Bernsteinknauf, raucht eine dicke Zigarre mit Bauchbinde, trinkt einen Cocktail, spielt mit der Berlocke, die ihm über dem Bauch baumelt, zieht fortwährend seine Uhr heraus, sieht nach, wie spät es ist, und läßt den goldenen Chronometer bimmeln. Zum Mittagessen geht er wieder in seine Gemächer hinauf, setzt sich an den Tisch, bindet seine Serviette um und ißt langsam, bedächtig, mit Löffel, Messer und Gabel. Nach dem Kaffee legt er sich in die Hängematte, raucht Zigaretten mit Goldmundstück, liest Zeitungen, blättert zerstreut in einem illustrierten Journal, hält sein Mittagsschläfchen. Wenn er aufwacht, schellt er seinem Kammerdiener und zieht sich wieder einmal um. Er präsentiert sich in verblüffenden Sportanzügen mit Halbgürtel und vielen Taschen. Dann ist es Zeit zum Spazierengehen. Er läuft leidenschaftlich gern Rollschuh auf Deck. Ein andermal fegt er auf einem vernickelten Fahrrad an den Passagieren der ersten Klasse vorbei, grüßt nach allen Seiten, zieht tief seinen Hut. Abends sieht man ihn nachdenklich durch die Korridore wandeln, oder aber er fläzt sich vor der Zigeunerkapelle in roten Dolmans in einen Fauteuil und folgt mit den Augen den Verrenkungen eines gelenkigen Negers, der einen Cakewalk tanzt. Sein Smoking ist mit Orden übersät, denn Olympio hat sich an allen Höfen produziert.

Am allerliebsten aber hat Olympio die Teestunde, den Five o'clock. Wenn die Glocke ertönt, kann ihn nichts mehr halten. Er springt auf und stürmt in die Nursery. Er thront mitten unter den Kindern an der Tafel. Das ist seine Stunde, die Stunde, in der er juxt und schnabuliert. Er ißt, er trinkt, er schlägt sich den Bauch voll, er lacht, schneidet Grimassen, treibt Schabernack, wird zornig, packt den Steward bei den Haaren, will alle Kuchen aufessen, alle Leckereien verputzen, von allen Tellern naschen. Er hat die Pfoten voll Zucker, stößt die Marmeladentöpfe um, kippt sich den Honig in die Tasche. Die Kinder schreien vor Lachen, klatschen in die Hände, und Olympio wird immer ausgelassener. Er springt auf den Tisch, auf seine Stuhllehne. Er kratzt sich, furzt, rülpst, laust sich, und schließlich hängt er sich mit dem Kopf nach unten an die Lampe und fängt an, sich auszuziehen. Wenn unvermutet sein Herr auftaucht, flüchtet er durch ein Bullauge, feixend, mit aufgeknöpfter, heruntergerutschter Hose.

Moravagine war vom ersten Augenblick an von dem Affen begeistert, und bereits nach wenigen Tagen war es Olympio, der Orang-Utan, der Moravagine abrichtete.

Er holt ihn morgens ab, nimmt ihn mit, führt ihn auf Deck, wo sie endlose Partien spielen. Sie schwimmen, laufen, fahren Rad oder Rollschuh, spielen Tennis oder Golf. Wie könnte man soviel Ausgelassenheit widerstehen, wenn sie die Tür aufreißen und in mein Zimmer stürmen, Luftsprünge machen, sich nachlaufen, die Möbel umwerfen, alles kurz und klein schlagen, daß ich bald nicht mehr weiß, ob der Mensch oder der Affe im Salon seine Trapez- oder Seilkunststücke macht. Ich sehe ihnen zu und muß lachen, ich erhebe mich sogar aus meinem Liegestuhl und will mitmachen; sie schubsen mich hin und her, und ich falle vollständig bekleidet ins Schwimmbecken. Das Leben hat schon seine guten Seiten, und wer Sorglosigkeit lernen will, für den ist Olympio ein prächtiger Lehrmeister.

Olympio, Moravagine und ich sind jetzt unzertrennlich. Wir mischen uns unter die übrigen Passagiere und bilden ein fideles Spaßmacherkleeblatt. Der Affe hat uns im Kaufladen an Bord drei grelle orangefarbene Krawatten ausgesucht, die aber immer noch nicht so schreiend sind wie unser Gelächter. Heiligenwehr verbringt den Tag im Rauchsalon, vertieft in Patiencen, die nie aufgehen. Er ist ein Grübler und ein Querkopf, und er erfindet immer neue Kartenkunststücke. Aber er ist ein friedfertiger Mann, dessen Konversation mit Rätselaufgaben, Scharaden und Wortspielen gespickt ist. »Können Sie mir zum Beispiel sagen...«, beginnt er, stellt einem eine knifflige Frage, dreht sich um und geht, ohne zu lächeln. Seinen Affen überläßt er uns völlig.

Olympio speist jeden Abend mit uns. Wir trinken Champagner und machen jedesmal ein kleines Fest daraus. Wenn wir beim Likör angelangt sind, unsere Zungen sich lösen und Moravagine und ich endlich von unseren russischen Erlebnissen und von Mascha sprechen, hört Olympio uns benebelt zu, mit gespreizten Beinen und einem seligen Lächeln, während er sich abwechselnd mit der Hand oder mit dem Fuß unter den Plastron fährt und sich unanständig benimmt.

Streifzüge durch Amerika

Dem modernen Menschen bieten die USA eins der schönsten Schauspiele der Welt. Ihr hochgeschraubter Maschinismus erinnert an die außerordentliche Betriebsamkeit des prähistorischen Menschen. Sieht man sich im Gehäuse eines Wolkenkratzers um oder im Pullmanwagen eines amerikanischen Fernschnellzuges, so entdeckt man alsbald das Prinzip der Zweckmäßigkeit.

Das Prinzip der Zweckmäßigkeit ist der schönste und vielleicht einzige Ausdruck des Gesetzes der Konstanz des Intellekts, das Rémy de Gourmont vorausgeahnt hat. Es ist dasselbe Prinzip, das bereits die verblüffende Aktivität der primitiven Gemeinschaften bestimmte. Der Höhlenmensch, der sein Steinbeil stielte, den Griff krümmte, um ihn besser in der Hand halten zu können, ihn liebevoll polierte und ihm eine dem Auge gefällige Form gab, gehorchte genauso dem Prinzip der Zweckmäßigkeit wie der moderne Ingenieur, der den Rumpf eines 40000-Tonnen-Ozeandampfers kunstvoll wölbt, ihn innen verbolzt, um den geringsten Widerstand zu erzielen, und es fertigbringt, dieser schwimmenden Stadt eine dem Auge gefällige Form zu geben.

Straßen, Kanäle, Schienenstränge, Häfen, Strebepfeiler, Stützmauern und Böschungen, Hochspannungsleitungen, Wasserleitungen, Brücken und Tunnels – all diese Geraden und Kurven, die die Landschaft von heute beherrschen, zwingen ihr ihre grandiose Geometrie auf. Der mächtigste Faktor der Veränderung der heutigen Landschaft aber ist unbestreitbar die Monokultur. In nicht einmal fünfzig Jahren hat sie das Aussehen der Welt gewandelt, jener Welt, deren Ausbeutung sie mit erstaunlicher Meisterschaft betreibt. Sie braucht Produkte, Rohstoffe, Pflanzen und Tiere, um sie zu zerreiben, zu zerstoßen, zu verwandeln. Sie zersetzt und löst auf. Ohne auf die Beschaffenheit der einzelnen Regionen Rücksicht zu nehmen, macht sie diese oder jene Kultur heimisch, verpönt sie diese oder jene Pflanze, wirft sie eine jahrhundertealte Wirtschaftsordnung über den Haufen. Die Monokultur strebt danach, wenn schon nicht den ganzen Planeten, so doch wenigstens jede seiner Zonen umzugestalten. Die heutige Landwirtschaft, basierend auf der Ökonomie der menschlichen Arbeit, die sowohl durch die Arbeit des Tieres als auch durch die Verwendung immer besserer Geräte erleichtert wird – vom Pflug angefangen bis zu den modernen landwirtschaftlichen Maschinen –, diese immer wissenschaftlicher werdende Landwirtschaft paßt die Pflanzen äußerst geschickt dem Erdreich und dem Klima an und bereichert den Boden mit kräftigen und rationell verteilten Düngemitteln. Im Verhältnis zum Pflanzenreichtum der Natur baut sie nur eine kleine Anzahl sorgfältig ausgewählter Arten. Der moderne Mensch hat ein Bedürfnis nach Vereinfachung, das er mit allen Mitteln zu befriedigen sucht, und die künstliche Monotonie, die zu schaffen er bestrebt ist, diese Monotonie, die in der Welt immer weiter um sich greift, ist das Zeichen unserer Größe. Sie prägt alles nach einem Willen, dem Willen zur Nützlichkeit. Sie ist der Ausdruck einer Einheitlichkeit, eines Gesetzes, das die gesamte moderne Aktivität regiert: des Gesetzes der Zweckmäßigkeit.

Das Gesetz der Zweckmäßigkeit wird von den Ingenieuren formuliert. Es bringt Ordnung und Klarheit in die scheinbar unentwirrbare Vielfältigkeit des zeitgenössischen Lebens. Es rechtfertigt die übermäßige Industrialisierung und stellt die neuesten, überraschendsten, unerwartetsten Erscheinungsformen unserer Zivilisation gleichberechtigt neben die größten Errungenschaften der Hochkulturen vergangener Zeiten. Denn dank diesem Prinzip der Zweckmäßigkeit, diesem Gesetz der Konstanz des Intellekts, können wir die Stufenleiter der menschlichen Aktivität bis zu ihren Anfängen zurückverfolgen.

Seit menschliches Leben sich zum erstenmal auf der Erde zeigte, hat es Spuren seiner Tätigkeit hinterlassen. Diese Tätigkeit war in erster Linie zweckbestimmt. Die greifbaren Spuren dieser Tätigkeit sind nicht Kunstgegenstände, sondern Gegenstände, künstlerisch geformt. Im Küchenabfall fand man bearbeitete Knochensplitter und Muscheln; in den Tertiär- und Quartärformationen fand man geschliffene Feuersteine, polierte Steine, Spuren von Malerei, Entwürfe von Bildhauerarbeiten; in den Grabhügeln fand man handgearbeitete Töpferwaren, mit oder ohne Drehscheibe hergestellt, in der Sonne getrocknet oder im Ofen gebrannt, geritzt oder eingedrückt, Schnurkeramik, Bandkeramik, glasiert oder unglasiert, geschmückt mit unendlich mannigfaltigen, höchst dekorativen und phantasievollen abstrakten Mustern, die oft die ersten Schriftzeichen darstellen, Tongefäße in bauchigen, runden oder eleganten schlanken Formen, die alle von einer hochentwickelten Technik, einer sehr vorgeschrittenen Kultur und außerordentlich reinen Schönheitsbegriffen zeugen.

Die Objekte dieser Manufaktur sind über den ganzen Erdball verteilt. Sowohl in den heute bewohnten Gegenden als auch an der Oberfläche versunkener Kontinente finden sich Spuren dieser Industrie. Diese ungeheure, über Millionen Jahre sich erstreckende Aktivität tausender und aber tausender Generationen ist ebenfalls das Zeichen eines Willens, des Willens zum Nützlichen. Sie gehorcht nur einem Motiv, der Nützlichkeit, und auch die prähistorische Menschheit hat, genau wie unsere Ingenieure, nur ein einziges Prinzip formuliert: das Prinzip der Zweckmäßigkeit.

Seit fünfundzwanzig Jahren konstituiert sich unterm Druck bestimmter, von der Naturwissenschaft aufgeworfener Probleme, die alle an den Ursprung, die Entstehung, Wandlung und Entwicklung des Lebens rühren, die Prähistorie. Zoologen, Botaniker, Physiker, Chemiker, Biologen, Biochemiker, Mineralogen, Astronomen und Geologen tragen zum Ausreifen dieser neuen Wissenschaft bei, deren erste Resultate umwerfend sind.

Sie setzt den Ursprung des Lebens vor achthunderttausend oder auch acht Millionen Jahren an. Das erste Leben keimte am Nordpol und am Südpol auf. Jener erste Schub Leben reicht von heliochemischen Reaktionen über protoplasmische und protozoische Erscheinungen bis zum Entstehen von Pflanzen und Tieren. Nichts spricht dagegen, daß in dieser Umwelt der Mensch auftrat. Man sagt gewöhnlich, die Kultur kommt aus dem

Osten. Was für ein Unsinn! Die Bildung und Entwicklung der prähistorischen menschlichen Gemeinschaften, die Ansiedlung der Rassen in den verschiedenen Zonen, die Entdeckung des Feuers, des Werkzeugs, der Künste, die Entfaltung des religiösen Gefühls und das Aufblühen der Ideen, die großen Wanderungen, die die Erde bevölkerten – all das geht parallel mit der Entwicklung, Verschiebung und Wanderung der Pflanzen und Tiere und mit den großen kosmischen Umwälzungen.

Was lehrt uns also die Vorgeschichte?

Es gibt zwei mächtige Lebenszentren: Arktis und Antarktis. Die beiden Polkappen brechen ein. Zwei Wasserströme ergießen sich von Norden und Süden zum Äquator. Der Äquator wird überschwemmt. Zwei Weltmeere bilden sich, die sich ausbreiten und immer größer werden: Pazifik und Atlantik. Neue Kontinente tauchen auf, wandern, wachsen zusammen: im Norden Europa-Sibirien, im Süden der afrikanisch-brasilianische Kontinent. Der große Wasserstrom aus dem Norden wird aufgestaut; seine Spuren findet man in der Beringstraße. Der südliche besteht heute noch, es ist der sogenannte Humboldtstrom an der Westküste Südamerikas. Die Wasser am Äquator schwellen an, türmen sich auf, setzen sich in Bewegung. Die Wassermassen fließen ab, wälzen sich nach Osten. Ihre gewaltigen Fluten werden von der aufgehenden Sonne angezogen. Amazonas, Golfstrom, Mittelmeer und Rotes Meer überfluten später Lemurien und bilden den Indischen Ozean. An der Quelle dieses Stromes hat man die Wiege des sogenannten prähistorischen Tertiär- und Quartärmenschen zu suchen, und an seinen Ufern kann man die Wanderungen der Urmenschen verfolgen.

Hier verlassen wir das Feld der Hypothesen und begeben uns in den Bereich der Tatsachen.

Die heutige Welt ist von Westen nach Osten bevölkert worden. Die Flut der menschlichen Generationen folgte dem Wasserstrom, von West nach Ost, angezogen von der aufgehenden Sonne, wie die spärlichen, noch feuchten und blassen Pflanzen, die sich dem wachsenden Licht zuwandten und sich immer weiter nach Osten vorschoben, wie die Tiere, der große Zug der Vögel. Die Wiege der heutigen Menschheit ist in Zentralamerika, genau gesagt: an den Ufern des Amazonas. Von dort sind die Menschen ausgezogen, um die Erde zu bevölkern, ungefähr so, wie sie heute ist, nach der schönen Vision des Dichters:

Als der Amazonas aus dem Okzident
Mitten durch Europa und durch Asien floß,
Inseln mit sich führend, groß wie menschenreiche
  Kontinente,
Seerosenblättern gleich, auf denen es von Fröschen
  wimmelt...

Die Wiege der heutigen Menschheit ist in Zentralamerika. Die Küchenabfälle, die Muschelberge in der Bucht von Kalifornien, die Shellheaps, die die ganze Atlantikküste säumen, die argentinischen Paraderos und die brasilianischen Sambaquis bezeugen es. Diese Berge von Scherben, Muscheln, Fischgräten, Vogel- und Säugetierknochen beweisen, daß dort sehr früh, lange vor der historischen Zeit, Menschen gelebt haben. Und der gegenwärtige Zug der Kultur von Ost nach West, vom Orient zum Okzident, ist nur eine Rückkehr zum Ursprung. (Und das nennt man Geschichte.)

Darum also, da die vorgeschichtliche Menschheit Kunstformen kannte, da der Höhlenmensch Fresken malte, die wir heute noch anstaunen, da die Hyperboräer den weichen Stein, den Walfisch- und Rentierknochen ritzten, packende Bilder aus dem Leben der Mammuts und Auerochsen schufen und bereits eine graphische Ausdrucksform fanden, die sich zur Zeichenkunst verhält wie die Stenographie zur Schrift, da die Wilden Amerikas, Afrikas und Australiens malen, zeichnen, schnitzen und meißeln konnten, da sie Hütten, Tempel und Festungen bauten, sangen, tanzten und musizierten, Geschichten erfanden und seit grauer Vorzeit überlieferten, da sie sich einer schwindelerregenden künstlerischen Tätigkeit hingaben, die man zwar heute noch gering schätzt, jedoch nicht mehr übersehen kann, darum also mußte die weiße Rasse, als sie amerikanischen Boden betrat, mit einem Schlag das einzige und ausschließliche Prinzip der menschlichen Tätigkeit entdecken, das erhebende und beherrschende Prinzip, das Prinzip der Zweckmäßigkeit. Von nun an kennt sie nur noch ein einziges Dogma, die Arbeit, die anonyme, selbstlose Arbeit: die Kunst.

Bei dieser Kunde erwachen die alten Völker der Kathedralen, die alten Völker Europas erheben sich, entdecken das bewußte Leben, werfen ihre Ketten ab: das anarchistische Irland, das imperialistische Italien, das nationalistische Deutschland, das liberale Frankreich und das riesige Rußland, das sich bemüht, eine Synthese zwischen Orient und Okzident herzustellen, indem es sich auf den pazifistischen Kommunismus Buddhas und auf den streitbaren Kommunismus Karl Marx' beruft. Jenseits des Ozeans verzichten die jungen Staaten, von denen jeder einzelne größer ist als mehrere europäische

Länder zusammen, enttäuscht auf die kleinlichen Rezepte der alten Welt. Selbst in den friedfertigsten, neutralsten und rückständigsten Ländern ahnt man, daß etwas morsch ist und zerfällt: die Meinungen prallen aufeinander, das Gewissen gärt, die neuen Religionen stammeln, die alten geben sich ein neues Gesicht, und überall liegen Theorien, Phantasien, Systeme mit der Zweckmäßigkeit im Streit. Man sucht nicht mehr eine abstrakte Wahrheit, sondern den wahren Sinn des Lebens. Noch nie war das menschliche Gehirn einer solchen Hochspannung von Ideen ausgesetzt. Weder in der Kunst noch in der Politik oder der allgemeinen Wirtschaft reichen die klassischen Lösungen aus. Alles wackelt, alles gibt nach, die urältesten Armaturen ebenso wie die kühnsten provisorischen Gerüste. Im Schmelzofen eines Befreiungskrieges und auf dem klingenden Amboß der Presse werden die sich windenden Gliedmaßen des politischen Körpers umgeschmolzen und neu geschmiedet.

In dieser offensichtlichen Unordnung setzt eine Form der menschlichen Gesellschaft sich durch und bezwingt den Tumult. Sie arbeitet, sie schafft. Sie arbeitet mit Börsenkrach und Boom, sie wertet alles um. Sie hat es verstanden, aus Zufälligkeiten hervorzugehen. Keine klassische Theorie, keine abstrakte Anschauung, keine Ideologie hatte diese Gesellschaft voraussehen können. Sie ist eine kolossale Macht, die heute die ganze Welt umspannt, formt und knetet. Es ist die große moderne Industrie kapitalistischer Prägung.

Eine Aktiengesellschaft.

Sie hat zum Prinzip der Zweckmäßigkeit nur gegriffen, um den zahllosen Völkern der Erde die Illusion der vollkommenen Demokratie, des Glücks, der Gleichheit und

des Wohlstands zu geben. Man baut viereckige Häfen, flache, schnurgerade Straßen, geometrische Städte. Dann Kanäle und Eisenbahnen. Und Brücken. Holzbrücken, Stahlbrücken, Hängebrücken. Kubische Fabriken, verblüffende Maschinen, eine Million komischer kleiner Apparate, die die Hausarbeit verrichten. Dann atmet man endlich auf. Die Automaten durchdringen das Alltagsleben. Entwicklung. Geometrischer Fortschritt. Strikte Anwendung eines unteilbaren Gesetzes, eines Gesetzes der Konstanz, des Prinzips der Zweckmäßigkeit. Die Ingenieure, die die Norm wiedergefunden haben, lassen für die soziale Entwicklung, die sie bewirken – Hygiene, Gesundheit, Sport, Luxus –, nur eine einzige Voraussetzung gelten: das Prinzip der Zweckmäßigkeit. Sie erfinden jeden Tag neue Dinge. Die Linien springen zurück, keine scharfen Kanten, lange, gestreckte Tragflächen. Einfachheit, Eleganz, Sauberkeit. Diese neuen Bedürfnisse erfordern die Verwendung neuer Formen und zweckmäßigerer Materials: Hartstahl, Glaswolle, Nickel- und Kupferstangen, die so gut zur Geschwindigkeit passen. Verblüffende Beleuchtungsarten. Gelenkachsen, niedrige Chassis, konvergierende Linien, fliehende Profile, Vierradbremsen, Verwendung von Edelmetall für die Motoren, von neuen Werkstoffen für die Karosserien, große glatte Flächen: Klarheit, Nüchternheit, Luxus. Nichts erinnert mehr an Pferd und Wagen von einst. Hier ist eine neue Einheit von Linie und Form entstanden, ein Ganzes, ein wirklich plastisches Werk.
Plastik.
Kunstwerk, ästhetisches, anonymes Werk, für die Masse, für den Menschen, für das Leben, logisches Ergebnis des Prinzips der Zweckmäßigkeit.

Sehen Sie sich das erste Flugzeug an! Volumen, Tragflächen, Form, Linie, Farbe, Material, Gewicht, Anstellwinkel – alles peinlich genau berechnet, ein Produkt der reinen Mathematik, der schönste Wurf des Gehirns. Und kein Museumsstück! Man kann sich hineinsetzen und starten.

Die Intellektuellen machen sich das noch nicht klar, die Philosophen wissen von nichts, Patrizier und Kleinbürger leben viel zu sehr nach der Schablone, um etwas zu merken, und die Künstler sind Außenseiter. Nur das Heer der Arbeiter hat das Entstehen der neuen Lebensformen Tag für Tag miterlebt, hat an ihrer Erschließung gearbeitet, zu ihrer Ausbreitung beigetragen, hat sich sofort angepaßt, ist auf den Sitz gestiegen, hat das Steuer in die Hand genommen und diese neuen Lebensformen allem Entsetzens- und Protestgeschrei zum Trotz mit Höchstgeschwindigkeit durchs Ziel gebracht, den Rasen am Straßenrand und die Kategorien von Raum und Zeit verwüstend.

Die Maschinen sind da, und mit ihnen ihr schöner Optimismus.

Sie sind gleichsam die Projektion der Volksseele, die Verwirklichung ihrer geheimsten Gedanken, ihrer verborgensten Triebe, ihrer stärksten Begierden. Sie sind ihr Orientierungssinn, ihre Vervollkommnung, ihr Gleichgewicht, und nicht etwa beseelte Dinge, Fetische oder höhere Tiere.

Es ist das große Verdienst des jungen amerikanischen Volkes, das Prinzip der Zweckmäßigkeit und seine unzähligen Anwendungsmöglichkeiten wiederentdeckt zu haben, deren elementarsten Formen bereits das menschliche Leben, Denken und Fühlen erschüttern.

Pragmatismus.

Das Rund ist nicht mehr ein Kreis, sondern wird zum Rad.

Und das Rad dreht sich.

Es produziert Kurbelwellen, titanische Achsen und ungeheure Rohre von 32 Fuß Länge und 90 cm Bohrung.

Seine gewaltige Arbeit bringt Länder, die sich geographisch und historisch fremd sind, auf einen Nenner, gleicht sie an: Aden, Dakar, Algier – Anlegehäfen; Bombay, Hongkong – Umschlaghäfen; Boston, New York, Barcelona, Rotterdam, Antwerpen – Absatzmärkte der Industrien. Die Karawanen von zehn-, fünfzehntausend Kamelen, die über die Fahrstraßen von Timbuktu wechselten und fünfzehnhundert Tonnen Nutzlast transportierten, sind von 20 000-Tonnen-Frachtdampfern abgelöst worden, die sich an der schwerzugänglichen Küste in den neugeschaffenen Häfen drängen, und innerhalb von acht Tagen erreichen die zwanzigtausend Tonnen Ware den alten Markt, auf Flößen, Leichtern und Schleppkähnen, per Bahn, Raupenschlepper oder Flugzeug.

Und das Rad dreht sich.

Es produziert eine neue Sprache. Montags, dienstags, mittwochs, donnerstags, freitags, samstags, sonntags gehen Freund Charles-Albert Cingria, Herr Schön von der Deutschen Bank, Monsieur Emile Lopart von den Vereinigten Stahlwerken, General Olifant und seine Begleitung, von Koelke, Großkaufmann, und Arbeiter und Geschäftsleute, Beamte und Kolonisten, tausend und aber tausend Passagiere an Bord der rosa-schwarzen oder weißen oder grün-roten oder gelben oder graublauen Dampfer der Holland-Amerika-Linie oder der Canadian-Pacific oder der Nippon-Yusen-Kaisha, der

White Star, Favre und Co., P.M. und T.T.K., der New Zeland's Ship, Lloyd Sabaudo oder Veloce, des Norddeutschen Lloyd oder der Tschernikowskaja Kommerskaja Flot oder auch der Messageries Fraissinet oder der Chargeurs Réunis und fahren von Victoria nach Hongkong (4283 miles in ten days) oder von San Francisco nach Sidney über Honolulu und Suwa, Auckland und Neu-Guinea, oder von Rotterdam, Antwerpen, Hamburg, Dünkirchen, Bordeaux, Marseille, Lissabon und Genua nach Quebec, Halifax, New York, Boston, Philadelphia, Vera Cruz, Caracas, Rio, Santos, La Plata, während in Djibuti bei Mondschein und großem Geschrei die riesigen geteerten Donnerstag-Postschiffe nach Mombasa, Sansibar, Mayotte, Nossy-bé, Tamatave, La Réunion, Maurice ablegen oder in Dakar bei Sonnenglanz und dem dumpfen Aneinanderstoßen der Barkassen die Mittwochmorgen-Dampfer nach Konakry, Grand-Bassam, Petit-Popo und Grand-Popo und Libreville in See stechen.

Ja, in dieser gewaltigen Arbeit, inmitten von Baumwolle, Gummi, Kaffee, Reis, Kork, Erdnüssen, Gebetbüchern von Pustet, Gußeisenblöcken, $^2/_{10}$-Eisendraht, Schafen, Konserven, Geflügelkörben, Gefrierfleisch, Insignien des Sacré Cœur, Rhapsodien von Liszt, Phosphat, Bananen und T-Eisen erneuert sich die Sprache; aus Wörtern und Dingen, Schallplatten, Runen, Portugiesisch und Chinesisch, aus Ziffern und Warenzeichen, Industriepatenten, Briefmarken, Schiffskarten, Frachtverträgen, Signalbüchern und Funksprüchen formt sie sich, nimmt Gestalt an, die Sprache als Abbild des menschlichen Bewußtseins, die Dichtung, die das Bild des Geistes vermittelt, der sie schuf, die Lyrik, die eine eigene Art zu leben und zu empfinden ist, die demotische, belebte Schrift des Films, die sich an die ungeduldige Masse der Analphabeten wendet, die Zeitungen, die sich über Grammatik und Syntax hinwegsetzen, damit ihre fettgedruckten Anzeigen noch mehr ins Auge springen, die raffinierten Preise unter einer Krawatte in einem Schaufenster, die bunten Plakate und die gigantischen Lettern, die sich über die Straßen spannen und die hybride Architektur der Städte stützen, die neuen elektrischen Sternbilder, die jeden Abend am Himmel aufsteigen, das ABC der Rauchfahnen im Morgenwind.

Heute. Tiefes Heute.

Alles verändert sich. Maße, Winkel und Aspekte wechseln. Alles entfernt sich, alles rückt zusammen, Mangel und Überfluß, Lachen, Bejahung und Zorn. Die Erzeugnisse der fünf Erdteile sind auf ein und demselben Teller, auf ein und demselben Kleid versammelt. Bei jeder Mahlzeit und bei jedem Kuß nährt man sich von den sauren Früchten des Schweißes. Alles ist künstlich und wirklich. Die Augen. Die Hand. Das riesige Ziffernfell, auf dem die Bank sich rekelt. Die sexuelle Raserei der Fabriken. Das Rad, das sich dreht. Der Flügel, der gleitet. Die Stimme, die sich an einem Draht entlangbewegt. Das Ohr in einer Muschel. Orientierung. Rhythmus. Leben.

Alle Sterne sind doppelt, und wenn der Geist erschaudert beim Gedanken an das unendlich Kleine, das eben entdeckt wurde, wie sollte da die Liebe nicht erschüttert sein?

Die Blauen Indianer

Nie werde ich vergessen, wie hastig wir New Orleans verließen, knapp acht Tage, nachdem wir mit dem Nachtzug aus San Antonio in Texas angekommen waren, um Lathuilles Hochzeit beizuwohnen.

Lathuille war unser Faktotum.

Dieser Lathuille, Kammerdiener, Hausknecht und »Mädchen für alles«, war wahrhaftig ein komischer Kauz. Er war in Wyoming zu uns gestoßen. Wir stiegen gerade in einem kleinen Bahnhof bei Cheyenne aus dem Zug, als er sich vor uns aufpflanzte und sich als Führer durch den Yellowstone-Nationalpark anbot. Er trug an jenem Morgen eine hübsche Dolmetschermütze. Er war Franzose, stammte, glaube ich, aus dem Departement Morbihan und hieß mit Vornamen Noël.

Wir hatten fast alle Staaten der Union durchstreift, und Lathuille hatte rasch herausgefunden, daß es uns auf unserer Urlaubsreise vor allem darauf ankam, den großen Städten auszuweichen und die überlaufenen Luxushotels und die Transkontinental-Züge, in denen ein Polizeikommissar mitfuhr, zu meiden. Und da er ebenso scharf wie schnell dachte, schloß er daraus, daß die noch wenig besuchten Gebiete Arizonas uns interessieren könnten. Er schlug uns auf der Stelle vor, uns in den südwestlichen Teil des Landes zu führen, wo wir die Naturschönheiten bewundern und die Indianerreservate im Grenzstreifen besichtigen könnten. Lathuille war nicht nur ein gerissener Bursche, sondern auch ein verdammter Schwätzer. Er stellte uns so lebhaft dar, wie unerläßlich diese Reise sei, er entwarf ein so grandioses Bild des Abenteurerlebens in der Wildnis, er schilderte so idyllisch, wie die Indianer mit ihren Frauen und Kindern singen, tanzen und auf den Dächern ihrer baufälligen Hütten und hoch oben auf den sandigen Klippen mit Flöten aller Art bizarre Musik machen, daß wir uns mühelos überzeugen ließen. Er hätte sich gar nicht so anzustrengen brauchen, uns zu überreden. Moravagine und ich hatten das Leben satt, das wir führten. Wir irrten nur noch ziellos durchs Land, und wenn wir uns auch in dem riesigen Reich der Vereinigten Staaten verloren und keiner uns kannte, fielen wir doch durch unsere Untätigkeit auf. Schon hatten sie uns auf dem Schiff und im Zug neugierige Fragen gestellt, und wir waren wie in Rußland gezwungen, in jedem Hotel den Namen und in jeder Stadt das Aussehen zu wechseln. Dieses Versteckspiel konnte nicht ewig so weitergehen. Daher sagte Lathuilles Vorschlag uns sofort zu. Verschwinden. In der freien Natur leben. In einem unberührten Land untertauchen... Überdies hatte Lathuille uns zu verstehen gegeben, daß es ihm ein leichtes wäre, uns mit Hilfe einiger treuer Freunde über die Grenze zu bringen. Er erzählte auch etwas von einer Goldmine, einem ausgezeichneten Geschäft. Später kam noch ein Diamantenfeld hinzu.

Drei Tage, nachdem wir ihm begegnet waren, waren

wir ihm verfallen; acht Tage danach war er uns unentbehrlich geworden; er machte die Nachtlager zurecht, er kümmerte sich um die Pferde, er jagte und kochte. Was für ein angenehmer Reisegefährte! Unterhaltsam, hilfsbereit, immer fröhlich und vergnügt und ebenso rührig und anhänglich wie geschwätzig.

Moravagines Pferd hielt mit seinem Tier Schritt, ich trabte hinterher. Zu dritt ritten wir in kleinen Etappen den Colorado hinunter. Wir hatten keine Eile. Lathuille schwatzte drauflos. Wenn man ihm so zuhörte, hatte er alles gesehen, alles gelesen, alles mitgemacht. Er hatte alle Berufe durchgemacht, war in der ganzen Welt herumgekommen und hatte überall Freunde. Er hatte in allen Städten gelebt und als Begleiter von Forschern oder als Führer wissenschaftlicher Expeditionen eine Reihe unerschlossener Länder durchquert. Er kannte alle Häuser nach ihrer Nummer, die Berge nach ihrer Höhe, die Kinder nach ihrem Geburtstag, die Schiffe nach ihrem Namen, die Frauen nach ihren Liebhabern, die Männer nach ihren Lastern, die Tiere nach ihren Eigenschaften, die Pflanzen nach ihrer Wirksamkeit und die Sterne nach ihrem Einfluß. Er war abergläubisch wie ein Wilder, schlau wie ein Fuchs, informiert wie ein Boulevardjournalist, aufgeweckt und mit allen Wassern gewaschen.

Mit der Zeit mißtraute ich ihm ein bißchen. Worauf wollte er hinaus mit seinem Geschwätz, und warum hatte er mich einmal mit einem Augenzwinkern »Herr Engländer« genannt? (Aber hatte er denn überhaupt gezwinkert? War ich nicht nur so überempfindlich, daß ich nicht einmal hier, in der Einsamkeit des Hochplateaus von Colorado, den Engländer vom Gostinji-Dwor vergessen konnte?)

Im Grunde genommen war es dumm von mir, mich zu beunruhigen. Lathuille war ein harmloser Schwindler, denn je weiter wir nach Süden kamen, desto ausschließlicher drehte sich sein Geschwätz um die Goldmine, deren Ausbeutung er uns überlassen wollte. Er erzählte von morgens bis abends davon, tagsüber während des langen Ritts und noch spät in der Nacht, wenn wir um das Feuer lagen, das Pökelfleisch und die schwarzen Bohnen verzehrt hatten, den Kopf auf den Sattel zurücklegten und unsere dicken Zigarren rauchten. Der Himmel war finster. Neben uns weideten die Pferde, denen wir die Fesseln zusammengebunden hatten.

»Meine Goldmine, die Common Eagle, nicht die Big Stone – in vierzig Tagen sind wir dort, bis zur Grenze sind's dann nur noch zwei Tage, man kommt ganz leicht hinüber, Sie werden sehen, noch dazu, wo gute Freunde auf mich warten –, also meine Goldmine, die liegt in einem Hochtal in den gottverlassenen Bergen, die kein Europäer kennt. Wer da hin will, der muß steile Hänge hinaufklettern, er kommt dann in einem sandigen Kessel heraus, wo nicht ein grünes Blatt wächst. (Ein interessantes Insekt dieser Gegend ist die Honigameise; die Eingeborenen sind ganz närrisch danach, sie ist ein berühmtes Aphrodisiakum.) Diese Einöde also wird von nackten, kreidehaltigen Sandsteinfelsen abgeschlossen. Nähert man sich den Sandbergen, so entdeckt man in luftiger Höhe Häuser und dann Menschen, die beim Herannahen eines Fremden in große Aufregung geraten. Ein einziger schmaler, steiler Pfad führt nach oben, und wer es wagt, da hinaufzuklettern, unter dem gellenden Geschrei der Flöten, die Rohre sind bis zu fünfzehn Fuß lang und zwingen förmlich zum Umkehren, der kommt zu den Vallataon, die von den Mexikanern Jemez-Indianer genannt werden. Der Ort hat eine katholische Kirche, eine Estufa, wie sie in der Eingeborenensprache heißt. Die Kirche ist verödet und halb verfallen. Sie ist Montezuma geweiht, und man sieht innen das ewige Feuer brennen, das so lange unterhalten wird, bis Montezuma zurückkehrt, um sein Weltreich zu errichten. An den Wänden des Gotteshauses sind Indianer dargestellt, die Hirsche oder Bären jagen, und ein enormer Regenbogen, der mit seinen beiden Enden auf zwei Stühlen ruht, darüber die aufgehende Sonne und der den Weltraum spaltende Blitz. Hinter der Kirche geht der Blick weit nach Süden und Osten; man sieht in der Ferne drei Berge, die die Eingeborenen Tratsitschibito, Sosila und Titsitloi nennen. Sie sind über zehntausend Fuß hoch. In der Nähe dieser Berge hat man fossile Mammutknochen gefunden. Der alte spanische Pfaffe, der danach gegraben hat – ein alter Lüstling, sag ich Ihnen, ihm gehört meine Mine und er will sie verkaufen, aber ich habe noch was viel Besseres für Sie, ein Diamantenfeld, das ein Stück weiter weg liegt, hinter den Bergen, zwei Tagereisen von Stinkingsprings, bei den Tuha-Indianern, deren wirklicher Gott die Sonne ist, sie rufen den Wind mit einem Schrei, a-ah-a, hi-i-i, und sie machen Regen, wenn sie ü-ü-ü pfeifen –, ja, also der alte Pfaffe von der Estufa, der nahm mich eines Tages am Arm und sagte: »Me gusta mas el oro que los huesos!« Dann führte er mich in einen engen Cañon mit senkrechten Wänden. Das ganze ausgetrocknete Flußbett entlang häuften sich unter den Kakteen Tonscherben in grellen Farben. Hoch oben in der Luft schwebte ein Adler. Soweit das Auge reicht, waren die Felswände von Löchern und Spalten durchsiebt und mit braunen, gelben und blauen Hieroglyphen bedeckt. Tausend Indianer hingen, angeseilt an Lianensticken, in der Luft. Sie krabbelten in der Sonne herum wie ein Fliegenschwarm, stiegen erstaunlich schnell hinauf und herunter. Sie krochen in die Löcher, Risse und Klüfte des Berges und untersuchten alle Unebenheiten des Felsens. Von Zeit zu Zeit tauchte einer von ihnen mit einem runden Gefäß in den Armen wieder auf. Er baumelte einen Augenblick an seinem Seil, drehte sich um die eigene Achse, strampelte mit den Beinen, um wieder ins Gleichgewicht zu kommen, und warf dann seine Beute ab. Eine riesige Urne sauste herunter und zersprang vor unseren Füßen. Heraus fiel eine Hockermumie, schwarze Knochen und handtellergroße Goldplatten. Haben Sie gehört? Echtes Gold, kein Quarz, kein Sand, gehämmertes Gold. Kaufen Sie mir meine Grube ab, und wir teilen. Sie denken doch sicher genau wie ich, Sie verstehen doch, daß ich Ihnen nicht etwa Aktien verkaufen will – ich habe zehntausend Anteilscheine in Denver City drucken lassen, hunderttausend shares zu 1 Dollar, aber da sind zu viele Formalitäten zu erledigen, bevor man nur zehn davon anbringt, ich hab das ganze Bündel unter meinem Sattel, und jeden Abend mache ich damit Feuer, und dabei soll ich auch noch den Drucker und den Papierhändler bezahlen und habe keinen blanken Heller – na ja, also ich biete Ihnen keine Papiere an, sondern Gold, das Gold von dem alten Pfaffen, e muy antigo, tien mas que ciente y viente anos. Wir brauchen ihn nur auszubezahlen. Der alte Lustmolch hortet seine Schätze, dummerweise weiß ich nicht, wo er sein Versteck hat, aber wir werden ihn schon zum Sprechen bringen, wir werden ihm einheizen, wie das bei uns Brauch ist, wir können auch die Indianer betrunken machen und den Pfarrer aufhängen lassen. Nehmen wir mal an, er hat hundert Traglasten. Das Gold gehört mir, ich teile. Ich würde allerdings empfehlen, bei den Indianern *burros* zu kaufen, *burros bravos*, das sind wilde Maulesel, die überall durchkommen und, wenn's drauf ankommt, Ziegel fressen würden oder noch lieber die Holzplanken von der Dorfstraße, wirklich brave Tiere, und dann reiten wir nach Ojos Calentes und rüber nach Mexiko, ohne einer Menschenseele zu begegnen. Die Kameraden lasse ich sitzen, klarer Fall, die warten weiter unten im Osten, und Ojos Calentes liegt im Westen. Wir umgehen die Wälder und reiten durchs Gebirge, wo wenigstens hier und da zwischen den kümmerlichen Gräsern ein Wasserloch zu finden ist. Natürlich eine ziemliche Strapaze, aber nur keine Angst, ich bringe Sie schon rüber. In Guyamas schiffen wir uns ein, da ist ein Stück Bahnlinie, ich habe selbst am Gleisbau mitgearbeitet, ich kenne den Ort. Von Guyamas verkehrt regelmäßig ein Küstendampfer nach Maxatlan.«

Wir kamen am San-Pedro-Tag in Common Eagle an. Obwohl die Indianer von der römisch-katholischen Kirche abgefallen sind, haben sie dieses Fest beibehalten. Sie feierten es mit Pferderennen in den Dorfstraßen. Die Frauen standen auf den Dächern und schütteten den Reitern, die zurückblieben, Wasser über den Kopf.

Der alte spanische Pfarrer war tot. Tot und begraben. Seit über drei Jahren hatten die Vallataon keinen Weißen mehr gesehen. Wir blieben fast sechs Monate bei ihnen. Ich sammelte Tonscherben im Tal der Gräber, mißmutig und verärgert, ich stellte, da ich nichts Besseres zu tun hatte, ein Wörterbuch des Jemez-Dialekts zusammen. Moravagine schlitzte mit einer aufgebogenen Nadel den Honigameisen den Bauch auf und teilte seine Beute mit kreischenden, kaum dem Kindesalter entwachsenen Indianerinnen, die sich über dem kleinen Insekt, das, mit Kopf und Beinen noch zuckend, mit den Eingeweiden den Honig ausstieß, in die Haare gerieten. Lathuille stöberte überall herum, drehte in der Kirche jeden Stein um und hielt nachts mit einem alten blinden Häuptling und einem aussätzigen Kind magische Sitzungen ab, ohne daß es ihm gelang, den vergrabenen Schatz des alten Pfarrers zu finden.

Wir hatten einen ansehnlichen Branntweinvorrat mitgebracht, die Last von zwanzig Maultieren, sechzig große Korbflaschen zu fünf Gallonen. Lathuille war damit nicht knausrig. Seit unserer Ankunft floß der Alkohol in Strömen. Männer, Frauen und Kinder gaben sich wahren Orgien hin, und um den letzten Tropfen Branntwein zu bekommen, rissen sie schließlich das verfallene Gemäuer der Estufa nieder. Ab und zu goß einer einen Becher Schnaps in das ewige Feuer; dann leckten die Flammen an den Steinen des Herdes hoch, an den drei heiligen Steinen der Feuerstätte, dem Überrest des alten Tabernakels des Montezuma, und das ganze Dorf tanzte verzückt im Kreis. Aber trotz der Schreie, der Tänze, der beschwörenden Gesänge, trotz aller rituellen Reigen, der Zauberflöten, die noch berauschender waren als der Alkohol, trotz der Hexenküche des alten Blinden, der Trancezustände und Prophezeiungen des aussätzigen Kindes, trotz des ganzen Zauberspuks blieb das Gold unauffindbar.

Im Dorf brach eine Hungersnot aus. Eine Rotzepidemie dezimierte unsere Tragtiere. Da der Branntweinvorrat erschöpft war, brachen wir eines Morgens unsere Zelte ab.

Wir flohen.

Wir folgten den messerscharfen Graten (*cuchillas*), stolperten die Halden hinunter, und unsere Pferde kamen in dem Geröll, das die engen Gebirgspässe versperrte und die ausgetrockneten Wildbachbetten füllte, nur mühsam vorwärts. Nachdem wir uns einen Weg durch ungangbare Schluchten gebahnt hatten, kamen wir in zerklüftete, zerrissene, von Erosionen zerfurchte Ebenen, in denen Sand- und Lehmtürme aufragten. Meilenweit war der Boden zerfressen, ausgezackt, aufgeplatzt, löcherig. Aufgeworfene Steine reckten sich senkrecht auf. Tropfsteingewinde und Obsidianhaken hingen über unseren Köpfen, unsere Pferde strauchelten über Nadeln, Zinken und Zacken, von denen der Boden starrte. Dann führte uns ein Saumpfad in kahle, staubige Savannen, wo uns nur hier und da eine Yucca ihre scharf zulaufenden Blätter wie Dolche entgegenstreckte.

Und die Vallataon waren uns auf den Fersen. Drei Wochen lang quälten sie uns mit den spitzen kleinen Geschossen aus ihren Blasrohren, drei Wochen lang jagten sie uns mit ihren Flöten. Ja, mit ihren Flöten. Die zischelten, piepten und schnarrten hinter uns her, die grollten in den Schluchten und Engpässen, schlugen laut in den Felskesseln auf, besprühten uns, in tausendfachem Echo zurückgeworfen. Vor uns, hinter uns, links und rechts, ringsum hetzten uns tausend entfesselte Stimmen, ängstigten uns, drohten, ließen uns Tag und Nacht keine Ruhe. Es war, als wirbelte jeder unserer stolpernden Schritte in den rollenden Gesteinsmassen einen Orkan von Tönen auf, ein prasselndes Ungewitter, das sich in Flüchen, Schreien, Schluchzen, Geheul, Verwünschungen und rasendem Gebrüll über uns entlud. Streitbare Flöten beschossen uns, zerplatzten wie Schrapnells, vor denen wir uns duckten, andere, schwächere, gurrten so kläglich, daß wir uns erstaunt umwandten, die schrillsten schnitten schmerzhaft in unser Ohr, die dumpferen schlugen uns aus nächster Nähe so heftig entgegen, daß wir zurücktaumelten. Manche Melismen machten uns schwindlig. Es war zum Verrücktwerden. Wir drehten uns im Kreis. Unsere zitternden Reittiere scheuten, und wie sie verloren wir den Kopf. Der Durst schnürte uns die Kehle zu, und die Sonne, die wie ein Gong dröhnte, ließ jeden Stein dieser Einöde aufschreien und die weite Savanne widerhallen wie ein Tamtam.

Wir keuchten mit klopfenden Schläfen vorwärts, wir wagten nicht einen Schuß abzugeben und ließen nach und nach unseren ganzen Troß zurück, Kisten, Lasttiere, schließlich die letzte Kürbisflasche. Wir waren so lange im Kreis, vorwärts, zurück, bergauf und bergab geritten, daß wir uns in dem Labyrinth von Kaminen, Engpässen, Spitzen, Steilhängen, Ebenen, Rücken, Graten, Schluchten und Buckeln nicht mehr zurechtfanden. Unsere Pferde krepierten, wir ritten auf dem eigenen Schatten weiter. Winzig, ausgemergelt kämpften wir uns in der Mittagssonne vorwärts, und wir marschierten noch, klapprig und gebeugt, wenn die große Scheibe des Mondes über den Schattenlöchern und Hügeln stand.

Endlich ließen die Verfolger von uns ab. Die Vallataon hatten die schwarzen Steine erreicht, die Grenze ihres Territoriums. Wir wanderten durch eine Ebene. Der Boden verschwand unter dicken Schwefeldämpfen. Alle hundert Schritt flatterten Käuzchen auf. Das letzte

Schnauben der Flöten wehte uns nach wie das ferne Grollen eines Vulkans. Elf Tage danach hatten wir El Paso erreicht. El Paso del Norte, wo wir in den Zug nach San Antonio stiegen.

In San Antonio in Texas sprach Lathuille zum erstenmal von seiner Hochzeit.

Wir lagen unter der Pergola des »New Pretoria«, wo wir abgestiegen waren, in unseren Schaukelstühlen im Schatten, tranken unzählige Flaschen Whisky, still und zufrieden, gestärkt, langsam wieder Speck ansetzend, und sahen die kleine Stadt in Stiefelhöhe vorbeiziehen; flinke spanische Hirten gingen zwischen den Vanilleblättern vorbei, klobige Cowboys holländischer Abstammung, würdige Frauen in Kleidern mit Puffärmeln und hohem Kragen, Hausfrauen, flachsblonde Kinder, deren blasse Haut die Sonne sanft vergoldete. Die Straße war sehr staubig, und Wolken von Fliegen stürzten sich auf uns (abends waren es Moskitos, die um das Licht schwirrten). Und während Lathuille die Fliegen mit einem Pferdeschwanz verscheuchte, erzählte er uns von Dorothee.

»Ich habe sie kennengelernt, als ich von Neuseeland zurückkam. Ich hatte eine Kreuzfahrt an Bord eines Walfängers hinter mir, *The Gueld,* Käpten Owen. Wir liefen in New Orleans ein, the double crescent city, unserm Heimathafen. Es wurde abgemustert. Ich ging an Land und klapperte gleich alle Kneipen und Tavernen der Bank's Arcades ab. Ich ließ die Moneten springen. Bald steckte mein Kopf im dicken Nebel. Im Saal gingen die Wogen hoch. Der Fußboden des Saloon schwankte wie das Deck der *Gueld* bei hoher See, und der große Tisch in der Mitte schwamm mit allen Platten und Salatschüsseln heimtückisch wie ein Eisberg auf mich zu. Ich verhielt mich ganz still. Ich hatte eben grüne Schildkröte mit Goldlack bestellt, um den Schleim und die bösen Säfte aus mir rauszubringen, die noch vom Sprühregen und den feinen Nebeln der Macquarie-Inseln in mir steckten. Meine Glieder waren steif, das Rheuma plagte mich, und meine Gelenke quietschten wie Flaschenzüge. Es war höchste Zeit, mich auf Trockendock zu legen und meinen Bauch mal gehörig abzudichten. Der Walfang war gut gewesen. Ich hatte eben meine Heuer kassiert, dazu meinen Anteil als Maat und die Fangprämien. Ich sah die Zukunft in Rosa, die Flaschen verdoppelten sich vor meinen Augen wie verheißungsvolle Regenbogen, ich hatte nicht die geringste Lust, mich von der Stelle zu rühren. Es war warm, und ich hatte meinen Sack zwischen den Beinen wie einen braven Hund. Draußen regnete es, müssen Sie wissen, wie es nur in New Orleans regnen kann. Ich hatte im ›Roten Esel‹ Anker geworfen und festgemacht, ich ließ nicht ein Kabel mehr nach.

Zu Johannis wird das ein Jahr.

Ein paar Matrosen spielten am elektrischen Schießstand, irgend jemand hatte eine Münze in den Spielautomaten geworfen, bunte Lämpchen flammten auf, ausgestopfte Vögel schlugen mit den Flügeln und piepten alle durcheinander – da stand auf einmal Dorothee vor mir. Sie stand auf der anderen Seite vom Tisch. Ich sah ihre Hände unter der hellen Lampe, sie trug Ringe an allen Fingern, mit Steinen, die wie Alkoholtropfen glitzerten, und oben saß ihr Gesicht wie der Mond in den Wolken. Sie brachte mir das Gericht, das ich bestellt hatte. Es roch würzig nach dunklem Curaçao. Gott, war das gut! Ich wollte sie vom Fleck weg heiraten.

So ist das bei uns. Gerade wir, die viel herumkommen, in aller Herren Länder zu Hause sind, wir möchten uns immer gern irgendwo niederlassen, in irgendeinem stillen kleinen Nest, unter Orangenbäumen, in einem weißen Häuschen mit Blick aufs Meer, mit einem hübschen, sauberen Mädchen, das die Möbel putzt und das man zehnmal am Tag aufs Bett schmeißt und das einem ein feines Mittagessen kocht, Himmel Herrgott! Eins von diesen besonderen Gerichten, die stundenlang auf kleinem Feuer schmoren. Und selber geht man in Hemdsärmeln in den Garten, nicht wahr, um ein Stengelchen Salbei zu pflücken, oder man könnte im Hof Kleinholz machen oder mit der Pfeife im Maul einkaufen gehen, denn die guten Stücke muß der Mann aussuchen, oder man verabreicht ihr auch mal eine Tracht Prügel wie einem Schiffsjungen, weil sie das Haus nicht richtig in Ordnung hält. Ich weiß schon, das sind alles nur Illusionen. Ich bekäme sofort wieder das Jucken und würde, kaum seßhaft geworden, meine alten ausgelatschten Stiebel wieder hervorholen, mit denen ich um die Welt gesegelt bin, und möchte wieder den Saufraß aus der Kombüse essen und Hemden ohne Kragenknopf tragen und schuften und mich abrackern und vor Durst in der Sonne verschmachten und die Zunge rausstrecken und mein ganzes verdammtes Hundeleben verfluchen und in fremden Städten schlafen und heulen vor Elend und einen alten Kumpan treffen, der auch nicht mehr weiterkann, genau wie ich, der genug hat und störrisch und eigensinnig ist und stinkt wie ein Bock... Aber was nützt das alles, diesmal hatte es mich erwischt, schwer erwischt. Das Mädchen war schön. Ich hatte gehörig gefuttert und ein Glas nach dem anderen hinuntergekippt. Meine Taschen waren voll Geld. Die kleinen mechanischen Vögel zwitscherten immer noch. Die Theke glänzte strahlend, und ich hatte wahrhaftig lange genug an Bord von diesem verfluchten Walfänger gesessen.

Dorothee war die Tochter vom ›Roten Esel‹, und mit ihrem Vater, dem alten Opphoff, einem einäugigen Flamen, mit dem war nicht zu spaßen. Da sie schon zwei oder drei Kinder bekommen hatte, verprügelte der Alte sie fleißig, aber vielleicht hatte sie gerade davon so ein festes Fleisch, den prallen Hintern, den ich seit drei Wochen tätschelte. Wenn Opphoff sie verprügelte, sagte ich mir: Hau nur zu, bald ist das meine Sache... Und ich lachte mir ins Fäustchen, denn ich war sicher, Dorothee abends in meinem Bett zu finden. Wie sie das anstellte, der Aufsicht von diesem bösen Alten zu entwischen, das weiß ich bis heute nicht. Ich muß wohl annehmen, daß sie den Dreh heraus hatte, ich war ja schließlich nicht der erste! Aber das war mir restlos egal, das Frauenzimmer steckte mir in den Knochen, und ich wollte sie heiraten. Sie kochte zu gut! Und je mehr Körbe Dorothee mir gab, desto hartnäckiger wurde ich, denn ich bin Bretone, und so eine Kneipe war gar kein übles Geschäft.

Und jetzt passen Sie mal gut auf, das betrifft Sie ganz besonders...«

Es war ein glühend heißer, ausdörrender Tag. Der Südwind wehte, der Himmel war bedeckt mit zerzausten Wolken, aus denen ein feiner gelber Staub hervorrieselte, der alles zudeckte, in die Augen stach und Fliegen und Moskitos erstickte. Es war drückend. Es juckte uns am ganzen Körper. Weiße Bläschen platzten unter der Haut, unsere Schaukelstühle schnurrten wie Nähmaschinen. Die Eukalyptusbäume erbleichten im Wetterleuchten.

Lathuille war aufgestanden, um unsere Gläser nachzufüllen. Er fischte sich aus einem Glas Mixed Pickles eine große violette Paprikaschote heraus und fing mit vollem Mund wieder an zu sprechen:

»Ja, das betrifft Sie ganz besonders. Eines Nachts sagte Dorothee zu mir: ›Sieh mal, lieber Noël, glaub nicht, daß ich dich etwa nicht liebhabe, im Gegenteil, aber du weißt ja, daß mit dem Alten nicht zu reden ist. Außerdem hast du bestimmt in sechs Monaten keinen Pfennig mehr. Es ist zwecklos, wenn du jetzt drauf bestehst, der Alte ist verbockt, und ich hab deinetwegen Hiebe eingesteckt, da, sieh dir das an, ich bin voll blauer Flecken. Aber das macht nichts, ich hab dich lieb, und darum müssen wir jetzt vernünftig sein. Du bist doch in der Welt herumgekommen, du kennst dich aus, du weißt Bescheid, fahr doch ein bißchen in den Staaten herum, du kannst jetzt ein phantastisches Geschäft machen, das dir ein paar Tausender einbringt. Liest du denn keine Zeitung? Weißt du gar nicht, was in Rußland los ist? Daß da ein paar Großfürsten auf der Flucht sind, die die Kronjuwelen gestohlen haben, und daß auf ihren Kopf eine Belohnung ausgesetzt ist? Sie sollen zu uns rüber geflüchtet sein, angeblich wimmelt's hier geradezu von solchen Leuten. Alle Detektive sind auf den Beinen. Man kann Tausende Dollars dabei verdienen, und du bist doch gerissen, du kannst es leicht schaffen und die Kunden meinem Vater zuführen. Geh vorher zu ihm, er hat gute Tips. Sag mal: kapierst du das nicht? Da hab ich dich aber für schlauer gehalten! Hast du gar nicht gemerkt, daß mein Vater bei einer Menge Geschichten seine Hand im Spiel hat und daß er es mit der Polizei hält? Also los, Junge, wenn du zurückkommst, wird gcheiratet.‹ Na ja, also da hab ich mich auf die Socken gemacht und Sie aufgegabelt, meine Herren... Ah, das können Sie mir glauben: meine Dorothee, die hat einen guten Riecher!«

Bei dieser ebenso sensationellen wie unerwarteten Erklärung, die mir wie der Blitz in die Glieder gefahren war, brach Moravagine in schallendes Gelächter aus. Er lachte, er lachte, er schüttelte sich vor Lachen, daß er mit seinem Schaukelstuhl fast hintenüber kippte. Dieser Lathuille!... der erzählte einem vielleicht Geschichten... nun mach aber einen Punkt, mein Lieber. So ein Witzbold, wie brachte er das nur fertig, sich so was auszudenken?... So ein Gauner! Darauf hatte er's also abgesehen, als er uns zu seiner ›Goldmine‹ führte... »Du wolltest uns einfach kassieren, darum hast du uns in die Wildnis gelockt, was? Die Indianer sollten uns fertigmachen, und dann wolltest du die Belohnung für dich allein haben! Ja bist du denn übergeschnappt, Mensch? Hast du uns überhaupt mal aus der Nähe besehen? Sehen wir denn aus wie Großfürsten, ha? Und was sind das eigentlich für Histörchen aus Rußland? Hat dir der Schirokko den Kopf so verdreht? Hat man schon so einen Spinner gesehen! Du bist mir ein komischer Kerl...«

»Herr... Herr Moravagine, und Sie, Herr Engländer«, stammelte Lathuille bestürzt, »ich flehe Sie an, hören Sie mir zu, ich sehe ja ein, daß ich mich vergaloppiert habe, ich habe vollkommen danebengehauen, ich weiß! Schuld daran sind diese Zeitungsartikel, da, sehen Sie mal, über hundert hab ich bei mir, hier, Ausschnitte, lauter Tips vom alten Opphoff, mit Personenbeschreibungen und Fotos; Ihre sind nicht dabei, aber wenn der Mensch verliebt ist, dann ist er wie ein Hund, der was

Heißes getrunken hat, er hat keine Witterung mehr. Glauben Sie mir, seit der Geschichte mit den Indianern weiß ich, was ich an Ihnen habe, ich schwör's Ihnen! Sie kommen mit nach New Orleans, ich lade Sie zu meiner Hochzeit ein, Sie sollen meine Trauzeugen sein, und wenn der Alte noch immer was einzuwenden hat, so werden Sie ihn zum Schweigen bringen. Außerdem hoffe ich fest, daß Sie, Herr Moravagine, mir beim Seßhaftwerden ein bißchen unter die Arme greifen, ich weiß, daß Sie ein nobler Mann sind, und wenn wir auch keinen Preis vereinbart haben, ich habe Ihnen stets gewissenhaft gedient und Ihnen doch immerhin zu einer schönen Reise verholfen, oder nicht? Also, die gute Dorothee, die wird Augen machen, wenn sie mich mit meinen zwei Fürsten anrücken sieht, haha, mit zwei Kameraden, mit zwei Freunden...«

Noch am selben Abend stiegen wir in den Zug.

Der »Rote Esel« war tatsächlich eine gute Kneipe. Man war da gar nicht schlecht aufgehoben, und die Küche war großartig. Der alte Opphoff entpuppte sich als viel netter, als wir gedacht hatten, und Dorothee war wirklich ein bildhübsches Ding. Lathuille hatte recht, an ihr war was dran. (Ich habe sie ein paar Jahre später in amerikanischen Filmkomödien wiedererkannt; sie war zwar kein Star, aber sie stand immer im Vordergrund, sie wußte sich immer ins rechte Licht zu setzen.) Moravagine machte ihr den Hof.

Lathuille war verschwunden.

Ich wich nicht aus dem Lokal, denn ich traute dem Frieden nicht. Da Moravagine nun einmal darauf bestanden hatte, sich in die Höhle des Löwen zu begeben, beobachtete ich die Gäste. Es saßen immer zwei, drei Kerle unten herum, darunter ein gewisser Bob, der fast so beharrlich war wie ich, und ein baumlanger Bursche namens Ralph, ein Mestize, der Bob oft Gesellschaft leistete. Mir fiel nichts Verdächtiges auf. Wenn Ralph hereinkam, steuerte er sofort auf Bobs Tisch zu und setzte sich zu ihm. Er ließ sich zwei große Gläser bringen und mixte im Handumdrehen einen scheußlichen Trank: Ingwerbier, Gin und Portwein, von jedem ein Quart. Dann bestellte er sich zwei große heiße Würste, goß dazu eine zweite Mischung hinunter, nahm mit einer mechanischen Bewegung seine Mütze ab, stützte die Ellbogen auf den Tisch, vergrub den Kopf in den Händen und schlief ein. Bob dagegen hielt seine Stummelpfeife zwischen den Zähnen, paffte den Rauch aus und starrte, hingelümmelt auf seinen Stuhl, den Kopf an die Wand gelehnt, mit weitaufgerissenen Augen und abwesendem Blick vor sich hin.

Nie habe ich die beiden miteinander reden sehen. Bezahlt hat immer Bob.

Eines Nachts, ich war eben auf mein Zimmer gegangen – ein großes gelbes Zimmer mit zwei kleinen Eisenbetten und einem ausgebrochenen Nachttopf dazwischen – und zog mich gerade aus, da wurde plötzlich die Tür mit einem Schulterdruck aufgestemmt, Lathuille stürmte herein und fiel mir um den Hals.

»Es ist soweit! Es ist soweit!« jubelte er. »Morgen wird geheiratet, der Alte hat ja gesagt!«

Und er tanzte im Zimmer herum.

Am nächsten Tag kauften Moravagine und ich uns Smokings und fungierten als Trauzeugen. Später erfuhr ich, daß Moravagine Lathuille zehntausend Dollar gegeben hatte.

Abends war im »Roten Esel« großes Fest. Alle waren dabei, Ralph, Bob und die anderen Stammgäste. Die Kneipe war mit Girlanden von Glühlämpchen geschmückt, vor der Tür hatte man ein Grammophon aufgestellt, und auf dem Kai wurde getanzt. Die Leute drängten sich, Nachbarn, Passanten, Neger, Negerinnen umringten uns. Lathuille hatte schon starke Schlagseite; Moravagine raste, er wirbelte Dorothee im Kreis herum, als hielte er Olympio in den Armen. Ich saß ein bißchen abseits, denn ich war nie ein guter Tänzer gewesen. Mir fielen vor Müdigkeit die Augen zu.

Plötzlich gab es eine wilde Rempelei. Ich sprang auf, stieß meinen Tisch um. Ralph und Bob hatten sich auf Moravagine gestürzt und hielten ihn an beiden Armen fest.

Zwei Schüsse krachten.

Lathuille hatte sie abgefeuert. Einen Revolver in jeder Hand, schrie er uns zu: »Mora, Mora, und Sie, Engländer, haut ab, haut ab... lauft geradeaus... hundert Meter... Hinter dem Gasometer in den Kahn, ich...«

Ich wich dem alten Opphoff aus, der sich auf mich stürzte. Moravagine war schon verschwunden. Ich rannte ihm nach, so schnell ich konnte. Wir sprangen in ein Motorboot. Ein paar Sekunden später kam Lathuille und stieß das Boot vom Land ab. Auf der Uferböschung sah man Schatten laufen. Flüche, Schüsse prasselten auf uns herunter. Dann eine Frauenstimme, ein langgezogener Schrei, wie ein Blöken.

Sobald wir aus dem Widerschein der Kais herauskamen, war es stockdunkel. Wir glitten mit der Strömung dahin. Lathuille warf den Motor an. »Das Biest«, brummte er, »die hab ich aber schnell noch zur Ader gelassen.«

Der Motor knatterte. Ein letzter Revolverschuß krachte. Wir waren schon weit weg. Lathuille drehte auf. Die Stadt war nur noch ein Lichtschimmer.

Moravagine und ich keuchten noch vom Laufen und zitterten vor Aufregung, als Lathuille einen großen Bogen schlug und an einem Dampfer, der in der Flußmündung lag, längsseits ging. Man warf uns ein Tau zu, dann eine Strickleiter. Die Wellen schlugen schon sehr hoch. »Rauf«, befahl Lathuille.

Wir waren im Smoking und ohne Hut. In diesem Aufzug kletterten wir an Bord.

Bei Tagesanbruch passierten wir die Barre und fuhren aus dem Schlammwasser des Mississippi in die große Dünung des Ozeans hinaus. Wir waren an Bord eines Obstdampfers, der nach Trinidad ging.

Das alles hatte sich so schnell abgespielt, daß wir noch gar nicht begriffen hatten, was eigentlich passiert war.

Klappernd vor Kälte standen wir im auffrischenden Wind. Niemand kümmerte sich um uns. Lathuille hatte sich verdrückt. Auf einem Rettungsring lasen wir den Namen des Schiffs: »General HannaH«. Der Frachter lag mit ziemlicher Schlagseite auf dem Wasser.

Endlich bekamen wir den Kapitän zu sehen. Er kam über die Leiter vom Deckshaus herunter. Hinter ihm mit breitem Grinsen Lathuille.

»Hallo, Boys, freue mich riesig, euch auf meinem Schiff zu begrüßen, habt ihr gut geschlafen?« sagte der Kapitän.

Er war ein Hüne, ein ehemaliger Baseballmeister, mit einer grölenden Stimme. Er hieß Sunburry.

Die Angelegenheit klärte sich erst auf, als wir es uns in der Offiziersmesse bequem gemacht hatten und mit

Kognak 1830 traktiert wurden. In der Kajüte standen drei Kisten davon, außerdem ein Stapel feinster englischer Konserven. Lathuille hatte sich nicht lumpen lassen. Triumphierend erklärte er uns:

»Na, was sagen Sie jetzt? In San Antonio haben Sie mir ja kein Wort geglaubt! Wie habe ich das geschaukelt? Habe ich eine Nase oder nicht? Wenn Sie mich nicht gehabt hätten, wär's Ihnen schön an den Kragen gegangen. Die waren ja scharf auf Sie. Ich habe versucht, ihnen zu erklären, daß Sie keine Russen sind, aber es half nichts, die wollten's einfach nicht wahrhaben. Seit über einem Jahr hockten sie jetzt schon zusammen, Ralph, Bob, Dorothee, der alte Opphoff und noch etliche andere, und warteten auf Nachricht von mir. Mehr als zehn Mann hatten sich inzwischen dahintergeklemmt, Saukerle, die ich gar nicht alle kannte, die ich nie zu Gesicht bekommen hatte und die es nur auf mein Geld abgesehen hatten. Jetzt habe ich sie aber schön reingelegt. Im Nu gingen sie mir alle auf den Leim. Das war ein Spaß, sag ich Ihnen! Zuerst habe ich ihnen die zehntausend gezeigt, die Sie mir gegeben hatten, und sofort war die Heirat beschlossene Sache. Aber ich wollte ja gar nichts mehr wissen von der Dorothee mit ihren Bälgern und von ihrem Ralph und von ihrem Bob und von der ganzen Sippschaft vom Roten Esel. Jeder im Land weiß, daß ich solche Mätzchen nicht leiden kann, und hochnehmen lasse ich mich auch nicht. Was seid ihr dagegen für feine Kameraden! Wir gehen zusammen durch dick und dünn, was? Also, ich gab dem Alten fünftausend, damit sie anbissen. Dann hab ich ihnen erzählt, ich müßte mir erst beim Pfarrer von Mobile, wo meine Mutter wohnt, eine Heiratserlaubnis holen, und bin verduftet. Ihnen ist das bestimmt komisch vorgekommen, daß ich auf einmal weg war, was? Sie haben sich ohne mich gelangweilt, Herr Moravagine, hab ich recht? Und Sie, Engländer? Ihnen war doch sicher nicht wohl in Ihrer Haut! Na, Spaß beiseite, ich wette eine Kiste Kognak, Sie haben keine Ahnung gehabt, daß ich inzwischen für Sie arbeitete und in aller Stille den Kognak, die Klamotten und das ganze Zeug aufs Schiff brachte. Dieser Sunburry ist ja ein alter Gauner. Er war sofort bereit, Sie an Bord zu nehmen, er wollte auch vierundzwanzig Stunden später als geplant auslaufen, o ja – er setzt uns in Paria ab, an der Orinokomündung in Venezuela –, aber seinen Schnapskeller mußte ich ihm dafür auffüllen, mit Kognak 1830, andern wollte er nicht, weder Marie-Brizard noch Dreistern, und er meckerte herum und hatte tausend Wünsche, aber da Sie nicht knickrig sind, konnte ich was springen lassen. Jedenfalls, das Freundchen kommt uns schön teuer: fünftausend! Mir bleibt also kein Cent mehr übrig, nichts, aber gar nichts, ich kann Ihnen nur Ihre Waffen zurückgeben und einen guten Rat dazu: Wenn Sie das nächste Mal einen Smoking anziehen, vergessen Sie nicht, den Revolver einzustecken. Hätte ich nicht dran gedacht, Sie wären geliefert gewesen. Verdammt nochmal, mit Ihnen hat man seine Plage...«

Wir schlingerten stark. Der Frachter fuhr durch den Golf von Mexiko schnurgerade nach Süden. Er war unbeladen, und es schien, als legte er sich immer mehr auf die Seite. Die Maschinen stotterten ruckweise. Dicke schwarze Rauchwolken wirbelten hoch, platzten, zeigten ihre schmutzigen Dessous, in die der Wind hineinfuhr, und streuten Kohlestaub und Ruß übers Deck. Es regnete. Der Dampfer schien verlassen. Nur ab und zu sah man ein paar Leute von der Besatzung, immer dieselben, herumlungernde Mulatten. Sunburry, Lathuille und Moravagine spielten pausenlos Domino. Ich war niedergeschlagen und trübsinnig. Was sollte aus uns werden? Lathuille hatte sich als viel gefährlicher erwiesen, als ich gedacht hatte. Zum erstenmal dachte ich besorgt an die Zukunft. Aber wozu eigentlich? Mir war alles egal. War ich überhaupt noch Herr meiner selbst? Haha! Was sollte ich tun? Und wohin gehen? Gott, wie ich selber mich anwiderte! Wie ich mir selber auf die Nerven ging! Unvorstellbar, wie das alles mich ankotzte. Ich konnte mich weder für irgend etwas begeistern noch gleichgültig bleiben wie Moravagine. Alle Menschen, Dinge, Abenteuer und Länder, alles hing mir zum Hals raus, alles machte mich krank. Das einzige, was bestehen blieb, war meine unendliche Müdigkeit, meine Müdigkeit und meine Trübsal, nein, meine Trübsal nicht, was kümmerte mich die, nur meine Müdigkeit blieb und mein Ekel, mein tiefer Ekel vor allem. Mich umzubringen, das lohnte nicht. Und weiterzuleben, nein danke, davon hatte ich genug. Also was? Nichts. Und um mir vorzumachen, daß ich an dem, was mit uns geschehen würde, noch einen Rest von Interesse hätte, sah ich mir die Seekarten an, die in der Kajüte des Kapitäns herumlagen.

Was hatte Lathuille gesagt? Paria? An der Orinokomündung? Venezuela? Gut. Hier sind die verschiedenen Schattierungen, die Untiefen, die Küste von Venezuela, die Mündung des Orinoko – aber Paria? Wo ist Paria? Ich sehe Inseln, Hunderte, Tausende von Inseln, ich sehe das ganze Flußdelta, Dutzende, Hunderte von Mündungsarmen, aber nicht eine Ortschaft, nicht ein Dorf, nicht einen Namen. Nicht einmal einen Leuchtturm oder eine Boje. Nicht schlecht! Also fahren wir nirgendwohin. Paria gibt es gar nicht. Das hat ja gerade noch gefehlt!

»Sagen Sie, Kapitän, wohin fahren Sie uns?«

»Weiß ich nicht.«

»Was, das wissen Sie nicht?«

»Nein, weiß ich nicht.«

»Und Paria?«

»Kenn ich nicht.«

»Sie kennen Paria nicht?«

»Nein, fragen Sie Lathuille.«

Sunburry spielt seelenruhig weiter, er schreibt die Punkte auf eine Schiefertafel.

Ich frage Lathuille, der die Dominosteine mischt.

»Sag mal, Lathuille, wo ist denn dieses Paria? Ich kann's auf der Karte nicht finden.«

»Das weiß ich doch nicht.«

»Was, du weißt es nicht?«

»Nein.«

»Na und?«

»Na und was?«

Lathuille sieht mich scharf an. Dann nimmt er seine Dominosteine und sagt, während er sie ordnet:

»Sie werden schon sehen, es gibt schwimmende Inseln, die den Orinoko herunterkommen. Manche bleiben an den Sandbänken hängen, andere treiben weit ins Meer hinaus. Die Eingeborenen nennen sie Parias. Bei der ersten, auf die wir stoßen, gehen wir an Land. Sobald wir drauf sind, sind wir in Paria.«

»Aber«, antworte ich verblüfft, »sag mal, wie...«

»Doppelsechs!« schreit Moravagine, der diesen Stein in der Hand hat und das Spiel eröffnet.

Eine neue Partie beginnt.

Etwa zehn Meilen, bevor man ans Festland kommt, fährt man schon durch eine Art Sumpfläche. Schwere Dünste brüten über dem Wasser, man sieht nicht drei Meter weit. Man weiß weder genau, wo die Grenze zwischen Süß- und Salzwasser verläuft, noch, wo das Land beginnt und das Meer aufhört. Nach einer Schlechtwetterperiode, wenn der Seewind den Nebelvorhang aufgerissen hat und das Meer sich über den Sumpf wälzt, die Brecher die Sand- und Schlammbänke aufwühlen, kann man unbesorgt durchfahren und braucht nicht zu fürchten, das Fahrwasser zu verfehlen, sich zu verirren, zu stranden oder im Schlick steckenzubleiben. In unserm Fall war das anders. Wir waren bei Schönwetter angekommen, die Wolkenbildung war dichter denn je, die Bänke sehr zahlreich, und wir fuhren blind zwischen schwimmenden Inseln und entwurzelten Bäumen durch. Zwei Tage waren schon vergangen, seit wir die »General HannaH« verlassen hatten und der riesige Sunburry uns in der Backofenhitze nachgebrüllt hatte: »Viel Glück, Boys. Freue mich riesig, daß ihr gut angekommen seid. Ich hoffe, ihr hattet eine gute Überfahrt.«

Wir trieben in einer Art Faltboot aus Kautschukleinwand, in das wir uns alle drei hineingepfercht hatten, Lathuille, Moravagine und ich, mit einigen Konservenkisten und Waffen. Wir hatten nichts zu trinken, Sunburry hatte uns nicht eine einzige Flasche abgegeben. Es war entsetzlich heiß. Wir plagten uns abwechselnd an den kurzen Rudern und rührten das träge, stinkende, bleierne Wasser, in dem Aas und Abfälle schwammen, wie mit Löffeln um. Von allen Seiten schlug das heisere Schnauben der Seekühe an unser Ohr.

Wir hatten das Festland schon ein erstes Mal flüchtig

in einem Loch zwischen Wolkenfetzen gesehen; am Abend des dritten Tages, als die Nebeldecke sich gehoben hatte, glaubten wir in der Ferne einen Wellenbrecher auszumachen. Im Morgengrauen stellte sich heraus, daß es eine Reihe hoher Kokospalmen war. Wir versuchten mehrmals anzulegen, aber es war unmöglich. Soweit man sehen konnte, bildete das Ufer einen einzigen ungeheuren chaotischen Wall aus umgestürzten Bäumen, Wurzeln, Gestrüpp, Löchern, schlammigen Kratern, gähnenden Rissen, Geröll, großen schwarzen Erdklumpen, die ins Wasser rutschten. Gelang es einem schließlich an einer Stelle, den Fuß auf den schlammigen Boden zu setzen, ohne sofort bis zu den Hüften einzusinken, und kletterte man auf den ersten Wall, so sah man dahinter große und kleine Seen, Lagunen, Tümpel, faulende Maare, grundlose Torfmoore. Eine üppige, niedrige, vom Wasser überspülte, schillernde, unentwirrbare Vegetation überwucherte das Terrain. Weit hinten am Horizont deutete ein dunkler Wulst den Urwald, den Tropenwald an. Das war das Festland.

Wir drangen in ein Gewirr von Wasserwegen ein, schlängelten uns durch zahllose Mäander, durchschifften ein Netz von Windungen, Gräben, Rinnen und schmalen Passagen und kamen plötzlich unter der Kuppel des Urwalds heraus.

Das war majestätisch und unerwartet. Wir befanden uns in der Mitte des Flusses. Es war hier ziemlich düster, und die blühenden Lianen, die von den höchsten Zweigen herunterhingen, beleuchteten kaum das Dämmerlicht. Nicht ein Vogel, kein Laut. Die Uferböschungen waren ockergelb. Kleine weiße Sandstrande umfaßten wie Mondsicheln das schwarze Wasser der tiefen Buchten. Alligatoren starrten uns nach, als wir wieder zu den Rudern griffen und an ihnen vorbeiglitten.

Schweigend ruderten wir den Orinoko hinauf.

Das dauerte Wochen, Monate.

Es war drückend schwül.

Wir gingen nur selten an Land und fast nie in bewohnten Gegenden.

Am unteren Orinoko gibt es viele Pflanzungen: Kaffee, Kakao, Zuckerrohr, vor allem aber Bananenplantagen. Wochenlang begleiteten sie uns, hingebreitet an den hügeligen Ufern des Flusses. Die Bananenbäume sind wechselständig gepflanzt, und des Nachts sehen sie aus wie babylonische Heerlager. Jeder Mensch, der sich hier vorwärtsbewegt, trägt über den Schultern eine Moskitosäule mit sich. Die armen Teufel, die unter dem Laubdach arbeiten, sind Mestizen, Mischlinge von Weißen und Eingeborenenfrauen. Sie hauen die Fruchtbüschel mit der Machete oder mit einem Säbel ab. Sobald sie uns sahen, winkten sie uns heran, um uns Guarapo aus Zuckerrohr anzubieten oder uns mit Chicha zu versorgen, dem Branntwein aus süßen Kassawas.

Viel weiter oben liegt Angostura, Endstation der »Simon Bolivar«, des einzigen Dampfers, der auf dem Fluß verkehrt. Dieses dreistöckige schwimmende Monstrum ist weiß gestrichen und mit roten und blauen Streifen bepinselt. Kein Kielraum, alles über Wasser, der Boden ist flach wie bei einem Fährboot. Das riesige Schaufelrad am Heck ist so hoch und so breit wie das ganze Schiff. Im Zwischendeck stehen die mächtigen Dampfkessel, die mit Holz geheizt werden, mit Farb- und Ebenhölzern, Mahagoni und Palisander.

Die Holzfäller, größtenteils Quechua-Indianer, versorgten uns mit Tablas, Schokoladekügelchen aus Kakao, grob vermischt mit Rohzucker, und mit Assai, einem dickflüssigen Likör, der aus Palmfrüchten gewonnen wird und den man aus einem Coui, einer Art Halb-Kalebasse, trinkt.

Ein Stück weiter flußaufwärts kommt man wieder in den dichten Urwald, und noch weiter oben, nach Überwindung der Stromschnellen, in die Region der Llanos, wo alle Vegetationsformen nebeneinander bestehen.

Schweigend ruderten wir den Orinoko hinauf.

Das dauerte Wochen, Monate.

Es war drückend schwül.

Zwei von uns saßen immer an den Rudern, der dritte jagte und fischte. Mit Hilfe von Ästen, Zweigen und Palmwedeln hatten wir über dem Boot ein Schutzdach gebaut. Wir hatten also Schatten. Trotzdem häuteten wir uns, am ganzen Körper schuppte sich die Haut, und unsere Gesichter waren so ledern, daß wir aussahen, als trügen wir eine Maske. Und diese neue Maske klebte auf dem Gesicht, schrumpfte ein, preßte uns den Schädel zusammen, zerquetschte ihn, deformierte uns das Gehirn. Unsere Gedanken verkümmerten, eingezwängt, verklemmt.

Geheimnisvolles Leben des Auges.

Vergrößerung.

Milliarden Eintagsfliegen, Infusorien, Bazillen, Algen, Hefepilze, Blicke, Gärstoffe des Gehirns.

Stille.

Alles wurde ungeheuerlich in dieser wäßrigen Wüste, dieser waldigen Einöde, das Boot, unser Gerät, unsere Gesten, unsere Speisen, der Fluß ohne Strömung, den wir hinauffuhren, der immer breiter wurde, die bärtigen

Bäume, das biegsame Unterholz, das verschwiegene Dickicht, das uralte Laubwerk, die Lianen, all die namenlosen Gräser mit ihrem überschäumenden Saft, die gleich einer Nymphe gefangene Sonne, die sich in ihren Kokon einspann, der Dunst, durch den wir steuerten, die feuchtwarmen Dämpfe, die Quellwolken, die wogende Wasserstraße, das Meer von Blättern, Flechten, Flaum und Moos, das Gewimmel von Sternen, der samtene Himmel, der Mond, der wie Sirup dahinfloß, unsere filzigen Ruder, der Sog, die Stille.

Rings um uns baumhohe Farne, pelzige Blüten, fleischige Düfte und glasgrüner fruchtbarer Boden.

Verfließen. Werden. Durchdringung. Anschwellen. Aufplatzen der Knospe, Entfalten des Blatts. Klebrige Rinde, schleimige Frucht, Wurzel, die saugt, Same, der keimt. Reifen. Pilzhaftes Wachsen. Phosphoreszenz. Fäulnis. Leben.

Leben, Leben, Leben, Leben, Leben.

Geheimnisvolle Präsenz, um derentwillen zur bestimmten Stunde die grandiosesten Schauspiele der Natur anbrechen.

Menschliche Ohnmacht, erbärmliche Schwäche, wem würde da nicht angst, es war jeden Tag dasselbe.

Jeden Morgen weckte uns ein böser Schüttelfrost. Der Himmel hing an einer Gardinenstange, die Äste bewegten sich wie eine scheckige Decke, und auf einmal, klick, legten die Vögel und Affen los, genau eine Viertelstunde vor Tagesanbruch. Getümmel, Geschrei, plötzlich einsetzender Gesang, Schmettern, Rufen und Schnattern – uns brummte der Schädel von diesem Spuk. Wir wußten im voraus, was der Tag uns bringen würde. Hinter uns bohrten sich Löcher in den dampfenden Fluß, vor uns öffnete er sich gähnend, flockig und schmutzig. Tücher und Vorhänge knatterten im Wind. Eine Sekunde lang sah man die Sonne nackt und bloß, als hätte sie eine Gänsehaut, dann senkte sich eine riesige Daunendecke auf uns herab, ein feuchtes Federbett, das uns die Sicht verbaute, Augen und Ohren verstopfte und uns erstickte. Geräusche, Stimmen, Gezwitscher, Pfiffe und Lockrufe wurden wie von einem riesenhaften Wattebausch aufgesaugt. Bunte Kreisel wirbelten an unserem Boot vorüber und bekleckten es, durch den Nebel und die Dämpfe erschienen uns Wesen und Dinge wie trübe, verwaschene, verschwommene Tätowierungen. Die Sonne hat Lepra. Uns war, als hätte man uns eine Haube über den Kopf gezogen, sechs Meter Luft rundherum und zwölf Fuß über uns eine wattierte Polsterdecke. Schreien war zwecklos. Schweißbäche rannen über unseren Körper, dicke Tropfen lösten sich, fielen auf den Magen, lauwarm und langsam, lauwarm wie das Ei, das aufbricht, langsam wie das Fieber, das ausbricht. Wir fraßen Chinin. Uns war kotzübel. Unsere Ruder wurden weich in der Hitze. Die Kleider schimmelten. Es regnete unaufhörlich, heißes Wasser fiel vom Himmel, und unsere Zähne wurden locker. Was für ein Traum, was für ein Opiumrausch! Alles, was an unserem engen Horizont auftauchte, war korallen, glasiert, blinkend, hart, verblüffend scharf, und wie im Traum war noch der kleinste Gegenstand aggressiv, bösartig, voll dumpfer Feindseligkeit, logisch und unwahrscheinlich zugleich. Wie Fieberkranke, die sich in ihrem Bett wälzen, ruderten wir ans Ufer, um ein bißchen zu verschnaufen. Ein neuer Alp! Fast jedesmal schob sich das Unterholz auseinander, um eine drohende Indianerhorde durchzulassen, hochgewachsene, kräftige

Männer mit strähnigem Haar, die Nasenflügel mit einem spitzen Stäbchen durchbohrt, die Ohrläppchen mit schweren Scheiben aus Elfenbein ausgeweitet, die Unterlippe mit Hakenzähnen und Krallen geschmückt oder mit Stacheln gespickt. Bewaffnet waren sie mit Bogen und Blasrohren. Sie schossen auf uns. Da sie als Menschenfresser gelten, steuerten wir in die Mitte des Flusses zurück und versanken wieder in den Traum der Verdammten. Große blaue Schmetterlinge, Pamploneras, ließen sich auf unseren Händen nieder und bewegten ihre feuchten, ausgespannten Flügel.

Wir waren verflucht. Die Nacht brachte uns keine Ruhe. Im bläulichen Abendnebel, der auf den Regen folgte, tropfte das Wasser von den gefiederten Helmbüschen Tausender Pflanzen. Riesige Fledermäuse schwirrten herab, Cascabeles schlängelten sich unter Wasser. Der scharfe Geruch der Krokodile drehte uns den Magen um. Man hörte die Schildkröten Eier legen, unermüdlich, ohne Unterlaß. Wir hatten unser Boot an einem vorspringenden Felsen vertäut und wagten nicht, Feuer zu machen. Wir versteckten uns, hockten zwischen den Gummiwurzeln, die sich wie die bizarren Beine einer scheußlichen Tarantel über die Ufer krümmten. Wir schliefen unruhig. Wolfssucht. Der die Wache hatte, wehrte sich gegen den Hexentanz der Moskitos, indem er das langgezogene Geheul des Gepards nachahmte. Der Mond am Himmel schwoll an wie ein Insektenstich. Die Sterne färbten sich rot wie die sichtbaren Spuren eines Bisses.

Es regnete unablässig.

Die Überschwemmung breitete sich aus.

Der Fluß glich einem See, einem Binnenmeer. Wir

waren in seinem Quellgebiet, einer unübersehbar weiten, überschwemmten Ebene. Ganze Wälder standen unter Wasser. Dichtbelaubte Inseln schwammen im Strom. Wilde Reisfelder nährten Millionen von Vögeln. Enten, Gänse, Schwäne von enormer Größe schnatterten, schnäbelten, zankten sich. Wir ließen uns mit den toten Baumstämmen treiben. Unser Boot war verschlissen und an vielen Stellen leck. Jedesmal, wenn ein Gewitter losbrach – sie sind in dieser Gegend zahlreich und unerhört heftig –, fürchteten wir abzusacken.

Lathuille lag auf dem Boden des Bootes. Er war todkrank. Sein Körper war mit Geschwüren bedeckt, dicke Würmer zerfraßen seine Haut. Er lag hilflos in dem lauwarmen Wasser und gab uns Anweisungen, wie wir uns zu verhalten hatten, um gut durch die heißen Gebiete zu kommen, die, so behauptete er, jenseits der unendlichen Wasserfläche lagen und die wir bald erreichen würden. Wir hörten ihm zu, ohne uns auf seinen Rat zu verlassen, denn er war nicht mehr ganz bei Sinnen.

»Zieht die Ruder ein«, sagte er. »Glaubt mir, ich spreche aus Erfahrung, laßt euch treiben. Eine dreifache Strömung teilt dieses stehende Gewässer. Es ist ein geographisches Rätsel. Lundt, der Forscher, hat mir das mal erklärt. Ich glaube, er hat recht. Wir müssen in dem Stromgebiet sein, wo zwanzig Flüsse entspringen, auch der Orinoko und der Amazonas. Ich wollte immer sehen, ob das stimmt. Ja ja, ich bin stolz, daß ich euch wenigstens bis hierher gebracht habe. Immerhin war das Boot ja dicht. Gutes Boot. Einmal hat mich der alte Jeff nicht übers Ohr gehauen. Wenn ihr festen Boden unter den Füßen habt, könnt ihr es zurücklassen. Bis dahin immer der Abtrift des Holzes nach, und wenn ihr einen alten

Stamm seht, auf dem Fähnchen stecken, dann folgt ihm, er treibt in unsere Richtung. Es ist ein Turuma, der jedes Jahr den Amazonas bis Manaos hinunterschwimmt, dann den Rio Negro hinauf und dann hier bis zum nächsten Osterfest schläft. Er macht in allen Häfen und an allen Flußmündungen halt, und die Eingeborenen schmücken ihn andächtig mit Wimpeln. Um diese Zeit macht er sich auf den Weg, ihr seht ihn bestimmt. Ihr seid ja Ungläubige, aber glaubt mir das, folgt ihm, aber rührt ihn nicht an, sonst zieht euch die ›Mae d'Agua‹ auf den Grund. Wenn ihr dann...«

Es war an einem klaren Morgen. Ausnahmsweise war der Himmel wolkenlos. Lathuille lag in Agonie. Er ruhte im schwammigen Gras. Wir hatten ihn auf einer Insel an Land getragen. Moravagine hatte sich getrollt, um Schlingen zu legen. Ich beugte mich eben über den Kranken und wollte ihm einen Kräutertrank einflößen, als sich ein zischender Pfeil tief in seine Kehle bohrte. Ich schrie auf. Ich wollte zum Boot laufen, wo wir unsere Waffen gelassen hatten, aber das Boot war verschwunden. Ich rannte zu Lathuille zurück. Der Pfeil vibrierte noch. Zwei rosige Reiherfedern zitterten am Ende des Schafts. Da tauchte auch Moravagine auf. Er hatte zwei Rallen gefangen. Ich kam nicht mehr dazu, ihm zu sagen, was passiert war, denn schon umringten uns an die zwanzig Indianer. Wir hatten sie nicht kommen hören. Sie bewegten sich auf uns zu, verengten schweigend ihren Kreis. Moravagine wollte sie ansprechen, aber ein Paddelschlag streckte ihn nieder. Er wurde gefesselt.

Es waren Blaue Indianer.

Krank, erschöpft und unbewaffnet, waren wir ihre Gefangenen.

Ich war auf den Apothekenkasten gesunken und wartete apathisch, was mit mir geschehen sollte, als mich plötzlich ein langer Kerl anredete, der ein paar Schritt von mir entfernt stand. Er führte eine Art Tanz auf, stampfte auf den Boden, zappelte, gestikulierte und rief mir dabei in einer gutturalen, sehr rauhen Sprache im Takt abgehackte Sätze zu. Er ließ mich nicht aus den Augen. Ich wußte nicht, was er mir sagen wollte, und wurde auch aus seinen Gebärden nicht klug. Ich war aufgestanden. Zwanzig Augenpaare starrten mich an. Ich war ratlos. Ich wußte nicht, was ich antworten oder was ich tun sollte. Moravagine nagte an seinen Fesseln. Blut rann über seine Wange. »Na los«, brüllte er, »sag ihm schon was!«

Lathuilles Leichnam lag zwischen uns.

Ich riß den Pfeil heraus, der unseren armen Gefährten durchbohrt hatte, und hielt ihn dem Häuptling hin. Schwarzes Blut sprudelte aus der Wunde. Darüber ein Schwarm großer Fliegen. Das Fieber schüttelte mich. Ich zitterte.

Der Häuptling hatte den Pfeil angenommen. Er führte jetzt einen neuen grotesken Tanz auf, auf den Fersen, mit ausgewinkelten Knien. Er hüpfte im Krebsgang um den Toten herum. Ein roter Federhalsschmuck baumelte ihm über den Rücken. Sein welker Hintern schlotterte im Sonnenlicht, er wackelte mit den Hüften und verrenkte das Kreuz. Den Pfeil hielt er in Augenhöhe, der senkrechte Schatten verdunkelte sein Auge. Von Zeit zu Zeit machte er eine Pirouette, und dann stießen seine Krieger einen langgezogenen Schrei aus. Schließlich reihten sie sich im Gänsemarsch auf und sprangen im Kreis um Moravagine herum. Sie hüpften auf einem Bein.

»Mora, mach keinen Unsinn!« sagte ich. Denn Moravagine fing an, sie zu beschimpfen.

Der Häuptling hatte sich auf die Fersen gehockt. Er jonglierte mit drei Steinchen. Den Pfeil hatte er sich ins Haar gesteckt.

Nach diesem ganzen Hokuspokus schleppten uns die Indianer weg. Ihre Boote lagen im Schilf. Sie warfen Moravagine in eine Piroge. Ein großer Greis trug den Leichnam Lathuilles. Mich schoben sie in das Boot des Häuptlings. Zwei Indianer mit dem Apothekenkasten kamen mit. Man behandelte mich äußerst rücksichtsvoll. Erst später erfuhr ich, daß die Indianer mich von Anfang an für einen Zauberer gehalten hatten. Wegen der Apotheke und auch, weil ich in einer Art Trance war. Die größte der Pirogen nahm unser armseliges Faltboot ins Schlepp. Es soff jämmerlich ab und zappelte in den Strudeln wie ein Tier, das die Freiheit wiedergewinnen will. Unsere schönen Gewehre blinkten am Heck des zerfallenden Bootes und fielen eins nach dem andern ins Wasser. Vor Sonnenuntergang hatten wir das große Indianerdorf erreicht, das hoch in den Bäumen steckte. Hunderttausend Stimmen empfingen uns.

Die Blauen Indianer verbreiten einen merkwürdigen Geruch, denn sie sind alle krank. Ihre Krankheit heißt Caraté, ein syphilitisches Hautleiden. Sie ist immer erblich und sehr ansteckend. Sie äußert sich in einer Verfärbung des natürlichen Pigments, einer Art subkutanen Äderung, die den Körper mit »geographischen« Flecken bedeckt, meist bläulich auf fahlgrauem Grund. Die Färbung variiert; man kennt mehrere Arten von Caraté. Die Flecken sind oft entzündlich und eitern. Mit Quecksilbermitteln wäre die Krankheit leicht zu behandeln, aber die Indianer kümmern sich nicht darum. Sie kratzen sich.

Die Blauen Indianer, deren Gefangene wir waren, gehörten zum uralten Stamm der Jivaro. Vor der Eroberung waren die Jivaro ein mächtiges Volk. Ihr kriegerisches Temperament verwickelte sie immer wieder in Streit mit ihren Nachbarn, den Sutagao und den Tunja. Seit der Eroberung hat sich ihre Zahl beträchtlich verringert. Dennoch ist es den Spaniern nie gelungen, sie in die Knie zu zwingen. Die großen Daten ihrer Geschichte sind uns von den Einwohnern von Bogota überliefert worden. Sie hüten noch in unseren Tagen das Andenken des großen Kaziken, des Cipa Saguanmachica, der ihre Stadt beinah eingenommen hätte, und das des Usaken Usatama, von dem der alte Chronist Mota Padilla in seiner »Conquista del Reino de la Nueva Granada«, cap. 25, numeros 3 und 4 Ms, erzählt. (Ich habe diese Angaben zehn Jahre später in den Archiven von Sevilla gefunden, als ich ein Attentat auf den König von Spanien vorbereitete.)

Die heutigen Jivaro, wegen ihrer häßlichen Krankheit Blaue Indianer genannt, sind groß und schön gewachsen. Sie unterscheiden sich von den Indianern aus dem Norden und Osten durch ihren langgliedrigen Knochenbau und zeichnen sich durch die Feinheit der Gelenke aus. Der Kopf sitzt hoch über den Schultern, er ist kurz und eckig, der Gesichtswinkel ist derselbe wie bei den kaukasischen Rassen. Der Hals ist schlank. Das dichte und strähnige schwarze Haar bedeckt teilweise die Stirn und fällt nach hinten gleichmäßig bis auf die Schultern. Die Augen, die von der Nasenwurzel aus schräg nach oben gehen, sind schmal und stechend. Die Nase ist breit, an der Wurzel zunächst schmal, dann aber weitet sie sich zu den abstehenden Flügeln. Der Mund ist breit, mit leicht wulstigen Lippen. Die Zahnkronen sind abgefeilt. Der Körper ist muskulös, besonders Arme und Beine; bei den Frauen ist die Höhlung zwischen Kreuz und Lenden sehr ausgeprägt. Hände und Füße sind mittelgroß, meist kurz und sehnig. Die Frauen sind schmalgebaut, die Brüste sind eiförmig und die Brustwarzen abgeplattet.

Die Männer sind mit einem kleinen Schurz bekleidet, der Guyaco genannt wird, der der Frauen ist etwas breiter und heißt Furquina. Ihr Kopfputz ist aus Guacamayo- und Papageienfedern. Meist gehen sie ohne Kopfbedeckung. Alle tragen Halsschmuck, Ketten aus Tierzähnen oder gefärbten Körnern. In den durchbohrten Ohrmuscheln tragen sie Holz- oder Bambusstückchen. Die Koketterie ihrer Aufmachung wird durch Vanillestückchen oder wohlriechende Wurzeln ergänzt. Sie tätowieren sich die Arme, die Beine und das Gesicht mit breiten roten Streifen. Die Frauen bemalen sich nur den oberen Teil der Unterlippe und tüpfeln sich die Unterarme, Handgelenke und Fesseln. Diese Tätowierungen sind unauslöschbar und werden mit einem Urrucai genannten Harz gemacht.

Die Jivaro verbringen ihren Tag mit mariscar, das heißt mit Fischen und Jagen. Zu ihren Bogen aus Palmholz gehören Pfeile aus einem leichten Schilfrohr, sogenannte Arraxos. Die Pfeilspitze besteht aus einem geschliffenen Tierzahn. Die Frauen verfertigen kunstvolle Hängematten aus Federn, flechten starke Taue und weben die rohe Baumwolle. Auch die Häute der Seekuh und des Capahu verstehen sie geschickt zu präparieren. Die Indianer dieses Stammes haben zwar weder Flöten noch Blasrohre, aber die Lust am Blasen, die allen Naturvölkern Südamerikas eigen zu sein scheint, hat bei ihnen einen kuriosen Ausdruck gefunden. Sie stellen poröse Tonkrüge her, die durch eine Zwischenwand unterteilt sind. Auf diesen Gefäßen ist die ganze heimische Fauna, vor allem die Vogelwelt, abgebildet. Die beiden Fächer werden bis zu einer bestimmten Höhe mit Wasser gefüllt. Hebt man nun das Gefäß an den Mund und bläst durch die seitliche Öffnung hinein, so ertönt der Ruf des Vogels oder des Tieres, das der Okarinakrug darstellt. Diese Krüge gibt es in allen Größen, vom Pfeifchen bis zur Urne, und die Stimmen, die sie hervorbringen, haben daher die verschiedensten Tonlagen und Klangstärken. Jeder Indianer hat seine Gaguera und stößt hundertmal am Tag den Schrei seines Totems aus. Die Vereinigung all dieser Stimmen ergibt die herrlichste Kakophonie, die man sich denken kann. Mit einem solchen Konzert hatten sie uns am Abend unserer Ankunft begrüßt.

Die Jivaro-Indianer üben noch eine andere absonderliche Kunst, die das bei den Rothäuten sonst gebräuchliche Skalpieren in den Schatten stellt. Sie bewahren den Kopf, sogar den ganzen Körper des besiegten Feindes auf. Um in ihren luftigen Dörfern Platz zu sparen, verkleinern sie, seit sie in den Pfahlbauten leben, auf merkwürdige Weise die Statur ihrer weißen oder indianischen Opfer. Sie ersetzen das Knochengerüst durch ein Gestell aus Baumwurzeln, reduzieren den Kopf eines Erwachsenen auf die Dimensionen einer Orange und verwandeln einen Menschen von ansehnlichem Wuchs in eine Puppe. Sie modellieren so genau, daß die mumifizierten Gesichter ihren natürlichen Ausdruck behalten und die Körper selbst in verkleinerter Ausführung, trotz der Disproportion der Hände und Füße, etwas von ihrer alten Haltung bewahren. Ich habe selbst bei diesem bestürzenden Verfahren zugesehen, als sie die sterblichen Reste unseres armen Lathuille verwandelten. Fahr zum Teufel, verdammter Schwadroneur – er steht heute im Trocadero-Museum, als schönstes Stück einer Tsantsa-Sammlung.

Die Religion der Jivaro ist der Nagalismus, eine Art individueller Totemismus. Auf Grund einer im Traum oder in der Ekstase erlebten Offenbarung fühlt jeder einzelne eine innere Übereinstimmung mit einem Wesen oder einer Sache. Er ruft die Schatten der Verstorbenen an und beschwört die Geister. Jeder hat seinen eigenen, besonderen Geist: das Moor, den Jaguar, den Adler, die Schlange, den Mond, das Wasser, den Pelikan, einen Fisch, ein Krustentier. Das Totem heißt Paccarisca, das bedeutet »Ursprung« oder »das Zeugende, »das Buschwesen«. Das verehrte Wesen oder Ding genießt seine Privilegien, man darf es weder töten noch essen, abhacken, zertrümmern, in Staub oder Asche verwandeln oder verdunsten lassen. Bei Festlichkeiten ist jeder verpflichtet, sein Zeichen zur Schau zu tragen. Der Indianer hüllt sich dann in ein Fell, schmückt sich mit Federn oder Zweigen, befeuchtet seinen Kopf oder jongliert mit Kieselsteinen. Er verkörpert im Tanz einen Flug, einen Schritt, er schwimmt, er läuft, er hüpft, er kriecht, er gleitet, er schlängelt und windet sich und bläst in den Krug, der die Stimme seines Totems hervorbringen soll.

Das bedeutendste religiöse Fest wird im vierten Monat des Jahres gefeiert und weist eine gewisse Verwandtschaft mit den sakralen und den profanen Bräuchen auf, die in den christlichen Ländern während der Bußtage gepflegt werden. Es ist das »Fest des jungen Büßers«, des Jünglings, der zur Opferung bestimmt ist, des Christus der Jivaro sozusagen. Unter den Gefangenen wird der Schönste ausgewählt. Er ist von dem Augenblick an zum großen Akt der Erlösung auserkoren. Er wird prunkvoll gekleidet, Räucherwerk brennt auf seinen Wegen, Tierblut wird ausgegossen, man reicht ihm Blumen, Früchte und Körner. Früher opferte man ihm die Neugeborenen. Er kann sich frei und ungehindert bewegen und besucht alle Dörfer. Überall fällt die Menge vor ihm auf die Knie und betet ihn an, denn er ist das lebende menschliche Ebenbild der Sonne. Er führt einen Monat lang ein Schlemmerleben, alle Hütten stehen ihm offen, man kocht ihm die besten Gerichte, man tischt ihm das schönste Stück Wildbret auf und bewirtet ihn mit Waldhonig und gegorenem Palmwein. Dann vermählt er sich in aller Öffentlichkeit mit den vier schönsten Jungfrauen, die für ihn allein ausersehen sind. Die Häuptlingsfrauen buhlen um seine Gunst, und die Weiber des ganzen Stammes bieten ihm ihre unberührten Töchter an. Alle, die er befruchtet, gelten als heilig, werden tabu und ziehen sich in die Acclas, die Klosterdörfer zurück, wo sie mit ihren Angehörigen keinerlei Verbindung mehr haben. Aus seiner Nachkommenschaft wird nach dem Tod des Häuptlings dessen Nachfolger gewählt. An dem vorbestimmten Tag ergreifen die Priester den vergötterten Menschen und reißen ihm das Herz aus dem Leib, und das Volk singt dazu: »Helela, heute! Wir brauchen dich nicht mehr als König, wir brauchen die Sonne nicht mehr als Gott. Wir haben schon einen Gott, zu dem wir beten, und einen Herrn, für den wir zu sterben bereit sind. Unser Gott ist der große Ozean, der uns umgibt, und jedermann kann sehen, daß er größer ist als die Sonne und uns reichlich Nahrung spendet. Unser Herr ist dein Sohn, dein Kind, unser erstgeborener Bruder. Helela, heute!«

Da die Blauen Indianer keinen anderen Gefangenen hatten, war der Gottmensch, der in diesem Jahr das Jesuskind spielte, sich vollfraß und in den Hütten lärmende Saufgelage feierte, kein Geringerer als Moravagine. Die Indianer hatten ihn mit einer Federkrone herausgeputzt, sein Gesicht steckte unter einer grellgelben Maske. Karminrote Schnüre umspannten seinen Oberkörper. Die Beine waren um die Fesseln mit Blumenbändern geschmückt, an denen drei Tonschellen hingen. In der Hand hielt er einen nierenförmigen Stein, auf dem ein Zeichen eingraviert war: ein Stab mit zwei kleinen Kreisen am unteren Ende und einem dritten kleinen Kreis darüber. Es war ein Symbol, »das Rohr im Wasserkrug«, »das Männliche im Gefäß des Weiblichen«. Das Zeichen hieß ah-hau.

Es herrschte jetzt ein ständiges Kommen und Gehen. Boote legten an, stießen wieder ab. Das Gefolge von Indianerinnen, die Gott Moravagine auf Schritt und Tritt begleiteten, vermehrte sich von Tag zu Tag. Sie zogen mit ihm von Dorf zu Dorf. Die Männer hockten auf den höchsten Ästen der Bäume und bliesen in ihre Musiktöpfe. Die Gagueras glucksten Tag und Nacht, riefen sich über die Sümpfe zu und tönten im Wechselgesang bis in die tiefsten Tiefen der Wälder. Das quakte, schrillte, blökte und pfiff, daß es mir vorkam, als wäre ich bei einem Grillenvölkchen gefangen.

Ich war immer allein. Man ließ mir meine Freiheit.

Aber was hatte ich davon? Ich schleppte mich von Baum zu Baum, durch das Gewirr der Lianen. Da ich ganz auf mich selbst gestellt war, ging ich fast jeden Tag fischen. Ich sammelte Austern zwischen den Wurzelbäumen, ich fing Krabben, scheußliche Krabben, die aussahen wie ein verknöcherter Anus, ich warf Angeln aus und zog manchmal eine Art Lamprete aus dem Wasser, aber ihre nackte Haut war schleimig, und ihr Fleisch schmeckte nach Schlamm. Alles das tat ich so mechanisch, daß ich oft vergaß, nach meinen Angeln zu sehen, und mit leeren Händen in meine Hütte zurückkam. Schließlich ging ich überhaupt nicht mehr aus. Ich kaute Tabakblätter. Niemand besuchte mich. Die Kinder hatten Angst vor mir, die Frauen mochten mich nicht, weil ich keine von ihnen begehrt hatte, und die Männer mieden mich, obwohl ich mehrere von ihnen behandelt und gepflegt hatte. Nur der Einbalsamierer umschlich meine Hütte, er war versessen auf meine Geheimnisse und Kunstgriffe. Er hieß U Pel Mehenil, das bedeutet soviel wie »Sein einziger Sohn«. Wessen Sohn? Er stank.

Die Tage vergingen. Die Tage, die Nächte. Mir war alles vollkommen gleichgültig. Das Wasser klatschte gegen das Pfahlwerk. Ich war verlaust und verdreckt. Mein Haar fiel bis auf die Schultern hinunter, der Bart überwucherte den Hals. Ich fragte mich nicht mal, welches Los am Ende des Mondumlaufs meiner harrte. Wenn ich Gott Moravagine vorbeiziehen sah, wandte ich mich ab. Ich hatte alles vergessen. Seit unserer Ankunft bei den Blauen Indianern hatten wir nicht mehr miteinander gesprochen. Seine Apotheose und sein Tod sollten mich nicht kümmern. Ich habe nicht ein einziges Mal an Europa gedacht, auch nicht an die Möglichkeit, in die zivilisierten Länder zurückzukehren. Was lag mir daran? Ich hatte alles vergessen. Ich angelte, ich kaute Tabak, ich spuckte, ich aß mit den Fingern. Ich ging in meine Hütte und legte mich hin, ich schlief nicht, aber ich habe nie die Nacht durchwacht. Ich hatte keine Sorgen, keine Erinnerungen. Nichts, gar nichts. Nur Fieber. Ein schleichendes Fieber. Es war mir, als schmölze ich weg, als hätte ich Samt unter der Haut.

Malaria.

Ich war vertiert, verblödet, gehirnlos, schlapp. Ohne Gedanken, ohne Vergangenheit, ohne Zukunft. Nicht mal die Gegenwart existierte. Überall lief das Wasser herunter. Die Dreckhaufen wurden immer größer. Ein scheußlicher Gestank verbreitete sich in dem modrigen Dorf, wo sich die dicken Hausschlangen vor den Eingängen der Hütten ringelten. Alles war ewig, endlos und bedrückend. Lastend. Die Sonne. Der Mond. Meine Einsamkeit. Die Nacht. Der gelbe Raum. Der Nebel. Der Urwald. Das Wasser. Die Zeit, von einer Kröte gequakt, von einer letzten Gaguera geschlagen: do-re, do-re, do-re, do-re...

Abwesenheit. Gleichgültigkeit. Unendlichkeit. Null. Sternennull. Kreuz des Südens nennen sie das! Welches Südens? Ich pfeife auf den Süden. Und auf den Norden. Und den Osten und den Westen und auf alles. Und noch was. Und Nichts. Scheiße.

...do-re, do-re, do-re, doo-re, dooo-re, doooo-re...

Ich lausche.

Eines Nachts, ich lag im Halbschlaf auf meinem Lager, rief jemand meinen Namen. Welchen Namen? Lebte ich noch? Irgend jemand hatte meinen Namen geflüstert, meinen Vornamen: Raymond. Seltsam. Ich begriff das nicht. Statt meines Kopfes war da etwas schrecklich Schweres. Ich konnte mich nicht rühren. Meine Glieder waren unendlich. Ich fühlte mich eins mit der Nacht oder dem Grab. Stoff knisterte irgendwo. Ich horchte.

Und ich verlor den Halt und sank tief, tief in mein Inneres hinab. Starre Gelenke, abgeschnürte Kehle.

Ich erinnere mich, es war, als verrutschte die Senkrechte, als schwebte mein Schwerpunkt leicht nach oben, um sich plötzlich nach links zu neigen, bis ich mich überschlug. Ich taumelte im luftleeren Raum, alles flimmerte und flirrte.

Lichtkügelchen stiegen in mein Gehirn, aber ich rang immer noch nach Atem, geschaukelt, gelängt, losgelassen.

Ich fing mich.

Bewußtsein, schwimmender Kork, Kork und Rinde, Rinde, Holz. Holz, Holzstücke, hartes Holz. Überall Ruder, Insektenbeine, Bewegung. Ich weiß, ich schwimme. Aber ich bin endlos müde. Mein Kopf ist schwer. Ich spüre einen Lufthauch auf den Augen. Aber wo sind meine Hände, meine Beine, mein Körper? Ich bin wie eine eingerollte Decke, wie ein Garnknäuel, wie ein Spinnrocken. Ein Stich, ein Nadelöhr, ein Stachel, ein schmerzhafter Stich, der mir weh tut, eine Spitze, eine Stimme, die sich in mein Fleisch bohrt, ein zugespitzter Name.

»Raymond!«

Ich stöhne.

Diesmal habe ich es begriffen. Ich bin es wirklich. Ich bin es, der stöhnt. Ich bin da. Ich mache die Augen auf. Ganz weit. Moravagine beugt sich über mich wie ein drohendes Universum.

»Was ist? Was ist denn?«

»Trink, alter Freund, trink nur.«

Ich trinke gierig, das tut mir gut, und ich schlafe ein, überwältigt von dem Gefühl, zu schweben und sanft gewiegt zu werden.

Diese Szene wiederholt sich einige Male.

Wo bin ich?

Wenn ich die Augen aufschlage, sehe ich einen Himmel, der von Mal zu Mal greller wird, von Mal zu Mal blauer, so blau, daß ich seinen harten Glanz nicht ertrage und meine kranken Augen sofort wieder schließe. Und da formt sich unter meinen geschlossenen Lidern langsam das Gesicht Moravagines, das ich nur flüchtig gesehen habe. Zunächst scheint es auf wie auf der Platte eines Fotografen, im Negativ, mit schwarzer Haut, weißem Mund und weißen Augen. Verschwommen. Dann, als ich unter Qualen meine Aufmerksamkeit konzentriere, sehe ich zwei Elfenbeinstücke, die sein linkes Ohr durchbohren. Tätowierte Streifen entstellen sein Gesicht. Ist das möglich? Er grinst. Ich öffne die Augen. Er beugt sich noch immer über mich. Unter seinen aufgestützten Armen schießt Wasser vorbei. Ein Boot mit achtzehn Indianerinnen taucht hinter seinem Kopf auf. Er starrt mir unbewegt ins Gesicht.

Seine rote Federhalskette baumelt so nah vor meinen Augen, daß ich schielen muß. Ich schreie. Es ist entsetzlich. Ich werde ohnmächtig.

Er spricht.

»Erinnerst du dich an Lathuille, an das alberne Zeug, das er uns erzählt hat, bevor er starb? Ja, er hatte recht, er war gar nicht so dumm. Seine Geschichte von dem Baumstamm und den Fähnchen und die Verhaltungsmaßregeln, die er uns gab, an die wir denken sollten, falls wir auf Indianer stießen, das ist mir alles wieder eingefallen, als ich bei den Wilden den lieben Gott spielte. Du weißt ja, sie haben mich angebetet.«

Alles dreht sich.

Ich muß lachen.

Er spricht weiter.

»Du bist mir ein schöner Trottel, mein Lieber. Jeder wußte, daß du mir böse warst, und die Indianerinnen, die deine Hütte mit dir teilen wollten, hast du glatt vor den Kopf gestoßen. Dabei hatte uns Lathuille ausdrücklich gesagt, erinnere dich: ›Wenn ihr Indianerinnen begegnet, dann liebt sie französisch!‹ Das habe ich getan. Meine vier Weiber konnten nicht mehr. Alle Häuptlingsfrauen waren mir verfallen. Alle Mädchen des Stammes wurden mir zugeführt. Ich schlief mit allen. Ich habe ihnen eine Menge raffinierter Dinge beigebracht. Sie trieben es untereinander oder legten sich reihum zwischen mich und meine vier Frauen. Aus den entferntesten Dörfern kamen sie, um an diesen neuen akademischen Spielen teilzunehmen, und täglich wurde mein laszives Gefolge zahlreicher.«

Ich weiß, daß ich absacke und versinke. Ich schlafe ein. Ich bin halb wach. Ich habe keine Kraft mehr, zu denken. Jemand klemmt meine Zähne auf und flößt mir eine wohlschmeckende Flüssigkeit ein, die ich schlucke. Alles ist verquollen, weich, schleimig, knotig. Ich kann ein Bein ausstrecken und spüre meine Hände wieder. Kopf und Glieder sind endlos schwer. Ich muß jetzt lächeln, weil ich mich wohlfühle, aber ich habe noch immer nicht die Kraft und vor allem nicht den Mut, die Augen aufzumachen. Ich bin weit weg. Ich lausche.

Ich höre Moravagines Stimme, die meinen Namen raunt und weiterspricht:

»Die Frauen und Mädchen kamen zu mir, folgten mir in den Pirogen der Häuptlinge. Sie brachten mir die Gagueras, die Totems ihrer Klans, die Fetische ihrer Dörfer. Ich rieb mir die Hände. Ich lachte unter meiner gelben Maske. El Dorado! Ich bimmelte mit meinen Tonschellen. Ich brachte ihnen einen neuen Tanz bei, einen Kult, Zeremonien, deren Gegenstand sie selber waren. Ich predige die Emanzipation, ich verkündete ihnen die Ankunft einer Tochter, die aus ihren Umarmungen geboren werden sollte, Sappho, die Erlöserin. Ich schlug ihnen die Gründung einer großen Schule für weibliche Häuptlinge vor. Die Acclas standen leer. Bei den Mammaconas war ich Hahn im Korb, sie waren die fanatisiertesten Predigerinnen des neuen Kults.«

Das ist ja alles nicht wahr. Ich bin da. Ich schlafe. Ich wache. Ich fange mich. Ich verliere mich. Ich bewege meine Hände, einmal, noch einmal, ganz sacht. Ja, nein. Jaja. Nein, da ist jemand, der meine Hände streichelt, sacht, ganz sacht, einmal, noch einmal. Ah, das ist gut. Ein lautes Glucksen von fließendem Wasser. Ich verliere mich wieder. Ich bin sehr weit weg.

Ich lausche.

»Als ich eine stattliche Pirogenflotte um mich versammelt hatte, ließ ich das große Dorf in Brand stecken. Wir machten uns auf die verheißene Wanderung über den Rio Negro nach Süden. Jede verheiratete Frau hatte mir ihr jüngstes Kind geopfert und jedes Mädchen seinen Blutsbruder. In den Bäumen brüllten die Blauen Indianer wie die Affen. Es war drei Tage vor meiner Opferung, das Tabu war nicht aufgehoben, die entsetzten Priester mußten ohnmächtig zusehen, konnten nicht eingreifen. Ich hatte alle Gagueras zerschlagen, alle Pirogen, die wir nicht mitnehmen konnten, ließ ich versenken. Alle Totems, alle Amulette ließ ich vernichten. Es sah aus wie auf einem Schlachtfeld... Dich habe ich im Vorbeigehen samt deiner Apotheke ins Boot verfrachtet. Da du phantasiertest, legte ich jeden Schrei von dir als Befehl oder Prophezeiung aus. Jeden Morgen schüttete ich ein Fläschchen Arznei in den Fluß. Abends, wenn wir auf einem einsamen Strand kampierten, ließ ich ein großes Feuer anzünden, gab den Weibern reichlich Palmwein zu trinken, der ihnen immer verboten gewesen war, und dann feierten wir eine Riesenorgie, die damit endete, daß eine von ihnen geopfert wurde: Ich schlitzte ihr den Bauch auf!«

Schreie, Tänze, Gesänge. Ich selber bezeichne das Opfer, ich gestikuliere heftig. Nein, ich rühre mich gar nicht, gehorche nur.

»Zuerst habe ich meine vier Weiber ausgeweidet. Die Kleine Alte, die Große Alte, Wasserfall, Trockenzeit. Dann die Dame Maisband aus dem Klan der Eichhörnchen und den Schönen Vogel aus dem Klan des Baumes. Und so weiter, jeden Abend ein Mädchen oder eine Frau, die ich kannte, je berühmter, desto besser, am liebsten die, auf die alle andern eifersüchtig waren, die Favoritin des vorigen Abends.«

Nein, ich rühre mich nicht. Ja, wir sind gerettet. Stimmt, ich war sehr, sehr krank. Wo sind wir denn? Wir sind morgen am Ziel? Gut. Jaja, ich bin kräftig genug, ich kann mich aufrecht halten, verlaß dich drauf. Nein, ich habe keine Angst, keine Angst.

»Siebzehn Wochen dauert die Fahrt den Rio Negro hinunter. Jeden Sonntag ließ ich eine leere Piroge zurück, die keine Besatzung mehr hatte. Sieben Schiffe mit je sechs haben kehrtgemacht, weil die Frauen in ihre Dörfer zurück wollten. Viele sind an den Entbehrungen gestorben. In der letzten Woche waren wir nur noch dreizehn in dem großen Boot: die Brotsuppe von Etzal, die Große Freude, die Kleine Freude, Blumenstrauß, Früchtefall, Wirbelwind, Ankunft der Götter, Saumpfad, Fest der Augen, Ährenlese, die Kleine Liane, du und ich.«

Ist heute gestern, morgen oder heute?

»Steh auf!«

Ich stehe auf. In meinem Kopf ist tiefe Nacht. Eine große Sonne und hundert Fackeln brennen. Moravagine stützt mich. Wir klettern eine Strickleiter hinauf. Oben stehen Menschen, die mir zuwinken. Meine Beine knikken ein. Ich bin auf einem Dampfer. Ich lache. Ich lache. Wir gehen eine Treppe hinunter. Viele Arme halten mich aufrecht. Wir sind in einem langen, langen, langen Korridor. Ich taumele. Die Lampen drehen sich. Eine Schürze hüpft vor mir auf und ab, zieht mich weiter. Ich stolpere über eine Messingstange. Ich falle. Ich falle. Ich lasse mich gehen. Ich liege in einem Bett. Ich begreife, ach, ich begreife. Es riecht nach Europa. Wie gut riecht Europa! Bettücher. Lichter. Viel Weiß, sehr viel Weiß. Saubere Wäsche. Ein Hemd. Alles spiegelt und glänzt. Ich schlafe.

Ich schlafe tief und fest.

Wenn ich jetzt aufwache, schlage ich sofort die Augen auf. Das erste, was ich sehe, sind Reihen sorgfältig etikettierter Flaschen und das flockige Gesicht des Arztes, der zwischen den Lampen, die von der Decke strahlen, hin und her geht. Moravagine ist bei mir und hält meine Hand. Man gibt mir Spritzen. Ich höre das vertraute Stampfen der Maschinen. Moravagine ist immer noch da, hält meine Hand. Die Hand. Ich schlafe. Ich schlafe tief und fest.

Tage, Wochen vergehen. Ich merke es nicht. Genesung. Ich lebe auf. Wie gut das ist! Ich bin wie neugeboren. Moravagine ist immer da. Ich brauche nur die Augen aufzuschlagen, ihm zuzulächeln, und schon erzählt er Geschichten, die mich zum Lachen bringen.

Alles, was Moravagine erzählt, reizt mich zum Lachen. Das kommt ganz von selbst, das ist meine Art, wieder lebendig zu werden.

Lachen.

Er spricht.

»Die Kleine Liane, Malinatli, die schielte mit beiden Augen, aber eine Muskulatur! Sie war die beste Paddlerin...«

Oder:

»Wirbelwind, Ochpanitzli, das süße Mädchen, sie ist ins Wasser gesprungen, als sie den Dampfer sah. Da ich dich gerade auslud, konnte ich mich um sie nicht kümmern. Ich habe sie lange brüllen gehört, ein Alligator hielt sie am Bein. Du weißt ja, ich kann nicht...«

Oder:

»Etzacualitzli, die Brotsuppe, sie hat dir die ganze Zeit die Hände gestreichelt. Sie war aus dem Klan der Ameisen...«

Ich kann nicht mehr, ich ersticke vor Lachen. Da mischt sich der Schiffsarzt ein und bittet Moravagine, still zu sein und mich nicht zu sehr anzustrengen. Der gute Doktor. Wir sind an Bord der »Marajo«, eines kleinen brasilianischen Dampfers, der von Manaos, Provinz Amazonas, direkt nach Marseille, Departement Bouches-du-Rhône fährt. Wir fahren tausend Seemeilen den Amazonas hinunter, wir schwimmen auf dem ältesten Strom des Erdballs, in diesem Tal, das gleichsam die Gebärmutter der Welt ist, das Paradies des irdischen Lebens, das Heiligtum der Natur. Aber was schert uns Natur, was kümmern uns die schönsten Pflanzen, die köstlichsten Schauspiele der Schöpfung. Wir rühren uns nicht aus der Krankenkajüte. Wir lachen. Eingeschlossen. Hand in Hand. Moravagine und ich.

Rückkehr nach Paris

Wir kamen in Paris an, als die Affäre Bonnot gerade zu Ende ging.

Da ich nur ein einziges Hotel kannte, nahmen Moravagine und ich dort Quartier, in einem kleinen Haus in der Rue Cujas, gleich neben der Bar der Faux Monnayeurs. Unsere Fenster gingen zum Hof, wir wohnten in demselben Zimmer, in dem ich während meiner Studentenzeit so viele Entbehrungen gelitten hatte. Wie damals, ging ich jeden Morgen in die Bar hinunter, las die Zeitungen und trank den dünnen Milchkaffee. Aber es saßen zu viele Russen da herum, ich hatte Angst, es könnte uns einer erkennen. Also zog ich Moravagine bis an die Ecke, und wir fingen an, uns nach rechts haltend, die Cafés vom Boulevard Saint-Michel abzugrasen. Da wir jeden Tag ein Stück weitergingen, landeten wir bald an der Seine, und da auch hier noch die Russen alle Cafés bevölkerten, setzten wir kurz entschlossen über den Fluß. Wir zogen um, ließen uns in einem fragwürdigen Hotel in der Nähe der Bastille häuslich nieder.

Paris, große Stadt der Einsamkeit, menschlicher Dschungel, Urwald. Wir waren den ganzen Tag unterwegs. Wir gingen immer der Nase nach, bald über den tristen Boulevard de l'Hôpital, Gobelins, Port-Royal, Montparnasse und Boulevard des Invalides nach Grenelle, bald über die Boulevards Richard-Lenoir, La Chapelle, La Villette und Clichy nach Ternes und zur Porte Maillot. Über den Befestigungsgürtel wanderten wir zu jeder Tages- und Nachtzeit zurück. Der Winter ging zu Ende, es war kalt.

Wir trotteten hintereinander her. Es nieselte. Die Autobusse bespritzten uns mit Kot. An einer Straßenecke aßen wir stehend für zwei Sous Pommes Frites oder eine Schnitte gepökeltes Ochsenfleisch. Es gab zu viele Frauen in den Restaurants, in den großen Cafés. Es gab überhaupt zu viele Frauen in Paris. Wir suchten uns kleine, verlassene Kneipen aus, um ungestört zu sein, und verbrachten da oft den ganzen Tag.

Die Cafés sahen eins wie das andere aus, es war überall dasselbe. Wohin man kam, dieselbe Aufregung. Man sprach von nichts anderem als von der Bonnot-Affäre. In diesen kleinen Cafés, die nach Katzen und Sägespänen riechen und im Schatten verdreckter Magistratsämter verschimmeln, auf den leeren Plätzen der verschiedenen Stadtviertel, vor drei Bänken, bei einem windschiefen Pissoir, vor einer Mauer mit schmutzigen Wahlplakaten, im albernen Blinzeln einer Straßenlaterne entdeckten wir bestürzt eine Welt von rettungslos verschreckten Spießern. In Passy, in Auteuil, im Stadtzentrum, in Montrouge wie in St. Ouen oder Ménilmontant, überall der gleiche Klatsch. Traurige Affäre, kleine Leute. Schäbige Polsterbänke. Unterbrochene Kartenpartien. 1848. Garnier, Bonnot und Rirette Maîtrejean erregten Aufsehen, weil man in Frankreich noch romantisch ist, weil man sich langweilt, weil man auf seinen Besitz hält. Das also war Paris?

»Sieh dir das an, sieh dir doch dieses Gesindel an!« sagte Moravagine. »Das kann doch nicht sein! Das soll das Volk sein, das die ganze Welt beneidet?«

Wir saßen in einer Kneipe am Boulevard Exelmans. Ein Kassenbote, ein Droschkenkutscher, ein schmächtiges altes Männchen lehnten an der Theke und tranken. Hausmeisterfrauen aus der Nachbarschaft holten für zwei Sous Schnupftabak. Leute mit einem ärmlichen Bündel unter dem Arm gingen ein und aus. Neben dem Ofen lag ein räudiger Hund. Der Wirt hatte einen großen Leberfleck im Augenwinkel. Der Kellner war ein Kretin.

»Sieh dir das an, wie sie um ihre Ersparnisse zittern. Das ist doch nicht möglich, es muß doch in diesem Land noch irgendwas anderes geben als diese furchtbare Geldgier, diesen altmodischen, spießigen, widerlichen, aufgestachelten Geiz.«

Aber wo sollten wir das Neue entdecken, wo Menschen finden in diesem Land, das zum Bankier der Welt geworden war? In Frankreich werden alle Lebensformen in die Zwangsjacke der Amtlichkeit und Gesetzlichkeit gepreßt. Der hübsche Rock der Akademiemitglieder... Der Schulzwang dient nichts anderem als dem Zurechtstutzen der Persönlichkeit. Die Kinder werden zum Konformismus erzogen, man trichtert ihnen Respekt vor Formen und Formalitäten ein. Guter Ton, guter Geschmack, gewandtes Benehmen. Das französische Familienleben erstarrt in feierlich steifen, lächerlichen, veralteten Förmlichkeiten. Außergewöhnlich ist nur die Langeweile. Und das einzige Streben eines jungen Mannes ist, möglichst schnell Beamter zu werden, wie sein Vater. Notariat, großes Begräbnis, Tradition. Napoleon hat Paris mit Banknotenbildern bevölkert. An manchen Tagen steht der Louvre da wie eine blasse Allegorie, bläulich, durchscheinend wie ein riesiger Geldschein, und wie das Papiergeld nichts mehr gilt, wenn die Staatskasse leer ist, genauso ist auch der Louvre ohne seine Könige nichts mehr wert, und Frankreich ohne seine alten Provinzen, und der französische Bürger, der vom Klischee der Menschenrechtserklärungen serienweise abgedruckt wird wie die Assignaten von der Stahlplatte, steht außer Kurs. Inflation der Gefühle. Wenn die Welt 1912 die Valuta Frankreich trotzdem immer noch begehrte, so deshalb, weil jeder eine Vignette besitzen wollte, ein Klischee, ein kleines Frauchen, die Hure Paris, daher die Pleite der Dritten Republik, die daran zugrunde geht, daß sie immerfort eine Sarah Bernhardt, eine Cécile Sorel, eine Rirette Maîtrejean und später auch noch eine Mère Caillaux in die Welt setzt. Und nicht einen Mann. Nicht einen Mann.

Aber wo war Frankreichs Gold, das Neue, die neuen Menschen?

Instinktiv suchten wir sie.

Wochen vergingen. Immer öfter besuchten wir das Quartier des Ternes. Hier öffneten sich weitab von den Künstlern und Intellektuellen und hinter den Rücken der Politiker, Lehrer und Notare dem Publikum immense Säle. Alles war aus Gold, die Kinos, die Tanzlokale, die Boxringe. Der riesige Automatenpalast. Ein sauberes, frisches Völkchen ging aus und ein, jugendliche, elegante Männer, Frauen im Pullover. Man war weit weg von England, Amerika oder China und dennoch mit der ganzen Welt eng verbunden. Die Leute unterhielten sich frei, ungezwungen. Selbst beim Vergnügen sprachen sie noch von ihrer Arbeit. Man spürte, daß sie darin aufgingen, sich einer enormen Aufgabe verschrieben hatten, die auch ihre Freizeit und die Stunden der Entspannung beherrschte. Das ist es, was dem Leben neuen Auftrieb gibt und die Gesellschaft reformiert.

Prächtiges Volk von Levallois-Perret und Courbevoie, Volk im blauen Kittel, Volk der Flugzeugwerke, der Automobilfabriken, wir sind eurem Strom gefolgt, wenn ihr von der Arbeit kamt, und wir waren noch da, wenn ihr am Morgen wieder in die Fabriken gingt. Fabriken, Fabriken, Fabriken. Fabriken von Boulogne bis Suresnes. Die einzigen Gemeinden von Paris, wo man Kinder auf den Straßen sieht. Wir hielten uns jetzt nur noch in den Gaststätten dieser Gegend auf, ergötzten uns an den abendlichen Apéritif-Konzerten.

Jeden Samstag ›Poule au gibier‹. Da gibt es große Billards, Riesengrammophone, funkelnagelneue Spielautomaten. Es wird viel ausgegeben. Geld spielt keine Rolle. Appetit, Fröhlichkeit, Luxus, Gesang, Tanz, neue Rhythmen. Vielköpfige Familien. Rekorde. Reisen. Längengrade, Höhen, Illustrierte, Sport. Man diskutiert über Pferdestärken. Man arbeitet nach den modernsten Verfahren. Man ist über die letzten Errungenschaften der Technik informiert. Man glaubt blind an die neuen Irrlehren. Man setzt täglich sein Leben aufs Spiel. Man gibt sein Bestes. Man verausgabt sich rücksichtslos. Fremd und weit weg ist in diesem Milieu die dem Biedermann so teure Tradition. Und doch lebt Frankreich nur in dir, nur du bist echt, du wunderbares Volk von Levallois-Perret und Courbevoie, Volk im blauen Kittel, Volk der Autos, der Flugzeuge. Ihr alle seid brave Leute, patente Kerle.

Eines Tages, als wir uns in den Schenken und Schnapsbuden von Saint-Cloud herumtrieben, stießen wir auf eine Gruppe von dreiundzwanzig lärmenden jungen Männern, die Champagner soffen. Es war die Besatzung des Flugzeugs Borel, des Bambusapparats, des Äroplans mit variablen Anstellwinkeln, der eben in knapp acht Tagen alle Zeit- und Höhenweltrekorde geschlagen hatte, mit einem, zwei, drei, vier, fünf, sechs, sieben, acht, neun, zehn, elf, zwölf, dreizehn, vierzehn, fünfzehn, sechzehn, siebzehn, achtzehn, neunzehn, zwanzig, einundzwanzig, zweiundzwanzig, dreiundzwanzig Passagieren.

Das ist Arbeit, das nenne ich Leistung.

AVIATION

Moravagine war Flieger. Er machte Kleinholz. Schon seit drei Monaten wohnten wir in Chartres. Ich hauste in einem großen, kahlen quadratischen Raum, hoch oben zwischen den beiden Türmen der Kathedrale. Ich hatte ihn für zwei Jahre gemietet. Von hier aus sah ich auf dem gegenüberliegenden Plateau die geradlinigen Hangars des Flugfelds aus dem Boden wachsen.

In meinem Zimmer stand ein kleines Eisenbett, ein großer Waschzuber, ein Stuhl und ein kleiner Tisch. Die Wände waren mit geometrischen Zeichnungen bedeckt.

Ich hatte mich wieder mit vielen Büchern umgeben. Ich wollte meine Studien wieder aufnehmen, aber ich schrieb nicht eine Zeile. Ich saß den ganzen Tag auf einer kleinen, von einer Brüstung umgebenen Terrasse, sechzig Meter über dem Platz, und ich las. Die Turmglocken zählten mir die Stunden. Ich las, an einen riesigen Wasserspeier gelehnt. Das Wetter war zu schön. Mein Kopf war zu schwer. Ich konnte mich nicht auf das Buch konzentrieren. Das ganze Universum kribbelte in meinem Kopf, die zehn Jahre des intensiven Lebens, das ich mit Moravagine geteilt hatte, spukten in meinem Hirn.

Langsam schlugen die Stunden.

Von Zeit zu Zeit strich ein Schatten über mein aufgeschlagenes Buch. Es war Moravagines Flugzeug, das sich zwischen mich und die Sonne schob. Dann hob ich den Kopf und blickte lange der zierlichen Maschine nach, die kreiste, kurvte, trudelte, wie ein welkes Blatt herunterschwebte, über den einen Flügel, über den andern, sich wieder hochschraubte, über der Stadt eine Schleife zog und im strahlenden Himmelslicht verschwand.

Die Sonne brannte. Es war Sommer.

Jeden Abend stieg ich von meinem Turm herunter, um Moravagine auf dem Platz, im Hôtel du Grand Monarque, zu treffen. Er saß immer am letzten Tisch, im hintersten Winkel des Speisesaals. Wenn er mich kommen sah, grinste er mir von weitem zu. Ihm gegenüber saß ein Mann, der mir den Rücken zukehrte und dessen blaue Sergejacke ständig zwischen den Schultern drei waagrechte Falten zeigte. Das war Bastien Champcommunal, der Erfinder.

Wir hatten Champcommunal eines Nachts in Paris im Hallenviertel kennengelernt, im oberen Saal des »Père Tranquille«, wo wir uns ausnahmsweise hineingewagt hatten, zwischen schlecht zueinander passende Pärchen und Frauen in Humpelröcken, die sich den Freuden des Tangos hingaben. Wir saßen an einem kleinen Ecktisch. Wir hatten eben anständig zu Abend gegessen und ein paar Flaschen alten Burgunder getrunken. Neben uns, schräg gegenüber, im rechten Winkel zu unserem Tisch, hockte ein dicker, bärtiger Mann, der uns schon seit einer Viertelstunde zuzwinkerte. Sein Bart reichte ihm bis zu den Augen, aus seinen Ohren sprossen dichte Haarbüschel. Er war schlampig gekleidet und stockbesoffen. Plötzlich wollte er aufstehen, fiel dabei über unseren

Tisch und warf Gläser und Flaschen um. Das war Champcommunal.

»Meine Herren«, lallte er, während er auf der Bank um sein Gleichgewicht kämpfte und seine dichtbehaarte Pfote auf Moravagines Schulter legte, »meine Herren, Sie sind mir sympathisch! Gestatten Sie, daß ich mein Glas auf Ihr Wohl erhebe und noch eine Flasche bestelle!«

»Ober, eine Mercurey, noch eine«, brüllte er zwischen zwei Rülpsern, dann wandte er sich wieder an uns:

»Sieht man Ihnen an, daß Sie viel gereist sind. Reisen bildet die Ju...ugend... und man vertrödelt die Zeit so schön. Ich habe auch in meiner Ju...ugend die Zeit vertrödelt, also das heißt, ich bin viel gereist.«

Er klammerte sich an Moravagine.

»Jawohl, meine Herren«, fuhr er fort, »mein Vater hat mich in die Wälder von Kanada geschickt, und da kam mir auf einmal die Idee mit dem Flugzeug. Tolles Flugzeug, ja, das kann vorwärts- und rückwärtsfliegen, und das geht kerzengerade so in die Luft. War alles fix und fertig in meinem Kopf. Ich brauchte gar nichts zu berechnen. Die Zahlen, die ich in ein dickes Schulheft geschrieben habe, die kamen ganz von alleine. Ich brauchte meine Formeln nie nachzusehen oder zu überprüfen. Alles war richtig und stimmte haargenau. Und dann mußte ich drei Jahre warten, bevor ich anfangen konnte mit Bauen... Ober, eine Mercurey, noch eine«, brüllte er wieder und füllte unsere Gläser nach. »Der schmeckt, was? Prost, meine Herren!«

Und mit seinem schweren Zungenschlag sprach er weiter:

»Mein Vater war Gerichtspräsident. Wollte von meinem Flugzeug nichts wissen. Da mußte ich drei Jahre lang auf der gottverdammten Farm in Kanada warten. Ich habe Bäume gefällt und Stümpfe ausgegraben. Gepflügt, ich stapfte über die Äcker und legte mich mit meinem ganzen Gewicht auf den Pflug, schwer und schmutzig und verdreckt und über die Sterzen gekrümmt, tief über die schwarze Erde gebückt, wie jeder, der sich mit der Erde abgibt, aber ich, ich wußte, daß ich zum Fliegen bestimmt war und daß ich mich eines Tages von den Gesetzen der Schwerkraft befreien würde und so schnell daherfliegen wie das Licht. Das war eine harte Zeit. Ich bin erst voriges Jahr nach Frankreich zurückgekommen, als mein Vater starb, und seitdem breche ich mir regelmäßig zwei- oder dreimal im Monat die Knochen... Ober, eine Mercurey, aber die letzte, ich bin blank...

Besuchen Sie mich doch mal«, sagte er, während er diese letzte Flasche austrank. »Ich sitze in Chartres, da habe ich ein Kartoffelfeld gekauft und eine kanadische Hütte draufgestellt, die benutze ich als Flugzeugschuppen und Werkstatt und Wohnung. Da hause ich ländlich-sittlich mit einem guten Freund, der mir an die Hand geht. Kommen Sie wirklich mal! So, ich hau ab, ich muß noch nach meinem Vogel sehen.«

Champcommunal war aufgestanden und versetzte dem Ober einen Rippenstoß, leerte aber brav den Inhalt von seinem Portemonnaie in dessen Hand. Dann wankte er hinaus. Wir trafen ihn kurz darauf an der Garderobe wieder. Er konnte sich kaum auf den Beinen halten. Er rempelte uns an, ohne uns zu erkennen.

»Eine gute Nummer«, sagte Moravagine. »Komm, wir begleiten ihn. Der findet allein nicht nach Hause.«

Champcommunal hatte ein Taxi gerufen, dann war er der Länge nach aufs Pflaster hingeschlagen. Um ein Haar hätte der Wagen ihn überfahren. Unterstützt vom Portier des Lokals verstauten wir Champcommunal im Taxi, und da er gesagt hatte, er wohnte in Chartres, ließen wir uns zur Gare Montparnasse bringen. Der Morgen blaute. Berge von Mohrrüben und Kohl leuchteten auf, zu grell für unsere müden Augen. Es roch gut nach Gemüse. Einfache Frauen hänselten uns, wenn sie zur Seite traten, um das Taxi vorbeizulassen, in dem Champcommunal, zurückgelehnt in die Polster, mit hochrotem Gesicht und struppigem Haar, seinen Rausch ausschlief.

Am Bahnsteig stand der Frühzug abfahrbereit. Champcommunal war nicht aufgewacht. Verdammter Saufbruder, nun reiß dich aber zusammen! Wir hoben ihn in ein Abteil dritter Klasse. Dann, nach kurzer Überlegung, stiegen wir ein und fuhren mit. In Chartres brachte uns eine klapprige Droschke, ein unwahrscheinlicher Kasten, zum Flugplatz.

Am Ende der Heide standen ein paar armselige Baracken. Verbogene Tragflächen bildeten den Zaun. Rümpfe, Streben und durchlöcherte Holzteile lagen im Gras herum wie verstreutes Gebein. Verbeulte Kanister, leere Konservendosen, Packpapier und alte Reifen säumten das Rollfeld. Da das Gelände eben mit dem Müll aus der Stadt planiert wurde, war die ganze Fläche mit Glas- und Tonscherben übersät, die in der Sonne blinkten. Tausende von einzelnen Schuhen schrumpften unter freiem Himmel. Mit den Füßen blieb man in Matratzenfedern hängen, und alle hundert Schritt stolperte man über Schrotthaufen.

Champcommunal wollte nicht weitergehen.

Wir erkannten sein Haus sofort an den unbehauenen Stämmen, aus denen es gebaut war. Wir stießen die Schiebetür auf.

»Da, seht euch mein Flugzeug an«, rief Champcommunal schwärmerisch. Er hatte sich von uns losgerissen und war in die Kabine geklettert. »Seht euch die Verspannung an und beachtet, daß es keinen Schwanz hat. Das Höhenruder ist unten. Die Flügelspitzen sind beweglich.«

Er betätigte den Knüppel und trat Pedale, um seine Erklärungen zu veranschaulichen, und tatsächlich spannten sich die Kabel wie Violinsaiten, die Flügelspitzen hoben und senkten sich.

»Mit dem Apparat fliege ich um die ganze Welt, und zwar schneller als alle andern.«

Das Flugzeug war eine alte, schmutzige Kiste, an allen Ecken geflickt und ausgebessert. Am Fahrgestell fehlte ein Rad. Die Halteleinen waren zerrissen. Zahlreiche Pflasterstreifen verklebten die Risse in der Außenhaut. Unter den Treibstoffbehältern war kein Boden. Aus dem Motor tropfte schwarzes Öl. Die Dichtungen der Benzinleitung waren mit Bindfaden umwickelt. Der Propeller war abmontiert.

»Ich hab's geschafft. Es ist jetzt soweit fertig. Ich mache täglich noch Verbesserungen. Zehnmal hätte ich mir schon fast das Genick damit gebrochen«, sagte Champcommunal gerührt.

Wir gingen rund um den großen gelben Dreidecker herum.

Der Schuppen war mit Werkzeug und Einzelteilen vollgestopft. Ein zweites Flugzeug war im Bau. Ein Motor lag auf der Werkbank. In einer Ecke stand ein Eisenbett, hinter dem Ofen war eine Hängematte ausgespannt.

Ganz hinten war eine kleine Schmiede, eine große Drehbank und am Fenster eine Hobelbank. An der Hobelbank stand ein Mann. Er war jung. Unser Kommen und Champcommunals Geschrei hatten ihn von seiner Arbeit nicht abgelenkt. Er hatte sich nicht umgedreht, nicht ein einziges Mal. Er war über seine Arbeit gebeugt. Mit Hilfe eines Zirkels übertrug er Abmessungen auf einen Holzpropeller.

»Komm essen«, sagte Champcommunal. »Laß deine Logarithmen und den ganzen Kram, heute ist Feiertag, heute machen wir blau.« Und an uns gewandt, fügte er hinzu: »Meine Herren, darf ich Ihnen meinen Adjutanten vorstellen: Blaise Cendrars.« Dann, nachdem er den Kopf in eine Schüssel mit kaltem Wasser getaucht hatte, sagte er: »Geh'n wir essen, geh'n wir in den Grand Monarque.«

Der Erfinder war ruiniert; aber da Moravagine ihm Geld zur Verfügung stellte, war Champcommunals neues Flugzeug neun Monate nach dieser ersten Begegnung fertig. Sie hatten es ganz im geheimen gebaut. Es war jene Maschine, die mich in meinem Turm störte und mich am Lesen und Nachdenken hinderte. Ich wünschte Moravagine über alle Berge. Das waren jetzt seine letzten Probeflüge. Wir waren in der zweiten Julihälfte, in der ersten Augustwoche sollte er abfliegen. Ich konnte es kaum erwarten, daß er aufbrach, denn ich wollte mit der neuen Irrfahrt, deren Seele er war, nichts zu tun haben.

Moravagine hatte den Plan zu einem Flug um die Erde ausgeheckt. Cendrars, Champcommunal und er sollten so bald wie möglich starten. Er hatte Champcommunals ursprüngliche Idee aufgegriffen, weiterentwickelt und ausgearbeitet.

Es war ein weltweites Unternehmen daraus geworden. Moravagine hatte mit den bekanntesten Fremdenverkehrszentren, mit Schiffahrtsgesellschaften, großen Sportklubs, wissenschaftlichen Vereinigungen und mit der Presse aller Länder Verbindung aufgenommen. Er hatte sie herausgefordert. Er hatte Wetten abgeschlossen. Wenn alles nach seinen Berechnungen verlief, mußte ihm die Reise an die neunhundert Millionen einbringen. Die ganze Welt war auf das Ereignis gespannt.

Das Programm sah folgendermaßen aus:

Erster Start, erste Vorführung: Chartres–Interlaken, das Flugzeug landet auf der Jungfrau und geht dann im Gleitflug bis zum Kasino hinunter. Ausstellung der Maschine, Vortrag von Blaise Cendrars, Interviews, Pressekonferenz, Bravourstücke, Weltrekord, Preise und Auszeichnungen.

Zweiter Start, zweite Vorführung: Interlaken–London, Teilnahme an den jährlichen Geschwindigkeits- und Dauerflug-Wettkämpfen rund um England, Ausstellung, Vorträge, Interviews, Konferenzen, Preise, Auszeichnungen, Rekorde, Großer Preis der Daily Mail, endgültige Unterzeichnung der eingegangenen Verpflichtungen, Eröffnung der Wetten, Hinterlegung einer Garantiesumme von einer Million bei der Bank von England.

Dritter Start, dritte Vorführung: Rundflug mit Besuch der großen Städte, Vorträge, Reklameflüge, Propaganda, Paris, Brüssel, Den Haag, Hamburg, Berlin, Kopenhagen, Kristiania, Stockholm, Helsingfors, Petersburg, Moskau.

Offizieller Schluß der europäischen Wetten. Neuer Start, erste Etappe des Weltflugs, Moskau–Tokio in sechzig Flugstunden, mit Zwischenlandung in Orenburg, Omsk, Tomsk, Irkutsk, Tschita, Mukden, Peking, Seoul.

Tokio, offizieller Schluß der asiatischen Wetten und Start zur zweiten Etappe des Weltflugs: Erste Flugverbindung zwischen Asien und Amerika, erste Pazifiküberquerung über Wladiwostok, Nikolajewsk, Petropawlowsk, Aleuten, Halbinsel Alaska, Kadiak, Sitka, Königin-Charlotte-Inseln, Vancouver.

Erste amerikanische Etappe: Victoria, Olympia, Salem, San Francisco.

San Francisco, Ausstellung der Maschine, Vorträge von Blaise Cendrars, Interviews, Pressekonferenzen, Preise, Auszeichnungen, Empfänge, Großer Preis der Stadt Francisco usw.

Dritte Etappe: Überquerung des amerikanischen Kontinents, Spazierflug von Stadt zu Stadt mit Ausstellung, Vorträgen, Reklame, großem Propagandafeldzug, organisiert von Manager Barnum.

Ankunft in New York, so sensationell wie nur irgend möglich, Großer Preis des New York Herald in Höhe von einer Million.

Winterquartier in New York.

Bau einer neuen Maschine für die Atlantiküberquerung. Verkauf der Patente, Beteiligung an der amerikanischen Firma, die die Flugzeugtype in Serienfabrikation herausbringen wird.

Im Frühjahr Schluß der amerikanischen Wetten, Start zur letzten Etappe des Weltflugs: Erste Flugverbindung zwischen Amerika und Europa, nach dem Besuch von Montreal und Quebec, London und Paris, achtundvierzig Stunden für die Atlantiküberquerung, Großer Preis des Britischen Presseverbandes in Höhe von hunderttausend Pfund Sterling usw. usw.

»Alle Banken machen mit. Du wirst sehen, was ich aus

einer einzigen Maschine alles heraushole«, erklärte mir Moravagine. »Ruhm, Glück, Ehrungen, Begeisterung, Taumel der Massen. Ich werde der Herr der Welt sein. Ich lasse mich zum Gott ausrufen. Du wirst sehen, ich kremple alles um... Na, was ist, kommst du wirklich nicht mit? Nein? Gut, reden wir nicht mehr davon. Übrigens wäre es jetzt sowieso zu spät. Dein Platz ist schon von einem Ölbehälter besetzt, da können wir einen ordentlichen Treibstoffvorrat mitnehmen. Das Flugzeug ist fix und fertig. In drei Tagen geht's los... Schade, daß du nicht mitkommst. Du hättest filmen können. Ich hatte mit dir gerechnet, ich wollte eine Kamera mitnehmen. Na ja, macht auch nichts, haben wir eben keinen Film. Sonst klappt alles wunderbar. Nur du kneifst... Ich weiß schon, du sehnst dich nach Ruhe, du willst dich wieder in deine Bücher vergraben. Lieber Gott, du hast eben noch Lust zum Nachdenken, du hast ja immer über einen Haufen Dinge nachgedacht und überlegt und beobachtet, du hast dich ja immer bemüßigt gefühlt, alles abzumessen, dir jede Spur zu merken und dir Notizen zu machen, von denen du gar nicht weißt, wo und wie du sie einordnen sollst. Überlaß das doch den Polizeiarchivaren. Hast du denn immer noch nicht begriffen, daß ihr einpacken könnt mit eurem Geist? Daß die Bertillonage mehr wert ist als eure ganze Philosophie? Ihr macht euch lächerlich mit eurer metaphysischen Angst, ihr seid einfach feige, ihr fürchtet euch vor dem Leben, vor den Menschen der Tat, vor der Tat selbst, vor der Unordnung. Aber die ganze Welt ist eine einzige große Unordnung, mein Lieber. Unordnung herrscht bei den Pflanzen, den Steinen, den Tieren, Unordnung in der Vielfalt der menschlichen Rassen, Unordnung regiert das

Leben der Menschen; das Denken, die Geschichte, Schlachten, Erfindungen, Handel und Kunst, die Theorien, die Leidenschaften und die Systeme – alles Unordnung. Das ist immer so gewesen. Wie wollt ihr Ordnung hineinbringen? Und was für eine Ordnung? Was sucht ihr eigentlich? Es gibt keine Wahrheit. Es gibt nur die Tat, die Tat, die einer Million verschiedener Motive gehorcht, die vergängliche Tat, die Tat, die allen nur möglichen und vorstellbaren Zufälligkeiten unterworfen ist, die antagonistische Tat. Das Leben. Leben, das ist Verbrechen, Diebstahl, Eifersucht, Hunger, Lüge, Sauerei, Dummheit, Krankheiten, Vulkanausbrüche, Erdbeben und Leichenhaufen. Das änderst du auch nicht, mein Freund. Oder willst du noch anfangen, Bücher zusammenzuschmieren?«

Moravagine hatte recht. Drei Tage später, am 2. August 1914, an einem Sonntag, dem Tag, da sie ihren wunderbaren Flug antreten sollten, brach der Krieg aus, der große Krieg.

Krieg

Ich meldete mich am ersten Tag bei meinem Regiment, ich möchte nicht gerade sagen »bei meinem schönen Regiment«, wie es im Lied heißt, denn es war ein Regiment von dreckigen Bauernlümmeln. Man nannte uns »die dritte Wanderkompanie«, weil wir überall als Lückenbüßer dienten und als Kanonenfutter an alle windigen Ecken der Front geschickt wurden, wo es den andern zu brenzlig wurde.

Ich wußte, daß Moravagine sich freiwillig als Flieger gemeldet hatte, aber ich hatte keine Nachricht von ihm. Ich dachte unablässig an ihn. Wahrhaftig, ich hatte nichts mehr mit den armen Schluckern rund um mich zu tun, ihm allein galten in den langen Nächten an der Front alle meine Gedanken. Er lauerte mit mir an der Schießscharte, er lief beim Sturmangriff an meiner Seite, er tauchte seine Hand in mein Eßgeschirr. Seine Gegenwart erhellte meinen finsteren Unterstand. Auf der Patrouille flüsterte er mir Apachenschliche ein, damit ich nicht in einen Hinterhalt geriet. In der Etappe ertrug ich allen Zwang, alle Plackereien und Schikanen, wenn ich an sein Leben im Gefängnis dachte. Er richtete mich auf, er gab mir die Kraft und den physischen Mut, niemals nachzugeben, und ihm verdanke ich es auch, daß ich nach meiner furchtbaren Verwundung energisch und vital genug war, mich auf dem Schlachtfeld ganz allein wieder aufzurappeln. Ich dachte nur an ihn, als ich von der Ferme Navarin hinunterhumpelte und mich, gestützt auf zwei Gewehre, die mir als Krücken dienten, zwischen den Drahtverhauen und den berstenden Granaten durchquälte, eine lange Blutspur hinter mir...

Da ich nichts von Moravagine wußte, las ich begierig die Zeitungen. Die Weltnachrichten waren absurd, der Krieg war blödsinnig. Und was für große Worte, du lieber Gott! Freiheit, Gerechtigkeit, Selbstbestimmungsrecht der Völker, Zivilisation. Ich mußte lachen, wenn ich an Moravagine dachte. Wie konnten die Menschen noch auf all diese Lügen hereinfallen? Was für ein Geschwätz! Wir haben nicht soviel Theater gemacht, als wir in Rußland die Großfürsten umlegten. Hätte Moravagine damals über diese Waffen verfügt, dieses Geld, diese Fabriken, dieses Gas, diese Kanonen und alle Völker der Welt! Warum ließ er sich nicht blicken? Er hätte die Sache mit diesem Krieg im Handumdrehen und ein für allemal erledigt. Warum stand er nicht an der Spitze dieses allgemeinen Gemetzels, um es zu intensivieren, zu beschleunigen und seinem Ende zuzuführen? Weg mit der Menschheit! Zerstörung. Ende der Welt. Und damit Punktum.

Eines Tages las ich im Petit Parisien, ein französischer Flieger habe Wien überflogen und Bomben auf die Hofburg geworfen; auf dem Rückflug sei er über den österreichischen Linien abgestürzt.

Mein erster Gedanke war Moravagine.

Schlappschwanz!

Sich am Kaiser rächen! Den Krieg benutzen, eine alte Familienfehde auszutragen! Seine Vorfahren zu rächen! Armselig!

Moravagine hatte die Chance seines Lebens verpaßt. Sich mit einem Franz Joseph abzugeben, während die ganze Welt in seine Fußstapfen trat und ich darauf wartete, daß er aufstand, die Menschheit auszurotten!

So ein Feigling!

Ich war tief enttäuscht.

Die Insel Sainte-Marguerite

Ich habe im Krieg ein Bein verloren, das linke.

Ich schleppe mich in der Sonne dahin als ein elender Krüppel.

Ich bin rasend vor Wut.

Zum Lachen.

Im Hinterland hat sich nichts geändert. Das Leben ist noch dümmer als vorher.

Ich habe Cendrars im Lazarett in Cannes wiedergesehen. Sie haben ihm den rechten Arm amputiert. Er hat mir erzählt, daß Champcommunal gefallen ist. Niemand weiß etwas von Moravagine.

Ich schleppe mich durch die sonnigen Straßen, ein trauriger Krüppel. Ich schleppe mich von einer Bank zur anderen. Ich lese keine Zeitung. Ich spreche mit niemandem. Der Himmel ist blau. Auf dem Meer leuchtet nicht ein Segel.

Jeden Donnerstag bringt mich ein Motorboot zusammen mit anderen Amputierten und Verwundeten, die im Carlton behandelt werden, auf die Insel Sainte-Marguerite.

Die Insel ist grün und duftet. Sie hat einen schönen Strand, wo die Verwundeten baden und in der Sonne braten. Ich gehe nicht so weit. Das Wäldchen reizt mich nicht. Die Blaue Grotte auch nicht. Auch nicht die hohen Wellen, die sich an der Landspitze brechen. Ebensowenig das 75-mm-Geschütz, das da zur U-Boot-Abwehr aufgestellt ist. Ich bleibe immer in unmittelbarer Nähe des Landungsplatzes.

Da ist zunächst eine steile Treppe, eine Art Sarazenentreppe, die zur Festung führt. Ich steige hinauf. Bis zur letzten Stufe. Ein altes rostiges Gittertor versperrt den Vorplatz, der in den Fels gehauen ist. Viel Sonne liegt auf diesem Platz, und es riecht nach Tamarisken.

Das Gitter ist immer verschlossen. Durch die verbogenen Stäbe sieht man die ehemaligen Kasematten der Festung, die hoch über dem Meer liegt. Zwischen den tiefhängenden Zweigen der Steineichen sind die kleinen Fenster eines Gefängnisses zu erkennen. Aus einem von ihnen ließ sich Marschall Bazaine an einem langen Seil in ein Boot hinunter, das auf ihn wartete, und wagte die Flucht nach Spanien, wo er von allen verachtet dahinlebte und in Schimpf und Schande starb.

Es ist still in diesem Winkel. Ich setze mich meist in ein leeres Schilderhaus und warte, bis der Abend hereinsinkt und die Bootssirene ertönt. Ich komme regelmäßig erst in letzter Minute auf die Brücke. Alle sind schon an Bord. Meine Kameraden rufen mir zu: »Ein bißchen dalli, Alter, wir kommen sonst wieder um unser Süppchen!« Und Pater Baptistin, dem ich meine Krücken reiche, da er mir beim Einsteigen hilft, brummt: »Dummer Kerl, was fällt dir eigentlich ein? Hat nur ein Bein und klettert auf den Felsen rum wie eine Gemse. Kannst du denn nicht stillsitzen und rechtzeitig zurückkommen wie die andern?«

Nein, ich kann nicht stillsitzen und rechtzeitig zurückkommen wie die andern. Ich muß mich absondern, ich muß allein sein. Ich muß mich müde laufen. Ich muß es fertigbringen, die zweihundert Stufen der Treppe hinaufzugehen, ohne stehenzubleiben, ohne daß mir der Atem ausgeht. Ich muß alles vergessen, um mich selbst wiederzufinden. Da oben ist es einsam. Ich sehe hinaus übers Meer, das sich im Wind verfinstert. Mein Wille muß wieder hart werden. Ich will nicht mehr an Moravagine denken. Ich spüre, daß ich große Entschlüsse fasse. Es muß sein. Mein Leben ist nicht zu Ende.

Eines Tages fand ich das Gitter halb geöffnet und mein Schilderhaus besetzt. Eine Tafel baumelte im Wind. Darauf stand in großen Lettern gemalt: NEUROLOGISCHE KLINIK 101 A. In dem Schilderhaus saß ein Soldat und redete mit sich selber. Es war ein blasser, ausgemergelter, nervöser kleiner Kerl mit einer ungesunden Hautfarbe. Er sagte mir, er heiße Souriceau. Er fragte mich sofort nach meinem Namen und stellte mir eine Menge Fragen. Er trug weder Pistole noch Koppel. Sein Soldatenmantel hing an ihm herunter wie eine Soutane, abgetragen und vom vielen Desinfizieren ausgebleicht.

Souriceau ließ mir keine Zeit, ihm zu antworten. Er sprach ganz allein und äußerst zungenfertig. Er erzählte mir seine sämtlichen Kriegserlebnisse. Plötzlich packte er mich am Arm, zog mich hastig in das Schilderhaus, vergewisserte sich, daß uns niemand belauschte und keiner uns hören konnte, dann beugte er sich an mein Ohr und vertraute mir unter dem Siegel der Verschwiegenheit flüsternd an: »Ich bin nie verwundet gewesen, weißt du, da, sieh her, ich… ich habe mein Regiment verloren.« Er knöpfte seinen Mantel auf und zeigte mir den Kragen seines Uniformrocks, dessen Aufschläge tatsächlich keine Regimentszeichen trugen. »Da«, sagte er fiebrig, »ich habe keine Nummer, keine Stammrolle, keine Erkennungsmarke, kein Soldbuch, ich habe alles verloren. Schlau, was? Ich habe sogar mein Regiment verloren.« Er drehte seine Taschen um. »Siehst du, ich habe nichts mehr, ich habe alles verloren. Ich habe sogar mein Regiment verloren.«

Ein armer Narr, der sein Regiment im Krieg verloren hatte, der den Verstand im Krieg verloren hatte, der alles verloren hatte. Ein Narr, ein armer Narr.

Ich sah ihn an.

Ich sah die Tafel an, dann das Gittertor, und ich ging hinein. Ich ging an diesem Tag hinein und an allen Donnerstagen, die folgten.

Morphium

Die Neurologische Klinik 101 A beherbergt etwa sechzig sonderbare Käuze. Neben Souriceau, dem Soldaten, der sein Regiment verloren hat, und dem armen Teufel, der sich immer noch im Schützenloch glaubt und im Bett die vorschriftsmäßige Haltung des liegenden Schützen einnimmt, begegnet man hier allen psychischen Affektionen, die auf die Strapazen des Krieges, auf Angst, Not und Erschöpfung, auf Krankheiten und Verwundungen zurückgehen. Man kann sicher sein, daß die hier eingesperrten Irren weder Simulanten noch Lebensmüde oder gewöhnliche Neurastheniker sind; sie alle haben sich die Sporen des Irrsinns in den verschiedenen neurologischen Kliniken der Armee verdient, wo sie unter Beobachtung standen und von zahlreichen Expertenkommissionen verhört, gemustert und ausgesucht wurden, bevor man sie etappenweise in die Klinik 101 A abschob, auf die Insel ohne Wiederkehr. Der Leiter der Anstalt, Dr. Montalti, ein korsischer Oberstleutnant, hat also leicht lachen, denn unter seinen Leuten ist kein Schwindler, kein einziger Drückeberger, aus seinem Gefängnis kann man nicht einen einzigen Soldaten wieder herausholen. Sein Gewissen ist rein. Frankreich kann ruhig sein. Er hält treue Wacht, und wenn bei ihm je einer jener verdammten Komödianten erschiene, die die Krankheiten nur so aus dem Ärmel schütteln und den Verrückten spielen, damit sie nicht an die Front zurück müssen, so wäre er der erste, der den Mann kehrtmachen ließe. Diese Kerle sind gefährlich, man muß vor ihnen auf der Hut sein, und sei es nur um des Prestiges der Wissenschaft willen.

Dr. Montaltis Hauptstütze ist Mademoiselle Germaine Soyez, eine sehr temperamentvolle rothaarige Dame, die die Patienten kujoniert, als wären es Sträflinge. Bei den ihr unterstellten Sanitätern führt sie ein Schreckensregiment. Sie schickt einen braven Burschen kaltlächelnd und ohne viel Federlesens nach Verdun. Sie ist Herr im Haus, und sogar Montalti zittert vor ihr. Ich weiß nicht, wieso ich sofort ihre Sympathie gewann, als ich in ihrem Oberschwester-Büro vorsprach. (Sie hatte eine Heldenbrust wie ein preußischer General und trug die Rote-Kreuz-Brosche wie einen hohen Orden.) Jedenfalls schwand ihre Überheblichkeit zusehends, als ich meinen Freund und Lehrer Dr. d'Entreaigues erwähnte, und beinah liebenswürdig gab diese autoritäre Person mir die Erlaubnis, das Haus zu besichtigen.

Das Fort Sainte-Marguerite ist seiner ursprünglichen Bestimmung schon lange entzogen. In der zweiten Hälfte des neunzehnten Jahrhunderts diente es als Militärgefängnis für die zu Festungshaft verurteilten Offiziere. Ich muß sagen, daß ein längerer Aufenthalt an diesem Ort, mag er auch noch so bezaubernd liegen, nichts Verlockendes hat, denn die Höfe, Wälle und Gräben, die Basteien, Waffenplätze, Glacis und Schanzen sind mit Eisengittern gespickt und mit Wolfsgruben übersät. Nie habe ich an einem gemauerten Bauwerk einen solchen Aufwand von Lanzenspitzen, Pfählen und Stacheldrahtverhau gesehen. Sogar die Türen waren gepanzert und mit Nägeln beschlagen wie alte Genueser Geldschränke. Man mußte riesige Vorhängeschlösser und komplizierte Sicherheitsschlösser öffnen, bevor man in die engen Schlafräume und die kleinen Zellen mit den dichtvergitterten Fenstern kam. In diese mittelalterliche Bastille wurden 1916 aufgrund einer Glanzidee der Militärbehörde die Geistesgestörten aus der Armee eingewiesen, die Irren, die Unheilbaren, die Untauglichen, die Überbleibsel aus all den anderen Kliniken, Lazaretten und Heimen. Und regelmäßig alle drei Monate erschien eine Kommission von alten Generalen, um nachzusehen, ob man nicht doch einen Simulanten herausfischen und schleunigst an die Front expedieren könnte.

Ich war kein General, und ich hatte keine Lust, jemanden herauszufischen. Ich könnte daher nicht sagen, was mich jeden Donnerstag an diese Stätte des Elends zurücktrieb. Die Leiden anderer haben mich nie ergötzt, und ich bin auch nicht rührselig. Allerdings gebe ich zu, daß das Grauen, das von diesem Ort ausging, meiner geistigen Verfassung entsprach und daß ich die Schande, Mensch zu sein und zu diesen Dingen beigetragen zu haben, bis ins Innerste empfand. Ein finsteres Vergnügen! Gibt es einen ungeheuerlicheren Gedanken, ein überzeugenderes Schauspiel, eine offenkundigere Bestätigung der Ohnmacht und Verrücktheit des Gehirns? Krieg. Philosophie, Religion, Kunst, Technik, Handwerk – alles läuft darauf hinaus. Die edelsten Blüten der Kultur. Die lautersten Denkprozesse. Die selbstlosesten Regungen des Herzens. Die heroischsten Gesten der

Menschen. Krieg. Heute wie vor tausend Jahren, morgen wie vor hunderttausend Jahren. Nein, es geht nicht um dein Vaterland, Deutscher oder Franzose, Weißer oder Schwarzer, Papua oder Affe aus Borneo. Es geht um dein Leben. Wenn du leben willst, töte. Töte, um frei zu sein, um zu essen, um zu scheißen. Schändlich nur, rudelweise zu töten, zu einer bestimmten Stunde, an einem bestimmten Tag, um irgendeiner Gesinnung willen, im Schatten einer Fahne, unter der Aufsicht von Greisen, willenlos, passiv. Steh allein auf gegen alle, junger Mann, töte, töte, du hast keinen Nächsten, nur du bist lebendig, töte, bis die andern dich einen Kopf kürzer machen, dich guillotinieren, garrottieren oder aufhängen. Mit oder ohne Tamtam, im Namen der Gemeinschaft oder des Königs.

Was für ein Spaß!

Ich wanderte durch die Höfe, über die Wälle, die Glacis, die Wehrgänge. Das war, als ginge ich in einem Kopf herum. Diese durchdachte, ausgeklügelte, komplizierte Anlage der Brustwehren und Bastionen, der uneinnehmbaren Vor- und Kernwerke erschien mir wie ein versteinerter Abguß eines Gehirns, und ich humpelte zänkisch und streitsüchtig durch die Steingänge, zwängte mich zwischen Gittern und spanischen Reitern durch wie der verkrüppelte Gedanke des Menschen, der einsame Gedanke, der Gedanke in Freiheit. Jede Öffnung nach außen eine Schießscharte.

Eines Tages, ich spazierte zum vierten oder fünften Mal frei im Fort herum, hörte ich gellende Schreie, die aus einem abseits gelegenen Bollwerk drangen. Mademoiselle Soyez, die an mir vorbeilief, winkte mir, mitzukommen.

»Kommen Sie nur«, rief sie mir zu, »unser Morphinist hat wieder mal einen Anfall.«

Ich folgte ihr auf meinen Krücken.

Als ich den Raum betrat, beugte sich Mademoiselle Soyez über einen Patienten, der kreischend um sich schlug.

»Nicht da, nicht da, ich sage doch, daß ich nichts spüre da! Sie verbiegen bloß wieder die Nadel!«

»Deinetwegen habe ich schon drei verbogen, du Idiot. Wohin willst du denn deine Spritze haben?« antwortete Mademoiselle Soyez empört.

»In die Nase, in die Nase, oder in den...«

Sie waren alle beide abscheulich. Ich sah mich um. Ich befand mich in einem großen Zimmer. Die niedrige Decke war gewölbt. Dicke Stäbe vergitterten das Fenster, unter dem der Fels senkrecht zum Meer abstürzte. Wir waren im ältesten Teil der Festung, wohin nie ein Sonnenstrahl eindrang. Der Raum war eiskalt. Ein wildes Durcheinander herrschte darin. Der ganze Steinboden war mit fliegenden Blättern bedeckt, handgeschriebenen Seiten, die durcheinander lagen, hunderten, tausenden. Sie lagen auf allen Möbeln, auf dem Tisch, auf dem Stuhl, auf der Bank, sie klebten an der Wand, sie häuften sich in allen Winkeln zu Bergen. Ein großer Koffer war zum Platzen damit vollgestopft. Wohin ich trat, trat ich auf Papier. Mademoiselle Soyez und der Kranke zerknitterten es, während sie miteinander rauften.

Mademoiselle Soyez hatte endlich ihre kleine Operation beendet und erklärte mir, es handele sich um einen unheilbar Süchtigen, der so zäh sei, daß er schon überall unempfindlich geworden sei und nur noch Spritzen in die Nase halfen. Oder in den...

»Moravagine!« schrie ich, als ich den Patienten erkannte, der aufgestanden war und seine Hose zuknöpfte, da Mademoiselle Soyez zunächst versucht hatte, ihn ins Gesäß zu stechen.

»Was, Sie kennen ihn?« fragte Germaine Soyez entgeistert.

»Und ob, Mademoiselle, es ist mein Bruder.«

DER PLANET MARS

Moravagine war unwahrscheinlich aufgeputscht. Er verbrachte dreiundzwanzig Stunden im Tag an seinem Tisch und schrieb. In sechs Monaten hatte er über zehntausend Seiten vollgekritzelt, also durchschnittlich sechzig Seiten pro Tag. Er hielt sich nur noch mit Morphium aufrecht. Unter diesen Umständen konnte ich ihn kaum ausfragen und konnte nicht weiter nachforschen, obwohl die Abenteuer meines sagenhaften Freundes das gerechtfertigt hätten und geradezu dazu herausforderten.

Wie dem auch sei, er war der Erde schon entrückt. Er glaubte sich auf dem Mars. Und wenn ich ihn besuchte, regelmäßig, jeden Donnerstag, klammerte er sich an meinen Arm und verlangte schreiend nach der Erde, suchte den Boden, die Bäume, die Haustiere, mit beiden Händen, hoch über seinem Kopf.

Er sprach nie ein Wort über seinesgleichen.

Ich bin nicht ganz sicher, ob er mich erkannt hat.

Die eiserne Maske

Moravagine ist am 17. Februar 1917 gestorben, im selben Zimmer, das unter Ludwig XIV. so lange von dem Mann bewohnt wurde, den die Geschichte unter dem Namen »Der Mann mit der eisernen Maske« kennt. Ein rein anekdotisches und durchaus nicht symbolisches Zusammentreffen.

Moravagine ist am 17. Februar 1917 gestorben, im Alter von einundfünfzig Jahren. Da es kein Donnerstag war, konnte ich, sein einziger Freund im Leben, in seiner letzten Stunde nicht bei ihm sein. Auch seinem Begräbnis, das an einem Mittwoch stattfand, konnte ich nicht beiwohnen.

Erst am Tag darauf, einem Donnerstag, teilte Mademoiselle Soyez mir mit, daß er gestorben sei, und sie war so freundlich, mir eine Kopie des Befunds zu verschaffen, den Dr. Montalti den zuständigen Stellen über diesen Todesfall übermittelte.

Hier folgt die getreue Abschrift dieser ungewöhnlichen Leichenrede:

Es gibt im Gehirn gewisse Gebiete, deren Funktionen auch heute noch, trotz eingehender Untersuchungen, dunkel und geheimnisvoll bleiben. Dazu gehören das Gebiet des dritten Ventrikulums und das des Infundibulums.

Was nun das Problem kompliziert und die Deutung der Versuchsergebnisse schwierig und oft unmöglich macht, ist der Umstand, daß sich in der nächsten Nähe der in ihrer Struktur so komplizierten Interpedunkularregion ein Drüsenapparat befindet, der, wenn auch noch ungenügend erforscht, eine tiefgreifende Wirkung auf den gesamten Organismus zu besitzen scheint. Es handelt sich um die Hypophyse.

Zahlreiche Versuche scheinen zu beweisen, daß sowohl die Reizung als auch die Abtragung der Hypophyse wichtige Veränderungen des Kreislaufs, der Atmung, des Stoffwechsels, der Nierenfunktion und des Wachstums – um nur die auffallendsten zu nennen – zur Folge haben.

Die anatomisch-klinischen Methoden haben bis zum heutigen Tag zu diesem Problem nur wenig unbestreitbare Elemente geliefert. Der Grund hierfür liegt in der verhältnismäßigen Seltenheit von genau umgrenzten Läsionen des Infundibulargebietes; in der überwiegenden Mehrheit der Fälle handelt es sich um tuberkulöse oder syphilitische Affektionen, die infolge ihrer Ausbreitung und ihrer auf weitere Entfernung wirkenden Toxine ihre schädliche Wirkung nicht auf ein bestimmtes Gebiet begrenzen.

Kürzlich konnten wir ziemlich genau den Fall eines interpedunkularen Neoplasmas verfolgen, der durch eine Reihe für die Physiologie hochinteressanter Symptome unsere Aufmerksamkeit auf sich zog. Wir möchten darüber kurz berichten, denn er beleuchtet und erklärt einen

Teil der Symptomatologie des Infundibulums und der Interpedunkulargegend und gestattet in groben Umrissen die Beschreibung des Infundibularsyndroms, das verschiedentlich bei Hypophysentumoren beschrieben worden ist, zuletzt bei einem von Warren und Tilney[1] publizierten Fall eines Zirbeldrüsentumors. Nirgends aber war dieses Syndrom so klar erkennbar wie in dem Fall, von dem wir hier berichten werden.

Es handelt sich um den 51jährigen Flugzeugführer M. Anamnestisch konnten wir mehrere Malariaanfälle erheben sowie einen syphilitischen Schanker vor 5 Jahren.

Im April 1916 wurde M. aus Österreich über die Schweiz evakuiert und hierauf im Spital von Beaune 4 Monate lang wegen Anämie behandelt.

Bei seiner Einlieferung in die Neurologische Klinik 101 A am 18. 9. 1916 ist der Kranke in schlechtem Allgemeinzustand, stark abgemagert und blaß. Aus der Krankengeschichte geht hervor, daß er seit mehreren Monaten appetitlos ist, abmagert und immer schwächer wird. Es besteht eine ausgesprochene Asthenie, und der Patient ist nicht imstande, irgendeine schwere Arbeit zu verrichten. Der Schlaf ist unruhig, der Kranke muß in der Nacht mehrmals trinken.

Eine Untersuchung der inneren Organe ergibt nichts Besonderes, außer einer geringen Milzvergrößerung und einem abgeschwächten Atemgeräusch in der rechten Lungenspitze. Keinerlei organische Symptome von seiten des Nervensystems mit Ausnahme von Sehstörungen. Diese haben sich nach Angabe des Kranken nach und

[1] Warren und F. Tilney, »Tumor of the Pineal Body with Invasion of the Midbrain, Thalamus, Hypothalamus and Pituary Body«, The Journal of Nervous and Mental Diseases, January 1917.

nach eingestellt und bestehen in einer Herabsetzung der Sehschärfe, die jedoch nicht so hochgradig ist, daß sie den Kranken am Spazierengehen oder am Erkennen der Personen seiner Umgebung hindern würde. Lesen ist beschwerlich, nur große Buchstaben werden erkannt.

Seit seiner Einlieferung in die Klinik besteht eine Polyurie, die Tagesmenge des Urins schwankt zwischen zwei und zweieinhalb Litern. Eine Harnanalyse ergibt nichts Abnormes. Diese Polyurie ist von Polydipsie, nicht aber von Polyphagie begleitet, es bestehen keine Anzeichen von Glykosurie.

Die Lumbalpunktion ergibt bei einer geringen Druckerhöhung (22 am Manometer von H. Claude) einen klaren Liquor, der 0,56 Albumin und zahlreiche Lymphozyten enthält. Auf die Punktion erfolgt keine Reaktion.

Eine Augenuntersuchung durch den Chefarzt der Augenklinik von Cannes, H. Cotonnet, ergibt eine typische und vollständige bitemporale Hemianopsie, jedoch keine Augenmuskellähmungen. Die rechte Pupille erscheint im nasalen Segment entfärbt, die Gefäße sind normal; die linke Pupille ist ebenfalls im nasalen Anteil entfärbt. Die Pupillenreaktion ist rechts abgeschwächt, links kaum auslösbar. Die Sehschärfe ist stark herabgesetzt, jedoch erkennt der Kranke Dinge, die ihm vorgehalten werden.

Wir selbst notieren eine außerordentliche Variabilität des Irisdurchmessers, der bald sehr breit, bald schmal ist.

Aufgrund der spezifischen Anamnese des Kranken und der Lymphozytose sowie der wesentlichen Vermehrung des Eiweißgehaltes des Liquors beginnen wir eine intensive spezifische Behandlung und stellen die Diagnose: Meningitis gummosa basilaris des Chiasma und der Gegend des Tuber cinereum.

Aber schon nach wenigen Tagen stellt sich eine Reihe von interessanten Störungen ein: der an sich schon unregelmäßige Puls wird völlig arhythmisch und jagend; die Herztöne werden undeutlich, etwas dumpf; der Blutdruck ist 150/90; zeitweilig Extrasystolen.

Das Blutbild zeigt außer einer leichten Lymphozytose nichts Besonderes.

Am 10. Oktober, also acht Tage nach Beginn der spezifischen Therapie, stellen sich Sprachstörungen ein; die Sprache wird langsam, skandierend, schleppend, monoton, so wie die Dysarthrie der Pseudo-Bulbärparalytiker; keine Schluckbeschwerden.

Die spezifische Behandlung wird eingestellt.

Am 22. Oktober sind Sprachstörungen und Pulsveränderungen wieder verschwunden, alles scheint wieder in Ordnung, da verfällt der Kranke plötzlich in einen tiefen Schlaf, aus dem man ihn nicht aufwecken kann. Aus dieser ungefähr 5 Stunden dauernden Narkolepsie erwacht der Kranke verwirrt und amnestisch. Bemerkenswert, daß diese Amnesie sich nicht nur auf die narkoleptische Periode, sondern sogar auf die Zeit vor seiner Einlieferung in die Klinik erstreckt. So weiß er nicht mehr, wie er in die Nervenklinik gekommen ist und wie lange er dort in Behandlung steht.

Eine neurologische Untersuchung ergibt ein völlig negatives Resultat, die Reflexe sind normal, keine sensiblen, motorischen oder trophischen Störungen.

Die erwähnte Gedächtnisstörung dauerte nur kurze Zeit und war 3 oder 4 Tage nach der narkoleptischen Krise wieder verschwunden.

Am 26. November 1916 treten ohne ersichtlichen Grund abermals cardio-vasculäre Störungen vom gleichen Typ wie das erste Mal auf. Die Pulsfrequenz nimmt stark zu, 136 Schläge in der Minute; eine typische Embryocardie stellt sich ein, die Herztöne werden leise.

Am 30. November erblindet der Kranke völlig. »Um mich herum ist tiefe Nacht«, sagt er. Der Allgemeinzustand verschlechtert sich, die Abmagerung schreitet fort. Der Kranke leidet nach wie vor an einer schweren Appetitlosigkeit.

Die Pupillengröße schwankt immer noch stark. Die Harnuntersuchung ergibt immer das gleiche Resultat: keine pathologischen Bestandteile, auch mengenmäßig bleibt es bei zweieinhalb Litern in 24 Stunden.

26. Dezember: Die Kachexie schreitet fort, deutliche Streuungssymptome in der rechten Lungenspitze. Plötzlich und ohne erkennbaren Grund tritt ein Verwirrungszustand mit starker Erregung auf. Der Kranke behauptet, sein Bett sei von Regen und Nebel durchnäßt, er glaubt sich im Frühling auf dem Orinoko (sic!).

Er ist sich des Ernstes seines Zustands nicht bewußt, im Gegenteil, seit einigen Tagen zeigt er eine zur Wirklichkeit scharf in Widerspruch stehende Euphorie. Dieses Gefühl behält der Patient bis zum Schluß, täglich erzählt er, er befinde sich in einer höheren Welt, es gehe ihm besser, bald werde er aufstehen und sich erholen etc.

Zwischen dem 1. Januar 1917 und dem 17. Februar tritt kein neues pathologisches Phänomen mehr auf. Weder der Geisteszustand noch die Polyurie und Polydipsie ändern sich. Mehrmals stellen sich Krisen von Narkolepsie ein, die den früheren völlig gleichen. Die Sehkraft bleibt geschwächt, unterliegt aber starken Schwankungen: bald erkennt der Kranke nur Lichtschein und klagt über Blendungserscheinungen, bald erkennt er wieder hingehaltene Gegenstände genau. Der Zustand der Lunge aber verschlechtert sich, und schließlich tritt am 17. 2. 1917 der Exitus unter den Symptomen einer Phthisis von broncho-pneumonischer Form ein.

Bei der Autopsie fanden wir hinter dem Chiasma einen deutlich fluktuierenden lividen Tumor. Sella turcica und Hypophyse waren normal, letztere schien nicht komprimiert zu sein, und die Durchschneidung des Hypophysenstiels hatte nicht das Abfließen der im Tumor enthaltenen Flüssigkeit zur Folge. Dieser selbst lag im interpedunkularen Raum und komprimierte seitlich die beiden Pedunculi cerebri, hinten die Corpora mamillaria und vorne das Chiasma mit den Tractus optici, deren mediale Partien deutlich abgeplattet erschienen.

An den Frontalschnitten der Hemisphären traten die Beziehungen der Geschwulst zu den Ventrikelwänden deutlich hervor.

Es erwies sich am Schnitt, daß die Geschwulst aus einer isolierbaren und vom Ependym deutlich geschiedenen Membran bestand, die eine mit dem Ventrikel nicht kommunizierende und durch Scheidewände gefächerte Höhle umschloß. Die so entstandenen sekundären Höhlen enthielten teils eine klare, teils eine deutlich hämorrhagische Flüssigkeit. An der Basis dieser zystischen Geschwulst ist die Innenfläche der Membran mit unregelmäßigen harten Knötchen besetzt.

Eine von Mademoiselle Germaine Soyez vorgenommene Untersuchung klärte uns über die Natur des Tumors auf. Es handelt sich um einen zystischen Epitheltumor, der seinen Ausgang von der Auskleidung des 3. Ventrikels genommen hat. Die vorspringenden Knötchen bestehen aus Bindegewebe und lockerer Neuroglia, die in die subependymären Wandschichten übergeht. Letztere sind mit einem infiltrierend wachsenden Epithel ausgekleidet.

Dieser Tumor dehnt also den 3. Ventrikel aus und trennt die Sehbahnen voneinander, vor allem aber verdünnt er den Ventrikelboden, das Infudibulum und die Endplatte. Er läßt aber die Hypophyse völlig intakt, deren Körper nicht einmal eingedrückt erscheint. Die Seitenventrikel sind leicht ausgedehnt. Veränderungen der Gefäße oder der Meningen sind nirgends feststellbar.

Moravagines Manuskripte

Das Jahr 2013

Moravagines Manuskripte wurden mir nach seinem Tod ausgehändigt. Sie lagen in einem Koffer mit doppeltem Boden. Das Geheimfach enthielt eine Pravazspritze, der Koffer selbst die ungeordneten Manuskripte.

Diese Manuskripte sind auf Zettel und Papierfetzen aller Art gekritzelt. Sie sind in deutscher, französischer und spanischer Sprache abgefaßt. Es sind zwei große Bündel und Tausende von einzelnen Blättern.

Das erste Konvolut trägt die Aufschrift Das Jahr 2013. Es enthält geschichtliche, soziale und wirtschaftliche Angaben darüber, wie sich die erste zum Mars hergestellte Verbindung auf die Menschen auswirkte, sowie die Geschichte der ersten Raumfahrt und die Entstehung dieser Verbindung. Der Bericht ist unzusammenhängend, die ganze Abhandlung ist leider unvollständig und weist einige Lücken auf, die ich nicht ausfüllen konnte. Moravagine erzählte sehr wenig von seinem Aufenthalt auf dem Mars.

Das Manuskript »Das Jahr 2013« zerfällt in drei voneinander streng getrennte Teile.

Erster Teil: Ein lyrisches Gedicht, betitelt:
             Die Erde. 2. August 1914

Zweiter Teil: Eine lange Erzählung in sieben Kapiteln
mit folgenden Titeln:
Kapitel 1: Der Große Krieg, 1914 bis 2013
Kapitel 2: Überblick über die Weltlage im 99. Jahr
des Krieges (Krieg des Völkerbundes)
Kapitel 3: Ein neutrales Land
Kapitel 4: Geschichte zweier Deserteure
Kapitel 5: Über einige neue Kampfmittel und
moderne Kriegsmethoden
Kapitel 6: Einfluß der Marskultur auf die menschliche Zivilisation
Kapitel 7: Warum Krieg?

Dritter Teil: Ein lyrisches Gedicht, betitelt:
Mars, 2. August 2013

Dieses Manuskript ist unterzeichnet: *Moravagine, Idiot*

Das Ende der Welt

Das zweite Konvolut von Moravagines Manuskripten trägt den Titel: Das Ende der Welt. Obwohl es zur Gänze von seiner Hand verfaßt ist, konnte ich nicht feststellen, ob dieses Drehbuch ein Werk der reinen Phantasie ist oder ob nicht vielmehr mein Freund sich anläßlich seines mysteriösen Aufenthaltes auf dem Mars die Mühe gemacht hat, den Text für mich zusammenzutragen. Da Moravagine wußte, wie sehr mich die Dinge im Weltraum interessieren, hat er für mich ein Wörterbuch der zweihunderttausend wichtigsten Bedeutungen des einzigen Wortes der Marssprache zusammengestellt. Dieses Wort ist eine Onomatopöie: das Knirschen eines geschliffenen Glasstöpsels – die Marsbewohner leben nämlich, wie Moravagine mir bei unserer letzten Begegnung, acht Tage vor seinem Tode, erklärte, in gasförmigem Zustand im Inneren einer Flasche. Mit Hilfe dieses Wörterbuchs war es mir möglich, das Marsdrehbuch zu übersetzen oder vielmehr zu bearbeiten. Ich habe Blaise Cendrars beauftragt, für die Veröffentlichung zu sorgen und es eventuell zu verfilmen.

Dieses Manuskript ist nicht unterschrieben. Es wurde mir an meine Adresse in Chartres zugeschickt.

Das einzige Wort der Marssprache

Das einzige Wort der Marssprache wird phonetisch geschrieben:
> ke-re-kö-kö-ko-kex.

Es bedeutet alles, was man will.

Eine unveröffentlichte Seite von Moravagine, seine Unterschrift und sein Porträt

Hier als kleine Probe eine unveröffentlichte Seite von Moravagine:

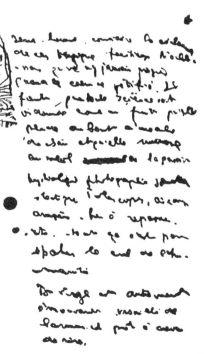

(47 a / P.S. und N.B. / Junger Mann, betrachte die Herzlosigkeit / dieser tragischen Possenreißer. Vergiß / nicht daß es keinen Fortschritt gibt / wenn das Herz versteinert. Jede / Wissenschaft muß wie eine Frucht / geordnet sein, sie / muß an einem Baum / aus Fleisch hängen und reifen / in der Sonne der Leidenschaft, / Hystiologie, Photographie, elektrische / Klingel, Teleskope, Vögel, / Ampèrestunden, Bügeleisen / etc. – alles nur um / den Arsch der Mensch- / heit zu überraschen.

Dein Gesicht ist so anders / erregend feucht von / Tränen und bereit vor Lachen / zu platzen.)

Hier als Kuriosum das Faksimile seiner Unterschrift:

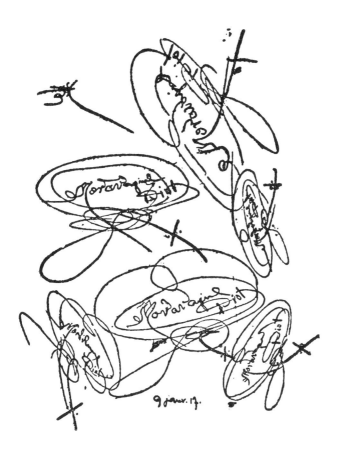

Und zu guter Letzt sein Porträt, eine Bleistiftzeichnung von Conrad Moricand. Moricand ist Moravagine einmal im Café de la Rotonde begegnet.

Epitaph

Auf einem Grabstein auf dem Militärfriedhof der Insel Sainte-Marguerite ist folgende mit Tintenstift gemalte Inschrift zu lesen:

Hier ruht ein Fremder

Pro Domo

(Ein unveröffentlichter Text von Blaise Cendrars)

Wie Moravagine entstand

(Nach alten Aufzeichnungen)

Die erste Notiz, die ich in meinen Papieren wiederfinde, ist datiert: Paris, November 1912.

Ostern in New York war eben erschienen, und ich hatte den *Transsibirienexpreß* begonnen. Ich saß damals ganz schön in der Tinte und schlug mich mit gelegentlichen Aufträgen verschiedener Verlage durch (Übersetzung der *Memoiren einer Sängerin*[1] für die Collection des Curieux, Kopie des *Perceval le Gallois* in der Mazarine für die Bibliothèque Bleue usw., außerdem regelmäßige Mitarbeit an der Revue de Géographie, der Revue du Commerce et de l'Industrie d'Exportation usw.). Ich saß Tag und Nacht in einem »Café Biard« am Boulevard Saint-Michel und schrieb und schrieb. Der Kaffee kostete einen Sou.

In diesem Café ist eines Nachts die Idee von Moravagine in mir entstanden. Ich plauderte mit einem kleinen Juden, einem gewissen Starckmann (der Junge hing sehr an mir, er war Lehrling, ich habe ihn im darauf-

---

[1] Memoiren, die Wilhelmine Schröder-Devrient zugeschrieben werden, der unsterblichen Leonore aus Beethovens *Fidelio*, einer der berühmtesten Nymphomaninnen des galanten Europa (1804 bis 1860).

folgenden Jahr mit dem Einbinden der *Transsibirien*-Ausgabe betraut. 1914 hat er sich nach meinem Beispiel am ersten Tag des Krieges freiwillig gemeldet und ist am 9. Mai 1915 vor Souchez gefallen), wir sprachen über dieses und jenes, ich erzählte ihm Episoden aus meinem Leben, und plötzlich war diese Idee da, spontan aufgetaucht, wie von einer Feder im Räderwerk des Gesprächs ausgelöst, als hätte Starckmann mit einer bestimmten Frage, an die ich mich nicht mehr erinnern kann, auf einen Knopf gedrückt... und bis der Morgen graute, erzählte ich ihm die Geschichte von Moravagine wie etwas, was ich wirklich erlebt hatte. Wahrscheinlich habe ich an jenem Morgen auf dem bewußten Zettel mit Bleistift vermerkt: *Moravagine*, *Idiot* und das Datum. Das war aber auch alles. Ich dachte nicht mehr an Moravagine, denn ich widmete mich ganz der Abfassung und Ausarbeitung des *Transsibirienexpreß* und anschließend der typographischen Gestaltung und Herstellung dieses sogenannten »ersten simultanistischen Buches«, einer Arbeit, die ein Jahr dauerte, bei Creté in Corbeil.

Im Frühjahr 1914 kam ich wieder auf Moravagine zurück, und unter dem Eindruck der ersten sensationellen Erfolge der Fliegerei und der Lektüre von *Fantômas* machte ich daraus einen Abenteuerroman. Aus dieser Zeit stammt das zweite Schriftstück, datiert Mai 1914 und betitelt *Der König der Lüfte, großer Abenteuerroman in 18 Bänden*. Das erste und das letzte Wort des Buches war »Scheiße«. Ich war sehr stolz auf diesen Einfall, und wenn ich damals einen Verleger aufgetrieben hätte, wäre das Buch unweigerlich in dieser Form erschienen. Ich habe über 1800 Seiten davon geschrieben und sie dann irgendwo liegenlassen, vermutlich in dem kleinen Hotel in der Nähe der Gare de Lyon, das ich jedesmal aufsuchte, wenn ich an der Bastille ein Mädchen aufgegabelt hatte – was oft zu wilden Raufereien Anlaß gab, und ich raufte leidenschaftlich gern! –, oder aber ich habe sie auf einem meiner zahllosen Umzüge verloren; ich zog damals systematisch alle acht Tage um, weil ich der Reihe nach in jedem der zwanzig Arrondissements von Paris wohnen wollte, und gelegentlich stieß ich bis an den Stadtrand vor.

An einen Band erinnere ich mich noch besonders genau, es war der achte, er trug den Titel *Europa ohne Kopf*. Ich habe ihn durch Vermittlung meines Freundes Ludwig Rubiner, der mit der Herausgabe einer Reihe der hundert besten Abenteuerromane des neunzehnten Jahrhunderts beauftragt war, an einen Münchner Verleger verkauft. Ich bezog 500 Mark Vorschuß, und er wurde nie veröffentlicht... Ich entsinne mich auch, das Thema meinem Freund Kek, damals Bildhauer, vorgetragen zu haben. Wir standen auf der hinteren Plattform eines Autobusses und fuhren durch Faubourg Saint-Honoré. Weiß der Teufel wohin. Das Wetter war strahlend, und ich sprang während der Fahrt vor dem Palais de l'Elysée ab, mitten im Satz, weil der arme Tropf mich offenbar überhaupt nicht verstand. Bildhauer sind nun mal schwer von Begriff... In *Europa ohne Kopf* ging es um nichts Geringeres als darum, daß die jungen Pariser Maler (Picasso, Braque, Léger), die Musiker (Satie, Strawinsky, Ravel) und die Dichter (Apollinaire, Max Jacob und ich), die in Paris noch nicht bekannt waren, jedoch alle bald berühmt werden sollten, von einer verbrecherischen Fliegerbande entführt, eingesperrt oder sogar ermordet wurden und um die Frage, ob man die geistige Zukunft Europas und damit der Welt der Vormundschaft der Journalisten, Politiker und Pseudokünstler und der deutschen Polizei überlassen dürfe.

Moravagine amüsierte sich. Ich auch. (Man kann sagen, was man will, was Besseres ist seitdem noch keinem eingefallen.)

Ein anderer Band behandelte die in *Panama* zitierte Geschichte von den neunhundert Millionen, die in einer Sondernummer von »Montjoie« im August 1914 erscheinen sollte, einer Nummer, die wohl gedruckt wurde, aber nie herauskam. Der Krieg brach aus. August 1914.

Es war Krieg.

Während meiner zwei Jahre Militärdienst dachte ich an nichts anderes als an Moravagine, den Idioten. Eine schöpferische Flamme verzehrte mich, aber ich schrieb nicht eine Zeile. Ich schoß. Moravagine war im anonymen Leben der Schützengräben Tag und Nacht bei mir. Er begleitete mich auf der Patrouille und gab mir Indianerlisten ein, wenn es galt, einen Hinterhalt zu legen oder eine Falle zu stellen. In den Sümpfen der Somme, einen ganzen traurigen Winter lang, hat er mich aufgerichtet, indem er mir von seinem Abenteurerleben erzählte, als er in dem schrecklichen patagonischen Winter durch die aufgeweichten Pampas wanderte. Seine Gegenwart erhellte meinen finstern Unterstand. In der Etappe steckte ich alles ein, Strafdienst, Zwang und Schikanen, weil ich von seinem Leben im Gefängnis lebte. Wie er trug auch ich eine Nummer. Er lief beim Sturmangriff an meiner Seite, und er hat mir wohl auch den physischen Mut, die Energie und die Willenskraft gegeben, mich auf dem Schlachtfeld in der Champagne wieder aufzurappeln. Nach der Amputation fand ich ihn an meinem Krankenbett wieder. Zu dieser Zeit war er noch größer geworden und in die Haut Sadorys geschlüpft, jenes letzten Nachkommen der authentischen Könige von Ungarn, den ich vor dem Krieg in Paris kennengelernt hatte, wo er als Flüchtling in einem kleinen Hotel am Boulevard Exelmans, am Point du Jour, lebte, und der mir sein Leben gebeichtet hatte. (Sadory arbeitete als Schüler im Atelier Auguste Rodins und handhabte den Meißel so virtuos, daß der Meister ihm die Ausführung der bekannten Skulptur *Der Kuß* übertrug, die heute im Musée du Luxembourg steht). Moravagine stand fest. Seine Jugend, sein Werdegang waren mir bekannt. Es fehlte nichts mehr. Der Mann war da, komplett und leibhaftig. Ich besaß ihn. Und war von ihm besessen. Nichts leichter, als diesmal seine Geschichte zu schreiben. Ich hätte es auf einer Seite oder in hundert Bänden tun können, so einfach schien mir alles, und so logisch lief alles ab. Und doch, als ich erst wieder ins Zivilleben zurückgekehrt war, schrieb ich keine Zeile davon.

Wieder einmal vertat ich meine Zeit. Und Moravagine, das Buch, das ich schreiben sollte, wurde auf unbestimmte Zeit verschoben.

Frühling 1916. Ich bummelte durch Paris, mit einem hübschen Mädchen am Arm, in das ich verschossen war. Die Kleine war mein Alles, und die großen Bücher, die ich schreiben sollte, wünschte ich ins Pfefferland. Eines Tages, als ich von den Türmen von Notre-Dame auf Paris hinunterblickte, fragte ich mein Täubchen, ob sie sich vorstellen könnte, wie die Trompete des Jüngsten

Gerichts schmettern würde, wenn der Engel auf dem First der Kathedrale plötzlich seine Posaune an den Mund setzte. Nachts, als ich am Montparnasse bei dem Mädchen schlief, kam ich noch einmal auf diesen Gedanken zurück, ereiferte mich dafür und beschrieb ihr in großen Zügen das Entsetzen von Paris, wenn die Prophezeiungen in Erfüllung gingen und die schweigsame tausendjährige Kathedrale plötzlich zu trompeten und zu galoppieren anfinge wie ein wildgewordener Elefant, die Stadt zerstampfend und alles niedertrampelnd. Das war am 13. April, ich habe es notiert. Am 9. November schrieb ich *Das Mysterium des Engels von Notre-Dame*, wie es in der Zeitschrift »La Caravane« (Aprilnummer 1917) erschienen ist, und ich erinnerte mich damit an all das, was in dem Buch über das Ende der Welt, das ich plante und das mir den ganzen Sommer nicht aus dem Kopf gegangen war, nicht stehen durfte (das Thema war alt, es ließ mich seit 1907 nicht mehr los, seit der Zeit also, da ich mich für einen großen Musiker gehalten und mit der Komposition einer großen Symphonie, *Die Sintflut*, begonnen hatte). Gleichzeitig schrieb ich das detaillierte Drehbuch eines Films, den Pathé und dann Gaumont ablehnten, weil angeblich zuviel Personen und zuviel Massenszenen darin vorkamen. Griffith hatte eben *La Naissance d'une Nation* gedreht, jenes Meisterwerk, das in Frankreich nie gezeigt wurde; ich hatte es aber privat gesehen und war von seinem Ideenreichtum, seiner schöpferischen Kraft und seiner modernen Poesie tief beeindruckt.

Ich habe Lust zu arbeiten. Ein guter Mensch leiht mir Geld. Ich zerreiße sehr zarte Bande und reise Hals über Kopf ab.

Da sitze ich also im Winter in Cannes. Ich bleibe drei Monate. Ich hatte Lust zu arbeiten. Jetzt geht's nicht mehr. Mein Schädel brummt. Er platzt von Plänen. Es sind zu viele. Ich liege auf der faulen Haut. Moravagine dagegen befaßt sich mit der Verfilmung vom *Ende der Welt*. Er dreht auf dem Mars, erfindet den Apparat, der die Reise dahin ermöglicht, erkennt den Einfluß, den diese interplanetare Verbindung auf unsere Zivilisation, die Ideen und Sitten ausübt, verlegt die daraus resultierende Weltrevolution mitten in den gegenwärtigen Krieg und schildert, um der größeren Glaubhaftigkeit willen, die wirtschaftliche Situation der Welt im 99. Jahr des Krieges. Wie ein böser Geist erzählt er mir die Episode von den zwei Deserteuren, die als erste auf dem Mars landen, und er hält diesen verzweifelten Erfolg für bedeutungsvoller und folgenreicher für die Zukunft des Menschengeschlechts als die Entdeckung Amerikas durch Christoph Kolumbus.

Das Jahr 2013 war geboren.

Er diktiert – und ich schreibe nicht. Er erzählt und erzählt – ich flüchte in die Kneipen. Er erfindet neue Episoden, um meine Aufmerksamkeit zu fesseln – ich betrinke mich. Er liefert Millionen neuer Details – ich mache zwischen zwei Saufgelagen Millionen Notizen. Mein Hotelzimmer füllt sich mit Manuskripten, die auf dem Fußboden herumliegen, ungeordneten Papieren, die aus den Koffern quellen, schief an die Wand gehefteten Tabellen und Aufrissen. Die hölzerne Zwischenwand ist mit Formeln bekritzelt. Es sieht aus wie bei einem Astronomen oder einem verrückt gewordenen Erfinder.

Ich kehre nach Paris zurück.

Todmüde, erschöpft und verdrossen treibe ich mich

wieder am Montparnasse herum. Ich schlage über die Stränge. Ich besaufe mich. Ich führe ein Lotterleben. In den wenigen hellen Augenblicken bin ich so bedrückt und verzweifelt, daß die paar Freunde, die mir nahe genug stehen, um zu ahnen, was in mir vorgeht, sich entsetzt zurückziehen. Ich habe Todesgedanken. Mordgelüste. Ich tue alles, um wieder einzurücken. Ich melde mich bei der Marine, ich möchte auf ein U-Boot in der Nordsee. Nur weg, untertauchen, in die Kolonien, unter falschem Namen. Eines Abends ziehe ich in einer Kneipe in der Rue de la Gaîté das Messer. Ich mache fürchterliche Schulden. Ende Juni 1917 verkaufe ich meine sämtlichen Klamotten, bekomme dafür ein paar blaue Scheine und fahre aufs Land.

Einen Monat lang beleidige ich durch meine Anwesenheit das jahreszeitliche Leben der Felder und Fluren, und eines schönen Tages miete ich in einem abgelegenen Weiler eine baufällige Scheune und fange an zu schreiben.

Heute ist der 31. Juli 1917.
Mein Kopf ist klar. Ich beherrsche meinen Stoff. Ich stelle einen genauen, detaillierten Plan auf. Mein Buch ist fertig. Ich brauche nur noch die literarische Entwicklung um das festgerammte Gerüst zu schreiben. Egal, mit welcher Nummer meines Programms ich beginne. Alles ist bestens zurechtgelegt. Das Buch hat drei Teile zu je 72 Seiten. Wenn ich drei Seiten pro Tag schreibe, kann ich es in einer Mindestzeit von drei Monaten abschließen. Alles erscheint mir einfach und leicht.
Aber jetzt...
Ich muß erst die Faulheit überwinden, diesen Kern meines Temperaments, die Trägheit meines Charakters,

den satanischen Hang zum Selbstwiderspruch, der immer wieder auftritt und mir so vieles verpatzt, mich in die merkwürdigsten Situationen bringt und mich spaltet, so daß ich mich bei jeder Gelegenheit und aus jedem Anlaß über mich selbst lustig mache. Ich muß auch die Angst besiegen, die lähmende Bangigkeit, die mich erfaßt, wenn mir eine langwierige schriftstellerische Arbeit bevorsteht, die mich in vier Wände sperrt, Zwangsarbeit, monatelanges Sträflingsleben, während die Züge rollen, die Schiffe über die Meere fahren und ich nicht an Bord bin, während Männer und Frauen aufwachen und ich da sein könnte, ihnen einen guten Morgen zu wünschen. Man muß wirklich eine riesige Glücksreserve aufgespeichert haben, um sich mit Willen und Wissen in die Außenseitersituation zu begeben, die der Schriftsteller in der zeitgenössischen Gesellschaft einnimmt, einen ungeheuren Vorrat an Glück, Gemütsruhe und Gesundheit, an charakterlicher Ausgeglichenheit, Bereitschaft und gutem Willen.

Nachdem ich die Sache zehn Tage beschnüffelt habe, bin ich bereit. Ich sitze an der Arbeit. Ich habe meinen Roman von Moravagine mit dem Schluß begonnen. Ich schreibe...

Gestern habe ich den dritten Teil beendet, und heute nehme ich den ersten in Angriff.

Ich habe die paar vorstehenden Bemerkungen nur zum Spaß aufgeschrieben, und bei den nun folgenden Betrachtungen über meine Arbeitsweise komme ich mir reichlich komisch vor. Welche Frechheit für einen Anfänger!

Meine Manuskripte durchlaufen drei Stadien:

1) Stadium des gedanklichen Konzepts: Ich peile den Horizont an, ziehe einen bestimmten Winkel, suche und stöbere auf, erwische die Gedanken im Fluge und sperre sie bei lebendigem Leib ein, kunterbunt durcheinander, schnell und möglichst viele: Stenographie.

2) Stadium des Stils: Klang und Bilder, ich sichte meine Gedanken, streichle sie, wasche sie und putze sie auf, sie werden gestriegelt und dressiert und springen angeschirrt in den Satz: Kalligraphie.

3) Stadium des Wortes: Korrektur und Sorge um das neue Detail; der richtige Ausdruck wie ein Peitschenhieb, jäh, daß sich der Gedanke vor Überraschung aufbäumt: Typographie.

Das erste Stadium ist das schwierigste: das Formulieren, das zweite das leichteste: das Modulieren. Am härtesten ist das dritte: das Fixieren.

Das Ganze ist mein neues Werk.

Mein Buch wird voraussichtlich frühestens in einem Jahr fertig. Das ist übrigens mein Durchschnitt: ein Jahr für den *Transsibirienexpreß*, ein Jahr für *Panama*.

Und außerdem brauche ich Wärme und Sonne. Das liegt in meiner Natur.

Ich glaube nicht, daß es literarische Stoffe gibt, oder vielmehr, es gibt nur einen, und das ist der Mensch.

Aber welcher Mensch? Der Mensch, der schreibt, Herrgott nochmal, einen anderen Stoff kann es gar nicht geben.

Wer ist das? Ich bin es jedenfalls nicht, es ist der andere.

»Ich bin der andere«, schreibt Gérard de Nerval unter eine seiner sehr seltenen Fotografien.

Aber wer ist das: der andere?

Tut nichts zur Sache. Sie treffen oft einen Menschen ganz zufällig und sehen ihn nie wieder. Eines Tages taucht dieser Herr auf einmal in Ihrem Bewußtsein wieder auf und belästigt Sie zehn Jahre lang. Das muß nicht unbedingt ein sehr lauter, auffallender Mensch sein, er kann farblos, sogar völlig nichtssagend sein.

So ging es mir mit Herrn Moravagine. Ich wollte zu schreiben anfangen, er hatte meinen Platz eingenommen. Er saß da, machte sich in meinem Innern breit wie in einem Lehnsessel. Ich konnte ihn rütteln, mich abmühen, wie ich wollte, er dachte nicht daran, Platz zu machen. Hier bin ich, hier bleibe ich, schien er zu sagen. Es war ein schreckliches Drama. Mit der Zeit kam ich darauf, daß der andere sich alles aneignete, was ich erlebte, sich alle Eigenschaften zulegte, die ich rings um mich beobachten konnte. Meine Gedanken, meine Lieblingsstudien, meine Art zu fühlen, alles riß er an sich, alles gehörte ihm und erhielt ihn am Leben. Ich habe ihn ernährt, ich habe einen Schmarotzer auf meine Kosten großgezogen. Am Ende wußte ich nicht mehr, welcher von uns beiden vom andern abschrieb. Er ist an meiner Stelle gereist. Er hat an meiner Stelle geliebt. Aber nie ist es zu einer wirklichen Identifikation gekommen, denn jeder war er selbst, ich und der andere. Tragisches Tête-à-tête, das bewirkt, daß man nur ein einziges Buch schreiben kann – oder immer wieder das gleiche Buch. Deshalb sind alle schönen Bücher einander so ähnlich. Sie sind alle autobiographisch. Deshalb gibt es nur einen einzigen literarischen Stoff, und das ist der Mensch. Deshalb gibt es nur eine Literatur, die des Menschen, jenes anderen, des Menschen, der schreibt.

Ich bin ein bißchen wie eine Maschine. Ich muß angekurbelt werden. Jeden Tag, bevor ich an die Arbeit gehe, muß ich mich einüben, und ich schreibe Dutzende von Briefen, ich, der ich mir geschworen hatte, niemandem Nachricht zu geben. Später einmal werden meine Freunde erstaunt meine Unabhängigkeit entdecken und sich einbilden, ich hätte mich über sie lustig gemacht.

Wer war Moravagine wirklich?
Ich bin ihm 1907 in einem Arbeitergasthaus in Bern-Mattenhof begegnet. Er saß krumm und geduckt auf einer Bank, schlang eine Schüssel Bratkartoffel hinunter und schlürfte eine große Tasse Milchkaffee. Da er kein Brot hatte, kaufte ich ihm welches. Da er nicht wußte, wo er übernachten sollte, nahm ich ihn mit nach Hause. Eine traurige Figur. Er kam aus dem Gefängnis. Er hatte zwei kleine Mädchen vergewaltigt und war 25 Jahre eingesperrt gewesen. Er war völlig verblödet, ein armes Schwein. Und er schämte sich und war menschenscheu. Ich mußte ihm erst zu trinken geben, damit er mir sein armseliges, verpfuschtes Leben erzählte. Im Grunde genommen war er ein Opfer des Evangelisationswerks in den Gefängnissen. Er hieß Meunier oder Ménier. Ich habe vor allem sein Äußeres behalten.

Courcelles, 13. August 1917.

Heute, am 1. September 1917, bin ich dreißig Jahre alt. Ich beginne *Das Ende der Welt* als Ergänzung zu Moravagine.

Dreißig Jahre! Das ist die Frist, die ich mir für meinen Selbstmord gesetzt hatte, vor nicht allzulanger Zeit, als ich noch an das Genie der Jugend glaubte. Heute glaube ich an nichts mehr, das Leben schreckt mich nicht mehr als der Tod. Und umgekehrt.

Ich habe allen meinen Freunden die Frage gestellt: Seid ihr bereit, auf der Stelle zu sterben? Keiner hat mir je geantwortet. Ich bin bereit. Aber ich bin auch bereit, noch hunderttausend Jahre zu leben. Kommt das nicht auf eins heraus?

Menschen gibt es immer.

Und mehr denn je staune ich, wie leicht, bequem und unnütz alles ist, so ganz und gar nicht notwendig oder schicksalhaft. Man begeht die gigantischsten Dummheiten, und die Welt brüllt vor Vergnügen, im Krieg zum Beispiel, mit seinen Fanfaren und Tedeums, seinen Siegesfeiern und Glocken, seinen Fahnen, seinen Denkmälern und seinen Holzkreuzen. »Eine einzige Pariser Nacht wird das alles wieder bevölkern«, sagte Napoleon nach der Inspektion des Schlachtfeldes von Leipzig. Wie wunderbar ist das Leben! Eine einzige Pariser Nacht...

Menschen gibt es immer. Man soll sich nicht zu wichtig nehmen.

Eine einzige Nacht genügt.

Eine Liebesnacht.

Weniger noch, eine Umarmung.

Eine Verschlingung.

Und was ist mit meinem Buch? Ob es »gut« ist? Beurteilt es, wie ihr wollt, und laßt mich in Frieden.

Man soll sich nicht zu wichtig nehmen. Wäre ich ein Dummkopf, dann wäre es schlecht, und mir würde sehr viel dran liegen und ich würde mich dran klammern.

Aber ich habe noch ein schönes Stück Weg vor mir...

Menschen gibt es immer.

Das Ende der Welt ist in einer einzigen Nacht geschrieben worden und weist nur eine einzige Streichung auf! Meine schönste Arbeitsnacht. Meine schönste Liebesnacht. La Pierre, 1. September 1917.

Ich habe am 9. Januar 1918 in Nizza ein neues Moravagine-Manuskript begonnen (auf blauem Papier).

Ich bin entschlossen, mindestens zehn Seiten pro Tag zu schreiben, um am 15. Februar fertig zu sein und es ein für allemal hinter mich zu bringen.

Ich verzichte auf alles, gehe nicht aus, lebe wie ein Einsiedler.

9. Januar	15 Seiten,	von	0 bis 15
10. "	8 "		15 bis 23
12. "	5 "		23 bis 28
13. "	12 "		28 bis 40
14. "	7 "		40 bis 47
15. "	8 "		47 bis 55
16. "	5 "		55 bis 60
17. "	4 "		60 bis 64
19. "	16 "		64 bis 80
22. "	18 "		80 bis 98
23. "	14 "		98 bis 112
25. "	18 "		112 bis 130
26. "	10 "		130 bis 140
29. "	2 "		140 bis 142
30. "	15 "		142 bis 157
1. Februar	4 "		157 bis 161
2. "	3 "		161 bis 164

Plus 73 endgültige Seiten vom *Ende der Welt*, beendet in La Pierre im September 1917, das macht 237 endgültige Seiten.

Unterbrochen am 3. Februar 1918. Geldmangel! Notgedrungen Rückkehr nach Paris. Zehn Tage noch, und ich hätte mein Buch beenden können.

(gezeichnet: Scheiße)

Ausarbeitung von Moravagine, Nizza, Januar/Februar 1918.
Sehr regelmäßige Arbeit. Schwierig und leicht auf einmal. 300 Seiten. Konnte das Buch nicht beenden. Zu lyrisch. Unerhört mühsam, das Alltagsgeschehen plastisch wiederzugeben (Das Leben des Moravagine, Idiot).
Gesundheitlich ging es mir gut.
Am Morgen in der prallen Sonne barhäuptig auf der Veranda. Nachts hinter den Fensterscheiben die Sterne. Orion, wie an der Front.
Ich gehe auf und ab, hin und her, stoße mit dem Fuß nach Gummibällen. Meine Kinder sind bei mir. Karambolagen. Elfenbeinkugeln gegen kristallene Wände. Was ich brauchte, wären betäubende chinesische Gongs. Die einzige mögliche Musik für krankes Mark und kranke Ideen. Winziges Gärtchen mit großen, glutheißen Steinen. Gewürfelter Sand. Muschelsammlung. Drei plumpe stumme Sudanschildkröten. Feindselige Kakteen. Auf der Scheibe des Vollmonds eine einzige Palme, lang, nackt, zerzaust.
Einsamkeit.
Ein Federhalter ist etwas Ekelhaftes. Er beschmutzt alles. Paris, 7. Februar 1918.

Heute ist der 28. Januar 1924, ich überquere den Äquator um 14 Uhr, an Bord der »Formosa«, die mich nach Brasilien bringt.

Ich habe mir Moravagine wieder vorgenommen und
während der Überfahrt mein Manuskript aus Nizza mit
der Maschine abgetippt.

Das Buch geht mir auf die Nerven, es enthält viel zu
viele Bravourstücke. Ich ließe gern die Finger davon,
aber leider habe ich es seinem Verleger verkauft und Vorschuß
bezogen, und ich muß mir noch mehr vorschießen
lassen, damit ich meine Reise bis zum Ende finanzieren
kann. Andererseits kann ich, obwohl Moravagine für
mich tot ist, auch an die übrigen Dinge nicht richtig herangehen,
weder an *Dan Yack*, der schon sehr weit gediehen
ist, noch an einen fast fertigen Band Erzählungen.
Ich bin wie vernagelt.

Mein Leben ist seit 1918 sehr kompliziert gewesen.
Man mußte schließlich leben, und so rackerte ich mich ab
und schuftete wie ein Sklave, um alle zu erhalten, und
jedes Jahr habe ich mir neue Lasten aufgehalst (derzeit
21 Personen). Dieses aktive Leben, Film und Finanzen,
fand ich gar nicht so übel. Was mich mit der Zeit am
meisten anwiderte, war die Literatur mit ihren langweiligen
Aufgaben und Geschäften und das gekünstelte
und konformistische Leben, das die Schriftsteller führen.
Ich will nichts mehr vom Zerebralismus wissen, nichts
von den Ästheten, den militanten Literaten, den Rivalitäten
der kleinen und großen Cliquen, dem Berufsklatsch,
nichts von der Eitelkeit, die an den aufgeblasenen Autoren
nagt, nichts von ihrem schmutzigen Arrivismus.
Daher habe ich in den vergangenen Jahren meine ganze
Willenskraft aufgeboten, mit all diesen Leuten zu brechen,
mich nicht mehr von ihnen täuschen zu lassen.
Energetische Umgestaltung. Ich glaube jetzt gewappnet
zu sein und ein Doppelleben führen zu können, ein

Leben fieberhafter, mannigfaltiger, spekulativer, verwegener Betriebsamkeit, um zu sehen, was dabei herauskommt, wenn man viel Geld auf selbstlose und sogar zwecklose Weise unter die Leute bringt, und ein Leben langsamen Schreibens, wie es sich gehört, wenn man viel Zeit vor sich hat. Ich habe eine ganze Reihe von Büchern zu schreiben, jawohl, aber im Leben und mitten unter den anderen Menschen, in dem Leben, das man sich jeden Tag neu erfindet, unter den Menschen, an die man sich bindet, indem man sich löst, denn ich lache mich gern selber aus und mache oft, bloß, um mich reinzulegen, genau das Gegenteil von dem, was ich beschlossen hatte. Ich liebe es, meine Zeit zu vertun. Das ist heutzutage die einzige Möglichkeit, frei zu sein.

Meine Stellung ist sehr ausgefallen und schwierig zu halten. Ich bin frei. Ich bin unabhängig. Ich gehöre keinem Land, keiner Nation, keinem Milieu an. Ich liebe die ganze Welt, und ich verachte die Welt. Wohlgemerkt, ich verachte sie im Namen der aktiven Poesie, denn die Menschen sind viel zu prosaisch. Eine Menge Leute zahlt mir das tüchtig heim. Ich lache mir natürlich den Buckel voll. Aber ich bin zu stolz. Achtung...

Moravagine. Ich habe mehrere Male versucht, den Faden wiederaufzunehmen, seit ich aus Nizza abgezogen bin. Wenn er heute wieder aufs Tapet kommt, so hat Cocteau den Anstoß dazu gegeben. Angeblich hat er Edmond Jaloux davon erzählt. Jaloux, der eine Romanreihe herausgibt, erzählt es sofort seinem Verleger. Man schreibt mir. Ich will nichts wissen. Ich kenne Jean Cocteau nicht mehr, und von Jaloux will ich nichts hören. Daraufhin setzen sie mir zu, Paul Laffitte bearbeitet mich, junge Leute rennen mir die Türen ein und wollen mir was von der Haltung der hohen Literatur erzählen (du liebe Zeit, sie haben nie was geschrieben! und womöglich nie was gelesen!, aber sie sind reizend, gut angezogen, liebenswürdig, als wären sie kleine Neffen von Cocteau! Und Jean, dem Hosenlatz von Catulle Mendès entstammend, ist seinerseits ein Großneffe von Proust). Schließlich schickt der Verleger seinen Verlagsleiter Brun als Abgesandten zu mir. Louis Brun, ehemals Fotograf, rührt die Werbetrommel. Er geht ohne Umschweife auf sein Ziel los. Er spielt gern mit offenen Karten, sagt er. Er fragt mich, was ich verlange. Ich verlange eine gewaltige Summe. Er handelt mir ein Fünftel ab. Wir unterschreiben. Er duzt mich. Wir trennen uns als gute Freunde. Man versteht sich wie Diebe auf dem Jahrmarkt. Und so konnte ich mich also einschiffen, und jetzt, da ich an Bord bin, muß ich das Buch fertigmachen, und das ist recht lästig. Ich war ehrlich davon überzeugt, es während der acht Tage Überfahrt von Dakar nach Rio zu schaffen. Zuvor mußte ich noch für Erik Satie ein Ballett schreiben, ich hatte ihm versprochen, es in Lissabon zur Post zu bringen.

Ich habe Satie wirklich Wort gehalten, weil er ein so lieber Kerl ist. Für mich selbst aber – nichts zu machen! Ich kann auf einem Schiff nicht arbeiten. Ich kann mich nach so vielen Jahren weder in Moravagines Geist zurückversetzen, noch den schwulstigen und verstiegenen Stil wiederfinden, um den steckengebliebenen zweiten Teil zu beenden: Moravagine, Idiot, bleibt in der Retorte. Ich finde den Ton dieses lyrischen Ergusses einfach nicht wieder. Die Atmosphäre an Bord ist dazu nicht geschaffen. Rauhe See, Schwimmbad an Deck, Bar, Reisegefährtinnen, Orchester, Jazz, fröhliche Leute – ich kann das doch nicht alles lassen und mich in meine Kabine sperren, um dort Haarspalterei zu betreiben. Ich werde das alles auf der Fazenda fertigmachen, weil es sein muß, aber ein Vergnügen ist das nicht. Acht Tage weniger zu Pferd, acht Tage Jagd in Busch und Dschungel, acht Tage, in denen ich nicht schießen werde, acht Tage keine Streifzüge, kein Ford, kein Ruderboot, acht Tage, in denen ich nicht tanzen gehen kann, nicht mit den Indianern und Indianerinnen, den Negern und Negerinnen schwatzen, nicht mit den Viehhirten, den Pferdeknechten, Waldläufern und Pflanzern trinken, nicht ihr Geflunker anhören oder ihnen ihre Liebsten ausspannen und dabei den Kopf riskieren... acht Tage... acht Nächte... soviel verlorene Zeit an der Schreibmaschine...

Ein letztes wiederaufgefundenes Schriftstück – es ist ein Satz Korrekturfahnen – trägt den Vermerk: »Korrekturen für eine Neuauflage, Sao Paulo, März 1926.« Ich zähle darin über 500 Druckfehler, grammatische Fehler und andere stilistische Schlampereien und Gedankenlosigkeiten, an denen wahrscheinlich das Klima, die Umgebung, das Portugiesischsprechen und die Lektüre der brasilianischen Zeitungen schuld sind.

Ich hatte Moravagine am 1. November 1925 in der Mimoseraie in Biarritz abgeschlossen. Inzwischen hatte ich Brun *Gold* gebracht, damit er die Geduld nicht verliert und außerdem, um ihm einen neuen Vorschuß zu entlocken. Ich hatte *Gold* in sechs Wochen geschrieben, und ich sehnte mich danach, wieder nach Brasilien zu fahren und dort meine Zeit zu vertrödeln wie im Jahr vorher, zur Zeit der Isidore-Revolution, wo ich nicht eine Zeile geschrieben hatte...

So debütierte ich also nicht so sehr in der Kunst des Romans als in der Kunst des Glücksritters, die der moderne Romanschriftsteller seit Balzac ausübt und die darin besteht, sich mit Windmacherei Geld zu verschaffen. Aus Selbsttäuschung und Überzeugung kommen Autor und Verleger überein und verpfänden ihre Zukunft an imaginäre und problematische Schriftwerke, die oft nie das Licht der Welt erblicken und trotz der eingegangenen Verpflichtungen, der im voraus festgelegten Termine und der im besten Glauben ausgetauschten Unterschriften nie über ein nebelhaftes Anfangsstadium hinauskommen. Eine verrückte Angelegenheit, die an Gewissenlosigkeit und Hochstapelei grenzt und über die ich immer wieder staune und gelegentlich lachen muß. Ist denn keiner dabei der Dumme? Das ist ja das Rätsel, es ist einträglich und geht immer so weiter, und jeden Tag kommen neue Bücher heraus! Natürlich sehr erfreulich und überhaupt die einzig gesunde Seite der ganzen Schreiberei und die einzige anerkennbare Antwort auf die berühmte Fangfrage: Warum schreiben Sie?

Es war zu Allerheiligen. Die Nacht des 1. November ging zu Ende. Um drei oder vier Uhr früh setzte ich mit einem Seufzer der Erleichterung den Schlußpunkt unter meinen Roman über Moravagine. Ich hatte die Nacht damit verbracht, an etwa fünfzig Stellen zu nähen und zu flicken, um all die verschiedenartigen, im Laufe so vieler Jahre geschriebenen Bruchstücke miteinander zu verbinden. Ich hatte, wie gesagt, Moravagine mit dem Schluß begonnen und dann mit den ersten drei Kapiteln des ersten Teils fortgesetzt. Dank dem genauen und detaillierten Plan, den ich vor Beginn der Arbeit aufgestellt und dann jahrelang vor Augen hatte, an die Wand geheftet über dem Kopfende meines Bettes in allen Hotels der Welt, in denen ich in dieser Zeit übernachtet habe, war es mir möglich gewesen, diese unsinnige Schreibmethode bis zum Ende durchzuhalten; ich hatte also, als ich den zweiten Teil, Leben des Moravagine, Idiot, verfaßte, gleichfalls je nach Laune abwechselnd ein Schluß- oder Anfangskapitel geschrieben, so durcheinander, daß ich mitten in dem Kapitel »Die Blauen Indianer«, genau auf Seite 272, Zeile 12, steckengeblieben war (siehe Ausgabe von 1926, erschienen bei Grasset in Paris).[1]

Ich hatte also die Allerheiligennacht damit verbracht, den Anschluß herzustellen, jene Seite 272 unzählige Male zu schreiben und wieder umzuschreiben, und auf dieser Seite besonders die Flickstelle in Zeile 12, die ich wie die Ränder einer Wunde geschickt, aufmerksam, sorgfältig und schonend zusammennähte, damit nur ja keine Spur der Operation zu erkennen war. Ich glaube, es ist mir gelungen. Ich war stolz auf meine Chirurgenarbeit und bildete mir etwas darauf ein, weil es mir geglückt war, jene letztgenannte Zeile zu schreiben, wo Traum und Leben, die exotische Welt und die harte Wirklichkeit einander bis zur Einheit durchdringen. Und nun Schwamm darüber, ich hatte eben den letzten Punkt getippt, und das mußte begossen werden, Teufel noch mal! Moravagine war tot. Tot und begraben.

Trotz der späten Stunde lief ich ans andere Ende des Hauses, stürmte die Treppe, die in den ersten Stock führt, hinauf, stieß die Tür auf, machte Licht und trat in das Zimmer meiner alten Freundin Madame E. de E..z, meiner Gastgeberin in der Mimoseraie.

[1] In der vorliegenden Ausgabe ist das die Seite 213, Zeile 25.

Die vornehme Bolivianerin fuhr mit einem Entsetzensschrei aus dem Schlaf und sank im Nachthemd auf ihren Betschemel.

»Ach, Sie sind's, Blaise, Gott segne Sie! Denken Sie nur, ich hatte einen bösen Traum, ich fiel in die Klauen eines Löwen, der mich zerfleischte, um mich an meinem Totengebet zu hindern. Ich muß fürchterlich geschrien haben. Verzeihen Sie, daß ich Sie geweckt habe...«

»Ganz im Gegenteil, Eugenia, ich muß Sie um Entschuldigung bitten, daß ich um diese Zeit bei Ihnen eindringe, auf die Gefahr hin, Sie zu erschrecken. Aber ich konnte nicht anders, ich konnte nicht mehr warten, ich mußte es Ihnen gleich erzählen. Ich habe mein Buch abgeschlossen, es ist fix und fertig, ich bin ein freier Mann!«

»Gott sei's gedankt«, sagte die Indianerin und vergrub ihren schönen Kopf mit dem weißen Haar in ihren Händen. Sie begann inbrünstig zu beten.

»Warten Sie, das muß begossen werden!« sagte ich. »Ich laufe in den Keller, ich bin gleich wieder da!«

Und damit die treue Seele sich nicht erkälte, legte ich ihr eine Kamelhaardecke um die Schultern.

Als ich wieder heraufkam, kniete die gute Frau wie in Ekstase auf ihrem Betschemel und sprach das Totengebet, wobei sie ihren Rosenkranz, dessen größte Perlen sie küßte, langsam durch die Finger gleiten ließ. Dann, eine spanische Litanei anstimmend, rief sie alle ihre teuren Toten beim Namen, die drüben in Bolivien begraben waren, ihren Vater, ihre Mutter, von der sie mir so oft erzählt hatte, ihre Schwester, die ich kannte, eine andere Schwester, die ich nicht kannte, ihren Neffen, den Sohn einer dritten Schwester, der im Jahr zuvor im »Claridge« in Paris Selbstmord begangen hatte und im Flugzeug in seine heimatlichen Berge zurückgebracht worden war, andere Angehörige ihrer Familie – aber nicht ihren Mann, den Botschafter, der vor kurzem gestorben war – und viele mir Unbekannte, die sie nie erwähnt hatte und denen sie jetzt erzählte, daß ich mein Buch beendet hätte. Merkwürdiges Selbstgespräch. Ich blieb stumm. Es mußte ein Brauch ihres Landes sein. Ich hatte andächtig die Zwei-Liter-Flasche entkorkt, die ich aus dem Keller heraufgebracht hatte, und füllte die Gläser, zwei ganz ansehnliche Gläser. Zwischen zwei Litaneien hielt Eugenia mir das ihre hin, und sie war so bewegt, daß der große Diamant, den sie nachts am Daumen trug (auch ein Aberglaube ihrer Heimat), klirrend an den Rand des Glases schlug, das ich mit Champagner füllte und das sie auf einen Zug leerte, ohne ihre Andacht zu unterbrechen.

Und so kam es, daß wir im obersten Winkel einer zersprungenen Fensterscheibe den neuen Tag heraufdämmern sahen...

Draußen regnete es in Strömen.

Sobald die Postschalter geöffnet wurden, ging mein Manuskript an seinen Verleger in Paris ab, und am übernächsten Tag war ich an Bord eines Frachters der »Tramp Line«. Die Eingeweihten, alle, die es wie ich nie eilig haben, ans Ziel zu kommen, alle, die auf einem Schiff gern gut essen und trinken, haben mich schon verstanden und wissen, um welche Gesellschaft es sich handelt. Sie hat auf der Südatlantikroute nicht ihresgleichen. Ich meine die »Chargeurs«, diese braven Kähne!

Dem Imprimatur des Druckers nach, das vom 23. Februar 1926 stammt, muß mein Buch in Paris Ende Februar oder Anfang März erschienen sein. Um diese Zeit war ich schon wieder in Brasilien und noch damit beschäftigt, in Sao Paulo die Fahnen zu korrigieren, wie es der glücklicherweise aufgefundene Fahnensatz beweist.

Da ich den »Argus de la Presse« nicht abonniert habe und erst Ende 1927 nach Paris zurückkehrte, wo ich mich nur vier oder fünf Tage aufhielt, bevor ich mich in einer Bucht in der Nähe von Marseille niederließ, um mich an die Schlußfassungen von *Plan de l'Aiguille* und *Bekenntnisse des Dan Yack* zu machen, jenes Doppelromans, von dem der erste Teil 28, der zweite 29 erscheinen sollte, kann ich nicht sagen, wie Moravagine von der Kritik aufgenommen wurde und wie das Publikum darauf reagierte. Wirklich, ich kann mich nur noch dunkel erinnern.

Ich weiß nur, daß mir ein unbekannter Leser einen Zeitungsausschnitt sandte, der mir nach Sao Paulo nachgeschickt wurde, eine mehrspaltige Besprechung von Edmond Jaloux, der er eine Unmenge von Glückwünschen und Gratulationen beifügte, in denen er mich »Verehrter Meister« titulierte (das passierte mir wahrhaftig zum ersten Mal!), und dann meinte der arme Tropf noch, ich hätte »es nun erreicht«. (Was denn erreicht, zum Teufel? Was für ein Dummkopf!) Ich entnahm der Besprechung unter anderen Betrachtungen, daß Edmond Jaloux sehr, aber auch sehr ungehalten schien, weil mein Buch ohne sein Wissen bei seinem Verleger herausgekommen und ich weder so gütig noch so albern gewesen war, ihm das Manuskript vorher vorzulegen. Der Ärmste! Sein Groll war zu offenkundig, um nicht darüber zu lachen und Freund Brun auf der Stelle zu dem bösen Streich, den er so gut gespielt hatte, zu beglückwünschen. Ich schickte also ein Telegramm an Brun.

Auch an einen anderen Brief erinnere ich mich noch, einen Brief, der mir Freude gemacht hat, weil man in so wenigen Worten nicht tiefer gehen und die Seele des ... des anderen gar nicht besser zergliedern konnte. (Sie erinnern sich: der Mensch, der schreibt. Ich habe zu Beginn dieser flüchtigen Anmerkungen davon gesprochen.)

120, Rue de l'Université   Paris, 13. Mai 1926

Lieber Herr Blaise Cendrars,

ich danke Ihnen, daß Sie mir Ihr Buch Moravagine zukommen ließen. Ich habe es mit größtem Interesse und mit viel, viel Neugierde, ja sogar, ich gebe es ehrlich zu, mit Indiskretion gelesen.

Ich beherrsche die französische Sprache nicht gut genug und außerdem ist unsere Freundschaft viel zu jung, als daß ich mir erlauben könnte, Ihr schriftstellerisches Talent zu beurteilen. Aber gestatten Sie mir, daß ich den Romancier beglückwünsche, der sich von einer düsteren, schrecklichen Zwangsvorstellung befreit hat. Ich kann Ihnen gar nicht sagen, wie ich mich für Sie freue.

Jetzt sind Sie ein freier Mann!

Je weiter Sie in Ihrem Werk kommen, desto klarer wird Ihnen werden, wie wichtig diese Eroberung, ich meine: die Freiheit, für Sie ist.

Sie haben sich von Ihrem Double befreit, während die meisten Schriftsteller bis zum Tod Opfer und Gefangene ihres Doppelgängers bleiben; sie nennen das Treue zu sich selbst, aber es ist in neun von zehn Fällen nichts als Besessenheit.

Machen Sie so weiter.

Doktor Ferral

Es ist unverzeihlich, daß ich einen so klarblickenden Freund, einen so außerordentlichen Mann aus den Augen verloren habe. Aber wenn Paris, wie das Bagdad des Kalifen Harun al Raschid, eine Stadt ist, in der man die seltsamsten Begegnungen haben kann, so ist es zugleich auch die Hauptstadt der Poesie und daher des Vergessens und der Zerstreutheit, und man kann verloren durch die Straßen irren, ohne je einem Freund zu begegnen.

Doktor Ferral, ehemaliger Arzt Kaiser Franz Josephs, nach dem Tod des Kaisers und dem Zusammenbruch Österreichs nach Paris geflüchtet, lebte kärglich von den Erzeugnissen eines Kosmetikinstituts, das er mitten im Faubourg Saint-Germain in einem prachtvollen Palais eröffnet hatte, das die schönen Damen von Welt und die geizigen Gnädigen aus der Nachbarschaft um keinen Preis aufsuchen wollten. Allerdings war der Doktor ein verteufelt verführerischer Schalk, ein beißender Spötter, Frauen gegenüber ein klein wenig grob, wie viele Hofleute unter dem Deckmantel einer Höflichkeit, die um so mehr an Ungezogenheit grenzt, als die Manieren sehr fein sind, jedoch eine tiefe Verachtung durchblicken lassen. Der Doktor war ein Weiberfeind, aber sein Geist war hinreißend und seine Konversation, gespickt mit Anekdoten und gestützt auf scharfe Beobachtung und eine persönliche Erfahrung, die er in allen Kreisen und in den exklusivsten Gesellschaftsschichten erworben hatte, in die ein Arzt, ohne sich Illusionen zu machen, eindringt, war blendend und beständig von den Glanzlichtern seiner ungeheuren Belesenheit auf allen Gebieten erhellt. Ferral wußte einfach alles, und man ahnte von seinem Wissen noch viel mehr, als er sagte oder merken ließ. Er war wunderbar! Wenn dieser Eigenbrötler mich in meinem Landhaus in Tremblay-sur-Mauldre besuchte, brachte er mir aus Paris frische Eier mit, weil er der Ansicht war, die Landhennen hätten, wie die Bäurinnen aus dem Dorf, keine Ahnung von Hygiene, trügen zweifelhafte Unterwäsche, ernährten sich schlecht und vor allem von Abfällen, brüteten die Keime aller Krankheiten aus, könnten nicht richtig legen und keine Eier liefern, die nicht stanken. Seine Paradoxe und sein Zynismus waren mir eine helle Freude. Wir saßen stundenlang bei Tisch. Ich schenkte meinem Freund einen alten Calva ein, den er zu schätzen wußte, er bot mir seine Zigarren an. Und obendrein hatte der Mann auch noch Herz.

Was mag aus ihm geworden sein...

Nachwort

> Alle Bezauberung ist ein
> künstlich erregter Wahnsinn.
> Alle Leidenschaft ist eine
> Bezauberung.
> *Novalis*

Moravagine, dieser monströse Wechselbalg, wurde gehirnlich in eine Zeit geboren, die mit der »Matinée d'ivresse«, dem »Trunkenen Morgen« Rimbauds gerade angebrochen war: die Zeit der Mörder! Der junge revoltierende Geist dieser Epoche, der das mißtrauende, dem Sein verpflichtete Verhalten noch nicht gelernt hat und »vor Ungeduld trampelt, weil er bei der Pythia nicht honigsüß Auskunft über sein Schicksal erhält« (Char), preist in seiner Pubertät ein Maß an Zerstörung, das jenem inneren Dynamitstaub Hohn spricht, der Kreation auf legale Weise ermöglicht. Um eine akute Zukunft zu ertrotzen, hier und jetzt die substantielle Freiheit des Individuums zu gründen, berät man sich unbedenklich mit dem Bösen, das im Zeitalter der Aufklärung seinen Schrecken fast ganz verloren hat. Derart umgänglich, wurde seine Faszination nur noch wirksamer, zumal es, der christlichen Moraltheologie abtrünnig, nun eher jenem schönen Dämon ähnelt, der in den Genies haust. Großer Beliebtheit erfreuen sich neben der »Heiligkeit des Verbrechens« (Lautréamont) ein törichter Infantilismus und die Geisteskrankheiten. Als Alibi bieten sich die Erkenntnisse der Psychoanalyse an, die zum erstenmal, auch bei der Analyse verbrecherischer Triebfedern, von Unschuld sprechen. Also können die Methoden der Initiatoren der Neuen Zeit extrem und radikal sein: Noch ohne negative Vorzeichen ist die probate »Verwirrung aller Gefühle« Rimbauds, die eine neue Ästhetik anbahnte. Fatal, weil rein anarchisch, aber ist jene Sentenz André Bretons, daß der einfachste surrealistische Akt darin bestehe, mit dem Revolver in der Hand auf die Straße zu stürzen und blindlings in die Menge zu schießen.

Bei der romantischen Revolte Moravagines besticht nicht so sehr sein motorischer Anarchismus, dieser »einfachste surrealistische Akt«, der, wie die Geschichte bewies, zum Scheitern verurteilt ist, sondern seine Kraft, die Sinne im Dienst der Neuwertung fragwürdiger Werte, und einer totaleren Poesie zuliebe, zu überanstrengen. Während »Jack der Bauchaufschlitzer«, der einseitige Tatmensch, nur sinnlos destruktiv ist, so ist die Inflation seiner Empfindungen mächtig genug, eine subtile und frappante poetische Wirklichkeit zu erschaffen. (Rita, in Moravagines Sicht, wie ähnelt sie doch der angebeteten Frau des Gedichts *L'Union libre* von Breton, diesem Paradebeispiel surrealistischer Betrachtungsweise!) Aber Moravagine spürt selbst, wie er taumelt, daß er mit der Erde nicht korrespondiert, nach der er später laut schreien wird. Er studiert Musik, um »dem Urrhythmus näherzukommen und den Schlüssel zu seinem Wesen, eine Rechtfertigung für sein Dasein zu finden«. Unwillkürlich denkt man an Lautréamont, der seine Sätze laut deklamierte und seine Metaphern beim Klang der Akkorde schuf, um auf diese Weise ein Alibi für seine böse

Produktion zu haben. (Es ist Cendrars, der 1920 das Erscheinen der *Chants de Maldoror* in der Edition de la Sirène lanciert.) Moravagine jedoch stellt am Ende seiner Studien verzweifelt fest, daß sich seine Handlungsweise auf einen ewigen Rhythmus nicht berufen kann. Mit dieser Erkenntnis ist die Disharmonie von Geist und Tat Moravagines besiegelt. Er stellt sich als Mörder ganz in den Dienst der großen Revolution seiner Zeit, als wollte er mit diesem Schritt seine Existenz rechtfertigen. (So paktierten einige Surrealisten mit den Kommunisten, um zunächst die Gesellschaft zu stürzen, die sich ihren Ambitionen gegenüber verschloß.) Es gibt nurmehr eine Losung: Tod. Moravagine hat die leichte Gelegenheit gefunden, ohne Gewissensbisse zu handeln, »in aller Unbefangenheit... wie ein Schöpfer, gleichmütig wie ein Gott, gleichmütig wie ein Idiot«.

Das Gebrest Moravagine hat Cendrars, wie aus der Entstehungsgeschichte »Pro domo« hervorgeht, über zehn Jahre lang beschäftigt. Es ist offenbar, daß der 30- bis 40jährige Autor von seiner Phantasiegestalt in gleichem Maße fasziniert wie tyrannisiert wurde. Das Werk erschien erstmalig 1926, nachdem es in Teilen bereits veröffentlicht war. Wenn der Autor in der Einleitung davon spricht, daß sein Buch selbst nur eine Einleitung sei, »eine viel zu lange Einleitung zu den Gesammelten Werken Moravagines«, die zu ordnen er noch keine Zeit gefunden habe, so mag dies für die Mitleidenschaft bürgen, mit der er sich ständig nach der komplexen Existenzmöglichkeit seines Helden zu fragen scheint. »Tatsächlich«, beteuert J.-H. Lévesque, »fanden wir in diesem Werk alle Ideen, von denen seit zwanzig Jahren die neue Literatur lebte, alle Fragen, die uns damals bewegten: das Unterbewußtsein, den Irrsinn, das tätige Leben, den Geist der Revolte, den grundlosen Mord, Revolution, Evasion im Traum, Konflikt zwischen Freiheit und Notwendigkeit, Sexualität und die Absurdität der Welt.« Man wird Moravagine ganz nur in seiner geistigen Umwelt verstehen. Er repräsentiert das Bewußtsein seiner Zeit ebenso getreu wie *Der Fremde* Camus' das der absurden vierziger Jahre. Gleichwohl ist Moravagine nicht so sehr ein Manifest als eine gefährdete Expedition auf der Suche nach einer neuen Ethik. Denn wenn der Erzähler, dieser Spezialist für Krankheiten des Gehirns, einem unheilbar Kranken aus dem »Haus am Waldensee« entkommen hilft – man erkennt das abgelegene Sade-Schloß! –, so weiß er, daß die Kommunikation in Freiheit notwendig ist, um den Gesundheitszustand von Morgen herbeizuführen, an dem die Krankheiten beteiligt sein werden. Das gefährliche Experiment ist indes weder gelungen noch mißlungen: Der Erzähler, der zugleich der Komplice und das Gewissen Moravagines ist, gibt lediglich Geleit. Darin besteht das eigentliche, literarische Engagement Cendrars. Mit den möglichen »konstruktiven Tugenden« des modernen Menschen, die Moravagine vorenthalten bleiben, belehnt Cendrars Dan Yack, den positiven Tatmenschen, dessen nicht minder abenteuerlichen Lebensroman er zur gleichen Zeit schreibt. Aber noch diesen Versuch gefährdet die Erfahrung, daß, wer den Engel will, das Tier erschafft.

Rudolf Wittkopf

Inhaltsverzeichnis

Einleitung 7

Der Geist einer Epoche

Sanatorium Waldensee 13
Ein internationales Sanatorium 20
Karteikarten und Akten 27

Das Leben des Moravagine, Idiot

Herkunft und Kindheit 35
Die Flucht 54
Maskeraden 56
Ankunft in Berlin 58
Kosmogonie seines Geistes 60
Jack, der Bauchaufschlitzer 70
Ankunft in Rußland 74
Mascha 80
Die Überfahrt über den Atlantik 165
Streifzüge durch Amerika 171
Die Blauen Indianer 184
Rückkehr nach Paris 235
Aviation 241
Krieg 252
Die Insel Sainte-Marguerite 255
Morphium 259
Der Planet Mars 265
Die eiserne Maske 266

Moravagines Manuskripte

Das Jahr 2013 277
Das Ende der Welt 279
Das einzige Wort der Marssprache 280

Eine unveröffentlichte Seite von Moravagine 281
Moravagines Unterschrift 283
Das Porträt Moravagines. Zeichnung von
   Conrad Moricand 284
Epitaph 285

Pro Domo

Wie Moravagine entstand 289

Nachwort 317